OSER BRISER
LA GLACE

Dr Susan JEFFERS

OSER BRISER LA GLACE

Comment améliorer ses relations avec les autres en étant plus confiant et sûr de soi

•MARABOUT•

Titre original : *Dare to connect.*
Publié pour la première fois en Grande-Bretagne en 1992 par Judy Piarkus (Publishers) Ltd of.

Traduction : Denis Montagnon.

À mes enfants,
Gerry et Leslie Gersham
qui m'ont appris la loyauté, l'amour et la vie. Je les respecte, je les admire et je les aime profondément.

Et, comme toujours…
À mon miraculeux mari,
Mark Shelmerdine
pour son soutien, sa générosité, sa sagesse, et pour tout l'amour qu'il ne cesse de me donner.

SOMMAIRE

Préface 11

Introduction 13

AU CŒUR DE LA CONNEXION 19
1. Il n'y a pas d'étrangers ! 21

EXPLORER LA CONNEXION 35
2. Connais-toi toi-même ! 37
3. Je veux qu'on m'aime ! 45
4. Guérir le cœur solitaire 63

ÉTABLIR LA CONNEXION 83
5. Premiers contacts : principes de base 85
6. Une soirée enchantée 109
7. L'amitié, garde-fou du cœur 133
8. Partagez ! 157
9. Le cœur au travail 187

L'ÂME DE LA CONNEXION 217
10. Prendre le monde dans ses bras 219
Annexe : Pour vous connecter en toute confiance . 233

Préface

C'est un immense plaisir pour moi de vous parler de la solitude, et de vous faire découvrir comment en venir à bout. En effet, il ne s'agit pas là d'une fatalité, même si vous éprouvez ce sentiment d'isolement au quotidien avec votre mari, votre femme, vos amis, vos collègues et les autres en général.

La société occidentale nous oblige à entrer dans la spirale de l'esprit de compétition, avec toutes ses conséquences. Elle ignore trop souvent les valeurs du cœur et de l'âme, c'est pourquoi la solitude est devenue le mal du siècle. C'est aussi pour cette raison que les relations avec les autres sont difficiles et parfois même conflictuelles.

Pourtant, chacun d'entre nous est capable de créer partout chaleur et bien-être. Encore faut-il remettre en question certains conditionnements et bousculer les obstacles à son épanouissement personnel. Ce livre vous aidera en ce sens. Les clefs et autres astuces que je vous livre ici m'ont été précieuses : je suis sûre qu'elles le seront aussi pour vous !

Vous adhérerez sans doute à la plupart de mes idées et de mes méthodes, qui relèvent souvent du bon sens le plus élémentaire, mais il est possible aussi que vous ne soyez pas d'accord avec certaines d'entre elles. Aucun problème, prenez seulement celles qui vous paraissent susceptibles de fonctionner chez vous ! De même, certains concepts et mots utilisés vous sembleront étonnants ou étranges. Ne vous inquiétez pas, vous comprendrez toujours le sens général de mon propos ! Cela étant dit, je pense que ce livre vous amusera, vous surprendra, et, par-dessus tout, qu'il vous touchera.

Bien à vous,

Susan Jeffers

Introduction

Au cours de son existence, on ressent souvent la pénible impression d'être seul et abandonné des autres. Quand on éprouve un tel sentiment, la seule chose à faire est d'aller vers les autres et se rapprocher des gens qui nous entourent. Pourtant, comme on en a tous fait l'expérience, le manque de confiance en soi rend ce geste trop souvent difficile, voire impossible. Ainsi, la seule chose qui pourrait vraiment soulager notre peine, **la chaleur d'un autre cœur**, reste désespérément hors de portée.

Ce livre fournit différentes méthodes destinées à soulager l'impression de solitude et d'enfermement. Il apporte des réponses à toutes les questions relatives aux problèmes d'ordre relationnel au sens large, ce que j'appellerai la « connexion » tout au long de ce livre, plus particulièrement dans les domaines de la vie amoureuse, amicale et professionnelle.

Mes activités de psychologue thérapeute, de conférencière et d'animatrice de séminaires m'ont amenée à rencontrer des centaines de personnes et à répondre à des milliers de questions. Je suis intimement persuadée que vous vous posez certaines des interrogations auxquelles j'ai eu à répondre lors de ma carrière :

- Pourquoi suis-je à ce point angoissé quand j'entre dans une pièce remplie d'individus que je ne connais pas ?

- Comment décrocher le téléphone et négocier une transaction sans me sentir aussi anxieux ?
- Pourquoi m'est-il plus difficile d'aborder la personne que je meurs d'envie de rencontrer ?
- Pourquoi me sentir aussi terriblement seul, alors que je suis toujours très entouré ?
- Comment parvenir à surmonter ma peur d'être rejeté des autres ?
- Comment arriver à me faire des amis ?
- Lorsqu'on me fait signe, comment dois-je l'interpréter ?
- Comment dois-je réagir quand on se méprend sur mes intentions ?
- Qu'est-ce que les hommes attendent vraiment des femmes (et vice versa) ?
- Comment faire une bonne « approche » pour nouer une relation sentimentale ?
- Pourquoi hésiter à demander de l'aide au travail alors que j'en ai si souvent besoin ?
- Pourquoi mon mari me paraît-il si loin de moi ?

Toutes ces questions, nul besoin d'être pauvre ou riche pour se les poser, ni jeune ou vieux… On peut être homme ou femme, célibataire ou marié, sans emploi ou chef d'entreprise, et s'interroger sur ce qui m'apparaît comme autant de problèmes de connexion. Certains aimeraient se lier à une personne bien précise, mais ils manquent tellement d'assurance qu'il leur est quasiment impossible de l'aborder. D'autres tremblent comme une feuille quand ils franchissent la porte d'une pièce pour participer à une réunion, rencontrer un futur client ou subir un entretien d'embauche. Certains se plaignent de ne pas avoir d'amis avec qui partager leurs joies et leurs peines, mais ils se referment sur eux-mêmes quand une occasion se présente. D'autres enfin sont mariés. Ils ont des enfants, mais cela ne les empêche pas de sentir terriblement seuls.

Le manque d'assurance et le sentiment d'enfermement sont loin de m'être étrangers. Pendant une période de ma vie, j'avais très peu confiance en moi. Cela empoisonnait mes relations et me jetait dans des abîmes de solitude. Quand je devais entrer dans une pièce où il y avait beaucoup de monde, c'était toujours avec l'estomac noué, les mains moites et le cœur battant la chamade. J'appréhendais mal, trop souvent, mon manque de confiance en moi, en particulier à cause de mes *a priori.*

Mon premier emploi, qui exigeait une certaine polyvalence, me conduisit à fréquenter des gens venant d'horizons variés. En réunion, j'avais pris l'habitude de jeter un coup d'œil à toutes les personnes présentes qui discutaient entre elles avec animation et enthousiasme. Je pensais d'office qu'elles étaient toutes incurablement ennuyeuses, et je n'avais qu'une hâte : m'en aller au plus vite ! Un jour, une question évidente surgit dans mon esprit : « Comment puis-je me permettre d'affirmer qu'elles sont insipides alors que je ne leur ai même pas adressé la parole ? »

Je compris alors que mes *a priori* étaient peut-être à l'origine d'un cercle vicieux. Et je posai enfin la bonne question : « Que se passe-t-il quand je me présente à quelqu'un..., et que je n'éveille en rien sa curiosité ? » Évidemment, c'est **moi** qui parais ennuyeuse ! Je pousse un grand soupir de soulagement à l'idée d'avoir enfin compris cela. Désormais, j'entre avec assurance dans une salle remplie de visages inconnus, et je vais de découverte en découverte. Je tisse ainsi plus facilement des liens avec autrui, quel que soit le contexte.

J'ai écrit ce livre pour que vous profitiez, à votre tour, de mes expériences fructueuses.

Vous êtes peut-être très à l'aise dans certaines situations, mais vous êtes mort de trac en d'autres circonstances. Par exemple, de contact plutôt facile dans le travail et en amitié, vous éprouvez toutes les difficultés du monde quand il s'agit d'une rencontre sentimentale... Autre possibilité, vous êtes comme un poisson dans l'eau pendant les soirées et les fêtes, mais complètement obnubilé par l'idée de compétition dans votre vie professionnelle et incapable d'apporter le moindre soutien à vos collègues de travail.

Quelle que soit votre situation, les méthodes mises à votre disposition dans cet ouvrage vont vous aider à y voir plus clair tout en avançant sur la voie de la connexion. Peut-être vous demandez-vous comment des problèmes aussi différents peuvent se résoudre avec les mêmes techniques et les mêmes méthodes. Tout simplement parce que le blocage relève toujours de la même origine : le manque de confiance en soi. Si vous trouvez le moyen d'être plus sûr de vous, alors vous vous sentirez mieux partout, tant dans le domaine professionnel qu'en amitié, en amour ou avec votre famille. Prenons l'exemple de Thierry. Avocat de profession, il a suivi l'un de mes ateliers de travail axés sur les relations entre les hommes et les femmes. Les méthodes découvertes pour améliorer sa vie sentimentale se sont révélées très précieuses lors de ses plaidoiries.

Ce livre est divisé en quatre grandes parties. ***Le cœur de la connexion*** explique pourquoi on a si souvent l'impression de n'être pas vraiment soi-même : vous y apprendrez quelle direction prendre pour retrouver votre véritable identité. ***Explorer la connexion*** recherche l'origine du complexe d'infériorité et du sentiment de solitude : cette partie vous donne les moyens de vous débarrasser de ces impressions pénibles qui vous interdisent d'entretenir une relation saine avec les autres. ***Établir la connexion*** présente des techniques de base pour entrer en relation avec les autres, plus particulièrement dans le domaine sentimental, amical et professionnel. Pour finir, ***L'âme de la connexion*** vous dévoile comment exercer un rôle d'acteur dans le monde de manière à ne plus jamais éprouver la moindre sensation d'isolement.

Tout au long de cet ouvrage, vous trouverez également une foule d'exercices. S'intégrant dans votre vie de tous les jours, ils vous aideront à ne plus vous dévaloriser, et à développer au contraire une image plus authentique de vous-même et de votre environnement. Leur mise en pratique quotidienne vous permettra, avec le temps, d'envisager les relations avec autrui comme un acte d'amour. Faire connaissance ou rencontrer des gens ne sera plus jamais vécu comme une chose inquiétante risquant de déboucher sur une éventuelle humiliation !

Je vous conseille de lire intégralement ce livre une première fois, puis de le relire aussi souvent que nécessaire pour bien vous en « imprégner ». Soulignez, surlignez, entourez les mots, écrivez dans les marges ! Surtout, pratiquez très régulièrement les exercices indiqués. Les personnes qui obtiennent les meilleurs résultats utilisent mon livre comme point de départ, puis elles s'attachent à mettre quotidiennement en pratique les méthodes qu'il contient. Et leur effort porte toujours ses fruits : leur vie change de fond en comble. Certains retrouvent des relations sereines en parvenant à améliorer d'anciens liens devenus pesants ou à y mettre un terme. D'autres voient leur horizon professionnel s'éclairer, certains nouent de nouvelles amitiés très enrichissantes. Les uns comme les autres se retrouvent sur un point : parvenus à dépasser leur manque d'assurance, ils sont tout simplement mieux dans leur peau, plus confiants et sereins devant la vie.

Quand vous commencerez à utiliser les méthodes conseillées dans ce livre, n'allez pas trop vite, soyez indulgent envers vous-même et surtout patient. Apprenez à votre rythme, sans espérer de changement radical et immédiat. Abandonner certains schémas comportementaux ou perdre l'habitude de voir toujours le mauvais côté des choses ne se fait pas du jour au lendemain : cela exige une pratique et une répétition constantes. N'attachez pas d'importance aux éventuels accidents de parcours, ils ne seront pas rares ! Concentrez-vous surtout sur les moindres signes de progrès et d'évolution dans le bon sens. Si vous vous heurtez à un obstacle quelconque dans vos tentatives de connexion, reprenez ce livre et relisez le chapitre traitant de cette difficulté. Les sentiments positifs referont vite surface, et vous pourrez repartir vers de nouvelles aventures. Si l'impatience vous titille, répétez-vous simplement :

Je me contente d'un pas à la fois.

Petit à petit, vous constaterez des changements significatifs dans votre façon d'être avec les autres : votre comportement sera plus assuré et plus avenant. **N'abandonnez jamais !** Votre bonheur est en jeu. Ne vous privez pas du plaisir immense de vous sentir fort, serein, en paix avec vous-même et avec autrui. Ne manquez pas la chance de donner de l'amour et de partager avec d'autres ce que vous portez en vous…

J'aimerais encore ajouter un mot : *Oser briser la glace* n'est pas un ouvrage de psychologie comme les autres… En effet, il introduit un élément, absent de la plupart des livres traitant du développement personnel, que vous découvrirez dans le dernier chapitre. Certains concepts vous paraîtront peut-être évidents une fois écrits noir sur blanc, mais en est-il toujours ainsi quand on avance en aveugle dans la vie, seul et trop souvent stressé ? J'ai l'intime conviction que ce livre transformera profondément votre vie et vous stimulera. À l'issue d'un stage, l'un de mes étudiants me confia : « J'ai été surpris, je ne m'attendais pas à cela, c'était bien plus que je ne pouvais espérer. » Je voudrais que *Oser briser la glace* vous touche de la même manière !

— Partie I —

Au cœur de la connexion

CHAPITRE 1
IL N'Y A PAS D'ÉTRANGERS !

Âgée d'une vingtaine d'années, j'avais un ami chanteur de cabaret qui terminait toujours son spectacle par ces mots : « **La chose la plus importante que je retiens de mes voyages dans le monde, c'est qu'il n'y a pas d'étrangers, mais seulement des amis que je n'ai jamais rencontrés**. » Ses fans étaient visiblement émus par ces paroles d'une profonde et tendre humanité : chaque fois, ils y répondaient par un tonnerre d'applaudissements, de rires et de larmes. Comme j'étais jeune alors et volontiers sceptique, je jugeais ces propos plutôt mièvres et démagogiques. Pourtant, sans que je puisse encore vraiment l'admettre, ils touchaient chez moi une corde sensible…

Je sais qui vous êtes !

Une dizaine d'années plus tard, je m'étais inscrite à un stage regroupant quelque sept cents personnes. Faisant son entrée dans l'amphithéâtre, le maître de conférence se campa devant l'impressionnante assemblée et, après nous avoir souhaité la bienvenue, nous lança : « Je ne connais pas vos noms, mais je sais qui vous êtes. » Je crus réentendre, sous une forme un peu différente, les paroles de mon chanteur de cabaret ! Mais l'âge avait adouci les contours de mon caractère, et je comprenais à présent la part de vérité contenue dans ces mots. Oui, nous nous ressemblons tous ! Nous connaissons tous un jour ou l'autre la peur, la souffrance, la joie, la jalousie, le bonheur ou le chagrin. Nous devons tous faire face au jugement d'autrui. Nous sommes tous tantôt généreux, tantôt cupides. En bref, nous sommes tous amenés à éprouver la kyrielle de sentiments dont un être humain est capable.

En atteignant la quarantaine, je me suis mise à chercher des réponses à plusieurs questions que je me posais. Les voici :

> Il n'y a pas d'étrangers, c'est une certitude. Alors, pourquoi se sent-on souvent si loin des autres ? Pourquoi éprouve-t-on cette lancinante sensation de solitude ? Pourquoi a-t-on l'impression d'être à l'écart ? Enfin, puisqu'on se ressemble tant, pourquoi diable développe-t-on ce complexe d'infériorité qui nous empoisonne la vie et nous éloigne de nos semblables ?

Devenir *quelqu'un*

À force de m'interroger, j'ai découvert que ces questions trouvaient en partie leur réponse dans la façon dont on a appris à se déterminer en fonction des autres. En clair, on subit tous différents conditionnements. Dès la naissance, chacun entre dans un processus qui va faire de lui ***quelqu'un***. Les parents et la société dans son ensemble rabâchent sans cesse à tout individu qu'il lui faut devenir *quelqu'un*, c'est-à-dire une personne capable d'afficher des signes extérieurs de réussite. Cette conscience de sa propre valeur, qu'on est contraint de développer, est étroitement liée à des notions comme l'argent, le statut social, le pouvoir, la personnalité, l'apparence et l'intelligence.

Je vous entends déjà me rétorquer : « Mais quel mal y a-t-il à vouloir réussir dans la vie et à vouloir se surpasser ? N'est-ce pas là le but de chacun ? Y a-t-il dans l'existence une plus grande motivation et un meilleur stimulant ? »

Bien sûr, vous avez parfaitement raison, mais attention ! Si on se laisse dominer par ces signes extérieurs de réussite, on s'expose à une souffrance certaine et on finit par ressentir une impression de vide. Au lieu de se sentir *quelqu'un*, on est *personne*.

Le risque évoqué s'explique de plusieurs manières. En voici quelques-unes :

- Devenir quelqu'un implique nécessairement d'accentuer ses différences individuelles, ce qui entraîne une compétition perpétuelle avec son entourage. On est constamment sur la brèche. On cherche à rester « dans le peloton de tête » ou à dépasser les autres… Et quand la partie s'annonce trop serrée, on baisse les bras et on reste sur la touche !
- Quand on cherche à plaire ou à s'attirer les faveurs d'autrui, on a tendance à cacher ou à gommer ce que l'on est vraiment au fond. Ainsi, c'est au prix d'une image faussée de soi-même qu'on espère atteindre cette quête de reconnaissance tant espérée. Rien d'étonnant au fait de se sentir vide puisqu'on nie sa propre personnalité !
- Les personnes obsédées par l'apparence, l'argent, le succès ou par la volonté de séduire s'éloignent de ce qu'elles sont vraiment. Suivant aveuglément les schémas que la société leur impose, elles perdent de vue leurs qualités humaines qui, seules, permettent de tisser de véritables liens. Elles se sentent en marge.

On nous programme !

Remontez aussi loin que vous pouvez dans votre passé, jusqu'à votre petite enfance. Franchement, entre nous, pour les rares moments où vous vous êtes senti *quelqu'un*, combien de fois vous êtes-vous senti *personne* ? Rappelez-vous, c'était quand vous vous trouviez trop gros, trop maigre, trop grand, trop petit ! C'était quand vous vous en vouliez d'avoir trop parlé ou d'être resté pétrifié de timidité dans telle ou telle situation. Souvent, vous avez ressenti un peu de honte, vous estimant tantôt arriviste, tantôt égoïste, ou à l'inverse vraiment « bonne poire »... En bref, pour devenir *quelqu'un*, il vous a fallu sans cesse rectifier le tir.

Même si vous aviez des proches à vos côtés qui vous soutenaient moralement, je suis certaine que vous vous êtes senti *personne* la majeure partie du temps. C'est le cas en ce qui me concerne. Par exemple, quand je rentrais à la maison avec un 14/20 à un devoir, je le vivais comme un échec, tout simplement parce que mes parents espéraient que j'aurais un 16 ou un 18/20. J'ai éprouvé le même sentiment de frustration lorsque le garçon pour qui j'en pinçais ne m'a pas invitée à la fête qu'il avait organisée. Et que toutes mes camarades d'école ont chanté à tue-tête : « Il n'en veut pas, elle est trop grosse ! »

Dans mon enfance, tout le monde me répétait que, pour devenir *quelqu'un* et réussir plus tard dans la vie, il fallait être coquette, avenante et bien sûr première de classe ! Je n'étais pas seule dans ce cas : toutes les autres filles de l'école étaient « programmées » de la même manière. Aux garçons, on répétait sans cesse qu'ils devaient être sportifs, grands, beaux, brillants...

Et le conditionnement ne s'arrêtait pas là. Il fallait devenir *quelqu'un* une fois parvenu à l'âge adulte. Des filles, on attendait qu'elles trouvent un « beau parti », c'est-à-dire un homme riche et brillant, qu'elles aient beaucoup d'enfants et qu'elles soient des maîtresses de maison exemplaires, séduisantes et souriantes. Des garçons, on espérait qu'ils épousent une jolie femme, qu'ils fassent une brillante carrière et qu'ils deviennent des chefs de famille protecteurs.

Il est vrai que les temps ont changé depuis les années 1950 en termes de rôle social et d'ambition. En revanche, pour ce qui est de « devenir *quelqu'un* », les choses n'ont guère évolué. On continue à juger en fonction de signes extérieurs de réussite. Même pour des parents attentifs et impliqués, qui cherchent à donner une très grande confiance à leurs enfants, il est impossible d'échapper au mythe du succès entretenu par la société actuelle.

Le conditionnement familial

Avant tout, il faut comprendre le mécanisme du conditionnement que vous avez subi au sein de votre famille. Installez-vous au calme et essayez de répondre aux questions suivantes :

- Qui mes parents considéraient-ils comme « quelqu'un » ? Quels étaient leurs critères d'évaluation ?
- Qui, aujourd'hui, représente « quelqu'un » à mes yeux et pourquoi ?
- Que pourrais-je corriger en moi ou quelle qualité devrais-je acquérir pour devenir « quelqu'un » ?

J'imagine que vos réponses tournent surtout autour de valeurs extérieures plutôt qu'intérieures : aimer, être attentif, partager ou communiquer, etc. Vous êtes sur la mauvaise route, mais c'est bien normal ! Vous comprendrez bientôt combien il faut inverser vos anciens conditionnements pour faire tomber les murs qui vous isolent des autres.

Soit dit en passant, même ceux qui présentent tous les signes visibles de réussite n'éprouvent que rarement le sentiment d'être *quelqu'un*. Prenez l'exemple de vies gâchées, comme celle de Marilyn Monroe ou d'Elvis Presley. Aux yeux du monde, ils étaient *quelqu'un*, mais au plus profond d'eux-mêmes, ils étaient mal dans leur peau et ressentaient plutôt le sentiment de n'être *personne*. À cause de nos conditionnements, même en cas de « réussite sociale », chacun vit avec un sentiment de honte, avec l'impression diffuse et permanente d'être perfectible et inadapté. Avouez que ce n'est pas la meilleure disposition pour entrer en relation avec les autres !

Un autre obstacle réside dans l'aptitude de chacun à communiquer. Le conditionnement qu'il a subi depuis la plus tendre enfance pousse chacun d'entre nous à juger perpétuellement ses semblables : untel n'a pas assez d'argent ; un autre n'est pas assez séduisant, pas assez ouvert, pas assez généreux, pas assez ambitieux, pas assez aimable, etc. Ce type de sentence étant sans appel, on écarte ces personnes « imparfaites » de son entourage. En réalité, on critique les autres pour mieux se conforter. On ne réalise pas qu'à la longue, en blessant autrui de la sorte, on amplifie au contraire cette impression de n'être *personne.*

À l'école

Bien qu'il soit important de se pencher sur l'éducation qu'on a reçue pour corriger certains de ses comportements, cela ne doit pas déboucher pour autant sur des reproches à l'adresse de ses parents. « Pourquoi ? », me demanderez-vous. « Regardez ce qu'ils ont fait de moi ! »

D'abord, blâmer est un aveu d'impuissance et de faiblesse qui n'améliorera pas votre confiance en vous, bien au contraire ! En second lieu, vous devez comprendre que vos parents ont fait tout leur possible. Ils n'avaient pas le choix ! Conditionnés en vue de devenir *quelqu'un*, ils vous ont éduqué selon des principes qu'on leur a transmis. Leur comportement à votre égard, aussi inapproprié soit-il, est le reflet du combat qu'ils ont eux-mêmes livré pour trouver leur place dans la société. Il ne faut donc pas leur en vouloir.

Je constate moi-même avec tristesse que je me suis souvent mal conduite avec mes enfants, par amour pour eux. Et j'ai rencontré une foule de parents attentifs chercher de tout leur cœur à faire ce qu'il y a de « mieux » pour leur progéniture. Malheureusement, ce type de conditionnement signifie en général corriger, mouler ou façonner jusqu'à ce que l'enfant devienne un excellent acteur : il donne l'impression d'être *quelqu'un* mais, au fond, son épanouissement personnel est brimé. Ses deux parents sont là à se féliciter de leur « œuvre » ou, au contraire, à se demander s'ils n'ont pas raté quelque chose. Ni l'un ni l'autre ne comprennent qu'ils ont bridé la véritable personnalité de leur enfant et créé une sorte de clone « présentable ».

L'école, cette grande usine à formater les individus, n'arrange pas les choses… Dans le hall d'une école primaire, je me souviens avoir vu un tableau d'affichage sur lequel on pouvait voir le classement des élèves selon leurs résultats. Je vous laisse imaginer l'effet de ce genre de publicité sur l'amour-propre des enfants… Si le premier de la liste se retrouve rétrogradé au trimestre suivant, il est évident qu'il va le ressentir comme une sanction et comme un échec : il n'est plus le « meilleur ». Personnellement, j'avoue avoir un faible pour les derniers de la classe, pour tous ceux auxquels on ne décerne ni félicitations, ni tableaux d'honneur. Peut-être parce que je me dis que bon nombre d'entre eux s'endorment le soir en pleurant, à la pensée de ce que va sanctionner le prochain conseil de classe…

En dehors de quelques professeurs et d'une poignée de ministres de l'Éducation éclairés, il est étonnant de constater à quel point les structures scolaires manquent de psychologie avec les enfants. Écoutez les perpétuels reproches que les enseignants adressent à leurs élèves et relevez la parcimonie avec laquelle ils prodiguent leurs encouragements ! Lisez aussi les « appréciations » des bulletins trimestriels, tous les « peut mieux faire » et autres « trop indiscipliné » assenés aux jeunes. N'est-ce pas éloquent ? Une fois devenu adulte, quoi qu'on fasse, on continue à se voir reprocher ses imperfections. La publicité, par exemple, prend un malin plaisir à nous rappeler nos défauts en présentant des créatures de rêve et des êtres d'exception dégagés des tristes réalités que tout un chacun se coltine au quotidien. C'est vrai, son but est de faire rêver, me direz-vous. Mais devant l'inaccessible, on comprend vite qu'on vit sur une autre planète. Curieusement, on se résigne à cette pseudo-fatalité.

Se déconditionner

Comme vous l'avez compris, quand on est conditionné et qu'on se focalise sur les apparences, on connaît inévitablement l'isolement et la solitude. On vit alors dans un monde peuplé de ce que j'appellerais des « coquilles vides » où chacun reste sur son quant-à-soi, frustré et mal dans sa peau. Pour mettre un terme à ce cercle vicieux qui se transmet de génération en génération, **il faut impérativement changer de conditionnement**. « Plus facile à dire qu'à faire », me direz-vous. « Mais comment s'y prendre concrètement ? »

Ne vous fourvoyez pas ! La volonté d'améliorer son image ou de se sentir mieux avec soi-même et avec les autres ne doit en aucun cas être dictée par des contingences extérieures. Elle doit provenir d'un apprentissage et d'**une quête de ce qui, en soi, fait ressentir l'impression d'être *quelqu'un* et qui permet de reconnaître en autrui un autre *quelqu'un***, complétant ainsi le circuit de la connexion. Il n'est plus question de compétition, mais d'altérité et de respect mutuel. L'appréhension fait place à l'amour. À l'antipathie se substituent la sympathie et une attitude remplie de générosité. N'est-ce pas une approche des autres et de soi fondamentalement plus humaine ?

Le Soi Supérieur

Ceux qui ont lu mes livres précédents, comme *Tremblez, mais osez !*[1], ne sont pas ici en terrain inconnu. Ils savent déjà ce qu'est le Soi Supérieur. C'est en atteignant cette part sublime et magnifique de soi qu'il deviendra possible de briser les barrières nous isolant du monde.

> C'est grâce au Soi Supérieur qu'on sera en parfaite harmonie avec les autres.

Ne vous méprenez pas et ne voyez pas dans ce terme de Soi Supérieur quelque obscur concept de théologie… Ce

1. Marabout, 2000.

que j'entends par là n'a aucune connotation religieuse. Je fais seulement référence à la part spirituelle présente en chacun d'entre nous, à ce que nous avons de meilleur. Le Soi Supérieur est source d'amour, de bienveillance, de générosité, d'abondance, de créativité ou d'intuition. Cette partie intime de nous-mêmes sait qu'il n'y a rien à craindre du monde extérieur.

Réfléchissez ! Le Soi Supérieur est une vieille connaissance, même si vous ne l'avez encore jamais appelé ainsi. Vous avez connu cet état de plénitude à certains moments de votre vie, quand vous et d'autres personnes tendiez vers un même but. Vous l'avez certainement éprouvé aussi si vous avez participé à une collecte de fonds pour lutter contre la faim dans le monde ou favoriser la recherche médicale : n'avez-vous pas eu alors ce sentiment euphorique d'appartenir à une certaine fraternité universelle, d'être le maillon d'une grande chaîne humaine ? De même, lorsque vous avez traversé une période de crise en compagnie d'autres individus, les différences de chacun s'étaient trouvées gommées comme par miracle. L'idée de compétition n'existait plus ! Je pourrais multiplier les exemples à l'infini…

Les moments pendant lesquels s'exprime le Soi Supérieur sont en général très brefs, mais ses effets sont toujours les mêmes et parfaitement reconnaissables. Les futilités de la vie, d'habitude si importantes, apparaissent pour ce qu'elles sont, c'est-à-dire insignifiantes. Comme on touche alors à la part la plus noble de soi, tout le reste semble dérisoire !

Le *chacun*

Le Soi Supérieur désigne un aspect caché en chacun d'entre nous. Il permet d'entrer en contact avec l'humanité tout entière, en particulier avec cette personne très attirante, située à quelques mètres de vous, mais que vous n'osez pas aborder… Vous trépignez déjà ? Un peu de patience, que diable !

Tout d'abord, comme votre manière d'être actuelle ne

vous a attiré que des déconvenues, il vous faut entamer un nouveau conditionnement. J'appellerai ce concept le *chacun*. Évidemment, fonctionner autrement exige de l'habitude et des exercices réguliers. C'est seulement à ce prix que vous vous donnerez la force nécessaire pour changer de comportement, pour passer du *quelqu'un* (qui exclut les autres) au *chacun* (qui inclut les autres).

Prenons l'exemple des Jeux olympiques, illustration exemplaire de ce type de transition. Pendant les épreuves sportives, le *quelqu'un* s'exprime à plein : compétition entre individus ou entre équipes, performances comparées et records, exaltation de la victoire ou déception devant la défaite, etc. Au moment de la cérémonie de clôture, une transformation magique opère. Les athlètes font leur entrée dans le stade non plus en qualité de rivaux, mais comme autant de membres de la grande famille humaine. La confrontation, le stress et le dépit se sont évanouis. Chacun peut ressentir alors la force de la communion, l'atmosphère de camaraderie, la joie, et même ce bonheur qui irradie jusque sur l'écran de la télévision. Qui n'a pas alors senti battre son cœur et même pleuré de bonheur devant ce spectacle de fraternité universelle où triomphait le *chacun* ?

Aider les autres à se sentir mieux

Bien peu de gens détiennent la recette de la communion du *chacun*, c'est pourquoi il y a tant d'insatisfaits et de solitudes. Je me propose de vous aider à voir le monde à travers le prisme du Soi Supérieur, vous donnant ainsi les moyens de faire émerger cette part d'amour qui est en vous.

Le chemin qui mène au Soi Supérieur passe par l'initiation au concept du *chacun*. Laissez-moi d'abord énoncer cette vérité essentielle que je vous demande de méditer attentivement :

La connexion avec les autres est plus facile quand on est motivé en premier lieu par l'espoir qu'ils se sentent eux-mêmes mieux.

Tout est dans le mot *eux-mêmes*. Consciemment ou non, la raison pour laquelle on a si peur d'approcher les autres réside dans le fait qu'on cherche avant tout à se sentir mieux soi-même ! Je m'explique : on hésite à aborder quelqu'un parce qu'on est effrayé de paraître complètement idiot.

« Je ne me sens pas concerné, je suis seulement un peu timide », me direz-vous. Réfléchissez par deux fois… Dans le cas d'une rencontre, qu'elle soit professionnelle, amicale ou sentimentale, voici les causes essentielles de la timidité :

- Peur d'être rejeté.
- Peur de ne pas être à la hauteur.
- Peur de ne pas trouver les mots.
- Peur du ridicule.
- Peur du regard des autres.

Je ne vous ferai pas l'affront de vous rappeler que, si vous avez peur, vous ne vous préoccupez plus du tout de l'autre, mais de vous et de vous seul. Votre petite voix intérieure ne vous dit pas : « Cette personne est peut-être très seule, elle aimerait bien parler à quelqu'un » ou : « Peut-être puis-je faire quelque chose pour elle ? » Non, elle vous souffle une foule de pensées négatives du genre : « Elle va peut-être penser que je la drague » ou « J'ai vraiment mauvaise mine ce soir, je n'ai aucune chance de lui plaire ».

Quand on éprouve un sentiment d'appréhension, on devient obnubilé par les apparences et par l'image de soi qu'on va laisser. Il est logique, dans ce cas, d'être incapable de comprendre ce qu'on pourrait éventuellement apporter à l'autre, pas même le réconfort d'un simple sourire… Alors on reste coi, sans prendre le moindre risque, en passant à côté d'une belle occasion de faire connaissance. Même si on parvient à aller vers l'autre, on est déconcentré par la nervosité liée au trac. On n'écoute pas vraiment ce que dit la personne et l'on ne sent pas ce qu'elle éprouve. De ce fait, le contact ne s'effectue pas et s'achève par un fiasco.

Donner !

Que l'on soit bien d'accord, je ne cherche pas à vous culpabiliser ! Beaucoup de gens manquent totalement de confiance en eux, et je ne leur jette pas la pierre. Au contraire, je comprends très bien combien il est douloureux de se voir taxer d'inintéressant ou, comme on dit, de manquer de conversation ! Ne laissez pas les autres vous persuader de cela. Si vous êtes très peu sûr de vous, ne vous posez plus la question de ce que vous allez obtenir de l'autre, qui vous enferme dans la spirale infernale de la peur de ne pas être à la hauteur. Pensez plutôt à ce que vous allez pouvoir donner à autrui. En vous demandant : « Que vais-je donner ? » au lieu de « Que vais-je obtenir ? », vous vous sécuriserez et vous vous sentirez riche.

J'entends déjà des objections… « Attendez ! Je donne, je donne, encore et toujours, et je ne reçois jamais rien en retour ! » Ne me faites pas dire ce que je n'ai pas dit ! Je ne vous conseille pas de vous aplatir comme un paillasson devant des individus indélicats ni de tendre l'autre joue ! Bien évidemment, fuyez à toutes jambes les gens qui vous malmènent. Mon propos était seulement de vous faire comprendre qu'en considérant une connexion comme un *don* fait à l'autre, même si on est rejeté, on se sentira plus à l'aise lors de futures rencontres.

Bien sûr, il n'est jamais agréable de se faire rembarrer, je vous l'accorde ! Pire, ce genre d'expérience déplaisante déclenche immanquablement un sentiment d'appréhension, quelle que soit la confiance qu'on a en soi. Mais avouez que la mésaventure est bien plus difficile à vivre si on s'est mis en situation de dépendance et qu'une personne vous rejette alors que vous aviez tout mis en œuvre pour lui plaire...

Allons, je vais vous donner un de mes petits secrets pour vous rassurer définitivement : si votre approche généreuse suscite une réaction déplaisante, c'est que l'autre manque d'assurance. Quelle que soit la situation, croyez-moi : **les gens qui ont confiance en eux se comportent toujours avec beaucoup de délicatesse quand on les aborde de manière généreuse et ouverte**.

Le carnet de bord

En proie à l'appréhension, on tombe facilement dans le piège : au lieu de les aimer, on utilise ceux qui nous entourent. On s'en sert pour qu'ils subviennent à nos besoins. On en oublie qu'ils sont eux aussi des êtres humains avec leurs propres doutes, leurs attentes et leur besoin d'être aimés. Cela s'applique à tous les domaines de la vie.

Vous comprenez maintenant pourquoi le concept du *chacun* nous apprend l'importance de donner plutôt que de chercher à posséder à tout prix. Au fil de la lecture de ce livre, vous allez savoir comment mettre cette idée en pratique. Pour l'instant, je vous demande seulement de garder toujours à l'esprit que votre manque de confiance vous empêche de donner. Et comme rien ne remplace un bon exercice quotidien, je vous conseille de tenir un carnet de bord. Vous y consignerez vos rapports avec votre entourage, en réservant différentes sections pour les liaisons sentimentales, les relations amicales et les contacts professionnels. Laissez un espace libre pour répondre aux questions suivantes :

- Mon approche de telle personne était-elle motivée par la perspective d'en obtenir quelque chose ?
- Se justifiait-elle par la perspective de lui donner quelque chose ?
- Si j'ai approché cette personne dans le seul but d'ob-

tenir, de quelle façon pourrais-je renverser la situation et lui faire un don ?

Notez que ce « quelque chose » peut revêtir de multiples aspects : un compliment, un travail, un remerciement, un rendez-vous, une vente, une tape amicale, une invitation à dîner, etc.

Au départ, il n'est pas nécessaire de passer à la pratique. **Quand vous serez devenu plus lucide concernant vos actes et vos intentions, vous deviendrez naturellement plus généreux.** Laissez du temps au temps et soyez patient. Avoir un comportement altruiste au niveau relationnel peut se révéler, dans les premiers temps, très difficile et malaisé. Si vous éprouvez des difficultés, c'est qu'il vous faut vous débarrasser de vos anciens conditionnements. Sachez aussi qu'au moment où vous découvrirez cette liberté nouvelle que procure la connexion à l'autre, il est possible que vous ressentiez le besoin de « repasser par la case départ », c'est-à-dire de revenir à votre situation initiale d'isolement. Ne vous inquiétez pas, cette petite pause vous permettra de rassembler le courage nécessaire pour repartir vers des horizons encore plus sereins ! Peu à peu, vous allez avoir de plus en plus confiance en vous. Et alors se produira ce que vous estimiez impensable : la torpeur de l'insensibilité s'évanouira, laissant place à une invasion de générosité...

Quand des « étrangers » sont présents autour de vous, pensez toujours qu'ils sont en quête de relations humaines et qu'ils se sentent tous, comme vous, *personne.* Alors, vous serez en harmonie avec eux, même si vous les voyez pour la première fois. C'est ce qu'avait compris mon ami chanteur de cabaret quand j'avais vingt ans. Comme dit la chanson, « La solitude, ça n'existe pas » !

— Partie II —

Explorer la connexion

CHAPITRE 2
CONNAIS-TOI TOI-MÊME !

J'ai vu Pascal pour la première fois au cours d'une soirée chez des amis. Il était clair qu'il n'avait aucun problème relationnel au sens où on l'entend d'habitude. Il parlait avec tout le monde et prenait un plaisir évident à la conversation. Il riait, écoutait les autres, et distribuait des marques d'amitié. *A priori*, il paraissait parfaitement à l'aise, et les rapports humains n'avaient pas de secret pour lui. C'était effectivement le cas, du moins en apparence. En réalité, derrière la façade, c'était une autre histoire…

La véritable connexion

Nos chemins se sont croisés une seconde fois quand je fus invitée à assister à une séance de thérapie de groupe pour hommes. Pascal suivait cette psychothérapie depuis six mois. Sécurisé par la présence des autres participants, il racontait avec beaucoup d'émotion ses angoisses multiples et son intolérable solitude. Les larmes aux yeux, il expliquait qu'il sortait beaucoup, qu'il rencontrait une foule de gens, mais qu'il finissait la plupart du temps par rentrer seul chez lui. Au fond, quelque chose l'empêchait d'établir une véritable relation. Sa plus grande hantise était de mener une vie secrètement solitaire jusqu'à la fin de ses jours.

Imaginez à quel point je tombais de haut ! Ainsi, en dépit du souvenir de l'homme brillant et avenant qu'il m'avait laissé, Pascal ne parvenait pas à établir de connexion avec les autres ! En termes relationnels, il n'était pas plus à l'aise que l'individu le plus coincé du monde qui ne trouve jamais le courage d'aller vers l'autre ni même le saluer. Malgré les différences de comportement entre Pascal et quelqu'un de réservé ou de timide, l'un comme l'autre éprouvent le même enfermement. Étudions le mécanisme d'un peu plus près : qu'est-ce qui empêche qu'une véritable connexion se produise ?

D'abord pourquoi, à votre avis, les gens ressentent-ils le besoin de se lier, d'établir une relation ? Bien sûr, il y a les raisons que j'appellerais « apparentes » : trouver l'âme sœur, se faire des amis, gagner de nouveaux clients, etc. Mais, en creusant un peu plus, on s'aperçoit qu'un tissu complexe d'émotions nous fait tendre vers l'autre pour des raisons moins évidentes. Certaines de ces émotions constituent la base d'une connexion saine, d'autres d'une connexion vouée à l'échec. Voilà quelles sont les motivations respectives selon les modèles du *chacun* et du *quelqu'un*.

Pourquoi on tend vers l'autre selon le modèle du* chacun *:

- pour partager notre chaleur, notre attention, notre amour ;
- pour appartenir à la grande famille humaine ;
- pour agir en sorte que le monde soit plus agréable à vivre pour tous.

Pourquoi on tend vers l'autre selon le modèle du* quelqu'un *:

- pour « colmater ses brèches intérieures », c'est-à-dire par exemple un manque de confiance en soi, une dépendance maladive aux autres ou une grande solitude.

Comme vous le voyez, la différence est de taille ! Et les conséquences ne le sont pas moins ! En voici la raison : si vous considérez une rencontre comme un moyen de pallier vos propres carences, le résultat sera, au mieux, décevant et, dans le pire des cas, humiliant. L'échec est inévitable, car l'autre ne peut remédier à vos manques : vous seul en êtes capable. Certes, vous pouvez ressentir une sorte de soulagement, mais il sera de courte durée, et vous vous retrouverez finalement au point de départ.

L'isolement mental

Prenons l'exemple d'une histoire d'amour, sans perdre de vue, bien sûr, que le même schéma s'applique dans tous les domaines de notre vie. Parfois, on s'immerge dans une relation amoureuse dans le seul but d'apaiser certains besoins affectifs ou autres. Ce genre d'histoires fondées sur l'idée de nécessité me font penser à des pansements adhésifs qu'on appliquerait sur les petits bobos du cœur. Ils ne contentent qu'un temps, et encore : ils laissent souvent insatisfait. Et qu'arrive-t-il aux pansements ? Quand on les sort de l'emballage, ils sont tout beaux, tout propres. Bien vite, ils deviennent gris et sales, et il faut les retirer dare-dare avant de risquer l'infection ! Mon histoire personnelle en est l'illustration parfaite.

J'ai fait la connaissance de mon premier mari le jour de mon inscription à l'université, alors que mon père, qui m'avait déposée en voiture, venait à peine de tourner le coin de la rue ! Nous nous sommes mariés quelques mois plus tard. À l'époque, je pensais que j'avais une chance inouïe, celle d'avoir trouvé si jeune le prince charmant... Il m'a fallu de nombreuses années pour comprendre que la motivation première de mon mariage n'était pas l'amour. C'était plutôt le choix d'une jeune fille dépendante, timorée et solitaire, qui essayait de trouver le réconfort d'un père de substitution. Attention, ne vous méprenez pas sur mes propos, je ne reproche rien à mon ex-mari : c'est un homme admirable et je l'aimais autant qu'il m'était alors possible d'aimer.

Mon mariage a seulement permis de masquer ma profonde solitude et mes angoisses qui continuaient cependant à me tarauder en sourdine. J'ai mis également des années à réaliser que ces sentiments douloureux parvenaient toujours à refaire surface en prenant la forme de colères, de jalousies, de critiques, de caprices, de sentiments d'abandon et de vide. Autant dire que j'étais mal partie et que ma relation ne reposait pas sur des bases saines, c'est le moins qu'on puisse dire ! J'étais intimement persuadée que le problème venait de mon mari, qu'il était la cause de mon mal-être et de mon comportement détestable. J'étais trop sûre d'avoir raison (signe évident d'insécurité) pour remarquer que j'avais un gros travail à faire sur moi-même.

Quand je divorçai après seize ans de mariage, j'avais le sentiment que je m'en sortirais très bien toute seule. Après tout, j'étais une grande fille ! Je n'étais pas du tout préparée à la dépression qui s'abattit sur moi, provoquée par le sentiment d'être une misérable petite chose abandonnée de tous sur cette terre. Je ne comprenais rien à ce qui m'arrivait. Objectivement, je n'étais pas seule au monde. J'avais docilement appris toutes les règles à connaître pour devenir *quelqu'un*. J'avais deux enfants adorables, un doctorat en psychologie, un travail passionnant, un grand cercle d'amis, et un certain succès auprès des hommes. Ma vie sociale était riche, mais je me sentais vide intérieurement. C'est seulement à cette époque que je compris que mon mariage avait été, si vous me permettez l'expression, comme un cautère sur une jambe de bois. Aujourd'hui, nous sommes restés en bons termes, mon ex-mari et moi. Mais je suis consciente que mon mariage n'a servi qu'à occulter des problèmes non résolus et refoulés depuis mon enfance.

Avec le recul, je parviens maintenant à identifier les sentiments qui m'habitaient alors – solitude, manque de confiance en moi, vacuité, dépendance, colère et angoisse – comme une forme d'« **isolement mental** », c'est-à-dire comme une mauvaise connexion avec moi-même, avec celle que je suis réellement et avec mon Soi Supérieur.

Qui êtes-vous ?

Compte tenu des exigences que la société nous impose, il ne faut pas s'étonner que l'on vive pendant des années sans jamais se poser cette question fondamentale. Autour de nous, tout nous oblige à escamoter notre véritable identité pour nous plier aux exigences de nos parents, de nos semblables, de la bienséance et des conventions sociales. Avouez que cela ne laisse pas beaucoup de place à la découverte de soi et à l'épanouissement individuel !

Élevé dans l'ignorance qu'il existe en soi un monde de sérénité insoupçonné, chacun éprouve le désir constant de revenir en arrière, de « rentrer à la maison ». On pense que c'est dans le foyer familial, celui de notre enfance ou celui qu'on a toujours rêvé d'avoir, que se trouve cette sécurité tant recherchée. Alors on tente désespérément de le recréer, de bâtir de nouveaux remparts en s'accrochant à quelqu'un qui nous rassure. Mais, comme vous l'avez vu et certainement vous-même vécu, cela ne fonctionne jamais très longtemps… En l'absence de cette connexion fondamentale avec soi-même, il est impossible d'espérer une véritable connexion avec le monde extérieur. C'est le fameux « Connais-toi toi-même » de Socrate.

Se trouver soi-même

Dans mon cas, mon divorce signa la fin de mon isolement mental et le début de ma connexion spirituelle, c'est-à-dire la connexion avec moi-même. Ma solitude, ma dépendance infantile et mon manque d'assurance éclataient au grand jour : je ne pouvais plus l'ignorer. J'étais forcée de reconnaître que je m'accrochais aux autres dans le but de mettre mes angoisses en veilleuse. Instinctivement, j'eus alors une sorte de révélation : l'unique bonne façon de m'en sortir était d'admettre que les clefs du bonheur reposaient en lieu sûr au plus profond de moi-même, et nulle part ailleurs. Pour atteindre la sérénité, je devais d'abord me « trouver ».

J'ai commencé par m'obliger à garder du temps pour moi, seule. Cela n'était pas facile pour une personne qui vivait mal sa solitude et son insécurité. Au début, j'étais envahie par des sentiments d'envie, de peur et de colère. Je tendais l'oreille pour entendre la voix de mon Soi Supérieur dont je sentais intuitivement l'existence, mais elle était brouillée par les sirènes de mes anciens conditionnements. Ma souffrance révélait à quel point je m'étais éloignée de mon moi intime.

Parfois, rester seule était insupportable. Mais cela pouvait aussi être grisant. Plusieurs fois, il m'est arrivé de me retrouver prostrée, inerte, avec le sentiment que j'allais exploser sous le poids de la solitude. À d'autres moments, je jubilais intérieurement en pensant à une nouvelle victoire sur moi-même. J'ai beaucoup pleuré et j'ai beaucoup ri durant cette période. J'ai éprouvé bon nombre d'angoisses et j'ai beaucoup grandi. Comme je ne savais pas qui j'étais et ce que j'aimais, j'ai tenté des expériences. J'ai lu des livres. J'ai suivi des cours dans de nombreux domaines. Je me suis mise à la méditation. J'ai voyagé. Je me suis forcée à aller seule au restaurant jusqu'à ce que je finisse par apprécier la chose. Lentement, j'ai commencé à découvrir des espaces en moi que je ne soupçonnais même pas.

Dans mon entourage, j'ai progressivement réalisé des changements en rapport avec les bouleversements que je vivais. Je me suis détournée des amis dont le regard sur la vie était rempli d'amertume. Au contraire, je me suis mise à rechercher la compagnie de ceux qui considéraient l'existence comme une aventure joyeuse et passionnante. J'ai pris pas mal de risques. J'ai appris à me respecter moi-même et à ne pas céder à la pression des autres. J'ai combattu mon besoin constant d'approbation extérieure de telle sorte qu'il m'a été plus facile de m'apprécier moi-même. J'ai appris que ma vie avait une valeur, et je me suis investie à corps perdu dans mon travail et dans la vie sociale.

Cette évolution ne s'est pas faite du jour au lendemain. Ce fut l'affaire de chaque minute, de chaque heure, de chaque jour, de chaque semaine, de chaque mois, de chaque année… Ma vie s'enrichissait toujours davantage et je me sentais de mieux en mieux. Un beau jour, l'heure de la victoire sonna ! L'envie, la peur et la colère avaient disparu. Ne subsistaient plus en moi que des sentiments de satisfaction, de plénitude et d'amour. Aujourd'hui, bien que je ne me sente pas connectée en permanence à mon moi intime, ce sentiment d'intégrité prédomine dans ma vie. Et c'est pour moi une immense source de bonheur.

Cheminer vers la guérison

Je me suis remariée douze ans après mon divorce. À ce moment, j'avais découvert à quel point une relation se révèle merveilleuse quand on est envahi par un sentiment de plénitude. Je ne ressentais aucun besoin diffus ni attente à l'égard de l'autre comme lors de mon premier mariage. J'avais confiance en moi, j'avais réglé mes problèmes de solitude, je me sentais libre et responsable : tout le contraire de l'époque de mes vingt ans ! J'éprouvais maintenant un attachement profond, une envie de partager et de donner de l'amour. J'avais enfin compris la vie et ces grandes vérités :

Les blessures intérieures font obstacle aux relations avec les autres. Il faut les guérir soi-même.

Les angoisses profondes empêchent la connexion avec autrui. Il faut les apaiser soi-même.

Quand on panse ses plaies intérieures, un miracle se produit : l'environnement semble progressivement « guérir » en même temps. La vie devient plus riche, le travail plus intéressant, les amis plus attentionnés, et les histoires d'amour plus intenses. On s'aperçoit de la beauté des gens présents autour de soi. On se rend compte qu'ils ne demandent qu'à recevoir de l'amour.

> Même s'il est impossible de se débarrasser totalement de conditionnements qu'on a subis, c'est vers cet espace dépourvu de conflit, plus authentique et chaleureux, qu'il faut tendre. Il fourmille de rencontres et constitue l'assurance d'être heureux.

Chapitre 3
Je veux qu'on m'aime !

Le premier jour d'un séminaire axé sur les relations humaines, chaque participant devait écrire sur un bout de papier blanc quelque chose de lui-même qu'il avait envie de communiquer aux autres. Ensuite, chacun se collait cette petite étiquette sur le front et déambulait parmi les autres, en lisant les différents messages. Une façon tout à fait originale de briser la glace, c'est le moins que l'on puisse dire !

Comme on peut l'imaginer, les phrases des participants étaient des plus variées. Sur certains papiers, on pouvait lire : « J'aime bien voyager », « J'adore jouer au squash » ou encore « Je viens de la quitter ». Mais il y avait aussi un message particulièrement frappant, qui résumait tout, qui éclairait tous les autres *indirectement* formulés. C'était : « *Je veux que vous m'aimiez.* »

Être aimé et s'aimer

On se promène tous avec sur le front un bout de papier où il est écrit « Je veux que vous m'aimiez ». Bien sûr, il s'agit là d'une image ! Mais, qu'on en ait conscience ou pas (ce qui est le plus souvent le cas !), un grand nombre de nos conduites – bonnes ou mauvaises – sont simplement motivées par le mécanisme suivant : comme des enfants, on agit dans l'espoir que tel ou tel acte nous vaudra l'attention et/ou l'approbation qui nous est tellement nécessaire. Si le comportement de chaque individu se modifie certainement avec les années, la *cause* de nos gestes reste toujours identique : la volonté d'être aimé.

En fait :

On a *besoin* d'être aimé.

Mais pourquoi a-t-on peur de dire à quelqu'un qui on est ? La réponse est la suivante : « J'ai peur de vous dire qui je suis, parce que, si j'arrive à le formuler, vous n'allez peut-être pas m'aimer, et ma véritable personnalité est tout ce que je possède. »

N'est-ce pas une excellente piste de réflexion pour comprendre la difficulté de la connexion ? En la creusant un peu, cette phrase contient de nombreux sous-entendus qui peuvent être conscients on non. Elle peut se traduire ainsi :

> « Je veux que vous m'aimiez. Mais je ne m'aime pas moi-même. Si vous me connaissiez vraiment, vous ne m'aimeriez pas non plus. Je vais donc faire semblant d'être différent de ce que je suis réellement. »

Et pour corser les choses, la personne devant laquelle on joue cette sinistre comédie est elle aussi en train de se dire :

> « Je veux que vous m'aimiez, mais je ne m'aime pas moi-même. Si vous me connaissiez vraiment, vous ne m'aimeriez pas non plus. Donc, je vais faire en sorte d'être différent de ce que je suis réellement. »

Exactement la même chose que vous !

Voilà l'exemple typique de deux personnes qui **essayent** d'entrer en contact, qui **veulent** entrer en contact, qui **meurent d'envie** d'entrer en contact, mais qui ne peuvent distinguer le véritable visage de l'autre. Peu importe qu'il s'agisse de deux sœurs, de deux frères, de parents, d'enfants, de collègues, d'amants, d'un couple, d'« étrangers » dans la rue.

On a tous un masque, et on le porte très tôt dans la vie. Enfant, on est vulnérable et dépendant de ses parents, tant physiquement qu'émotionnellement. De ce fait, on vit avec la hantise de les décevoir : « **Si je ne suis pas à la hauteur de leurs attentes, ils vont peut-être m'abandonner !** » Devant une telle angoisse, on commence à dissimuler – et inévitablement à nier – la part de soi-même qui risque de soulever la désapprobation de ses parents, et, plus tard, de ses professeurs et de ses pairs. Par exemple, quand on nous dit qu'il faut être généreux, on désavoue l'avare qui est en soi. Si on nous dit qu'il ne faut pas se fâcher, on fait taire la colère qui gronde en soi. Si on nous dit qu'il faut être fort, on cache ses peurs et ses faiblesses. Si on nous dit qu'il faut être agréable à regarder, on dissimule ses imperfections avec du maquillage, du déodorant, de l'eau de toilette, des colorations pour cheveux, des vêtements à la mode, des talons hauts, etc.

Consciemment ou pas, on est persuadé que personne ne peut nous aimer tel qu'on est en réalité. Au bout du compte, on perd tout sens de sa propre identité : on joue un rôle et nos actes sont déterminés par le besoin de séduire. Nous devenons autant de robots aliénés et terrorisés qui ont depuis longtemps oublié la réponse à la question fondamentale : « Qui suis-je ? »

> Quand on a perdu de vue son identité profonde, il est impossible d'envisager une connexion constructive avec autrui.

S'« auto-reconditionner »

Cet asservissement ne peut s'interrompre qu'au prix d'un processus que je qualifierais d'« auto-reconditionnement ». En clair, il s'agit de découvrir ce qu'il y a de beau et de vrai en soi.

Vous pensez peut-être : « Tout cela ressemble à un cri de rage. On a tous été brimés dès le plus jeune âge et on a vécu avec un perpétuel complexe d'infériorité ! » Attention, il n'est pas question de cela ! J'évoque seulement la société actuelle, qui valorise le conditionnement pour devenir *quelqu'un*. Les règles qu'elle impose aux individus les rendent incapables de s'aimer eux-mêmes.

Heureusement, il n'y a pas de fatalité. Il est possible de renverser le processus et de transformer la haine de soi en amour de soi. J'ai mis au point quelques exercices destinés à vous aider dans cette voie. Ils vont vous permettre de gommer votre fausse identité et vous convaincre que vous avez réellement de la valeur, sans fard ni masque. C'est en prenant conscience de cela que vous rendrez possible l'émergence de votre moi authentique.

Je vous recommande chaleureusement de lire ces exercices avec beaucoup d'attention. Surtout, n'oubliez pas de les appliquer dans votre vie de tous les jours : souvenez-vous, ils ne seront efficaces que si vous les mettez en pratique ! D'ores et déjà, vous pouvez vous mettre à rêver d'une vie remplie de force et d'amour… C'est ce que vous ressentirez quand vous aurez regagné votre propre estime.

Les exercices du conditionnement du *chacun* pour l'estime de soi

Arrêter de vouloir être « parfait »

Y renoncer est la meilleure chose que vous puissiez faire pour vous-même ! Détendez-vous, arrêtez votre perpétuelle fuite en avant et cessez de tenter toujours l'impossible. Comprenez bien : il n'y a rien de plus beau que de **reconnaître l'être humain qui est en vous.**

Pour prendre le meilleur départ possible, commencez par vous imprégner de cette pensée du conditionnement du *chacun*, simplement en répétant au moins dix fois par jour :

Je suis très bien comme je suis... Je suis un être humain admirable qui apprend et qui évolue sans cesse.

Je vous entends d'ici : « Pensez-vous ! Ce n'est pas *moi* du tout, ça ! » En surface, ce n'est pas moi non plus, je vous rassure tout de suite ! Mais alors, que signifie cette affirmation, me demanderez-vous ? Elle ne veut pas dire que vous êtes parfait, ni qu'il n'y a rien en vous que vous n'aimeriez améliorer, ni que vous êtes toujours fier de la façon dont vous vous comportez, ni que vous savez tout ce qu'il faut savoir pour devenir meilleur ! En vous persuadant que vous êtes bien comme vous êtes et que vous évoluez, vous apprendrez que vous possédez une beauté *intrinsèque.* Vous saurez aussi que toute expérience, bonne ou « mauvaise », est susceptible de vous enrichir d'une façon ou d'une autre.

Chacun suit son propre chemin. Personnellement, en tant que perfectionniste obsessionnelle indécrottable, il m'a fallu des années pour comprendre cela. Vous arriverez peut-être à cette même conclusion après trente-deux ans de mariage désastreux... Il faudra, qui sait, plusieurs années de maladie ou d'alcoolisme à votre voisin de palier pour partager la même idée. Chacune de ces expériences conduit à cette intime conviction que l'on va tous dans la même direction, c'est-à-dire vers notre propre beauté intérieure. Pourtant, dans tous les cas, ce que l'on est à cet instant précis relève de la plus parfaite imperfection !

Dans un article intitulé *Le miracle de l'imperfection* [1], il est démontré que si l'on cherche la perfection chez quelqu'un, y compris soi-même, on traite cette personne comme une sorte de machine. Et je ne vous apprendrai rien en vous disant que même les machines sont faillibles... Bref, quand on considère les gens de la sorte, les connexions sont rigoureusement impossibles. Personnellement, je ne trouve guère enthousiasmant de déjeuner, de dormir, d'aller au cinéma ou de travailler avec des « machines ». Je préfère

1. *New Age Journal*, septembre-octobre 1990.

mille fois la compagnie de gens qui se trompent parfois, s'embrouillent, se sentent vulnérables, vieillissent... Je ressens une très forte inclination pour toutes les personnes qui tendent vers ce qu'elles ont de plus humain en elles, et qui touchent aussi ce que j'ai en moi de plus humain.

> C'est à travers l'être humain que nous sommes, et non à travers notre recherche de perfection, que se tissent les liens émotionnels de la connexion.

Visualisation et affirmations

Que nos parents aient ou non été attentifs et aimants pendant les premières années de notre vie, il faut bien garder à l'esprit que nous sommes tous de purs produits du conditionnement pour devenir *quelqu'un.* Vous n'êtes pas seul à avoir pris l'habitude d'être toujours insatisfait de votre petite personne. Tout le monde est dans le même cas ! Une partie de votre travail personnel consiste à vous accorder, à vous-même, un soutien inconditionnel et bienveillant, chose impensable quand vous étiez enfant et donc dépendant.

Bon nombre de gens font exactement l'inverse : au lieu de se construire, ils avancent dans la vie en se sabordant. Leur petite voix intérieure leur met sans cesse le nez dans leurs « défauts ». Elle leur rabâche qu'il faudrait être plus mince, plus élégant, mieux organisé, plus fort, plus riche, plus séduisant... Si l'on veut avoir une meilleure opinion de soi, il est évident qu'il faut mettre cette voix intérieure en veilleuse, hors d'état de nuire, et la remplacer par une conseillère plus complaisante.

Pour atteindre cet objectif, la **visualisation guidée**, qui s'effectue les yeux fermés, constitue une méthode remarquable. L'une des nombreuses applications de la visualisation guidée est de permettre à votre imaginaire, à un moment précis, d'envisager des situations telles que vous les souhaitez, et non pas telles que vous les craignez. Quand la projection de cet idéal prend forme dans votre esprit, vous êtes beaucoup plus à même de mener à bien vos projets dans la réalité. J'ai inclus, à la fin de cet ouvrage, une visualisation efficace pour la connexion, complétée d'explications et de conseils divers. Cet exercice vous sera très précieux avant un rendez-vous professionnel ou tout autre événement suscitant chez vous appréhension ou angoisse. Il vous redonnera beaucoup de confiance en vous.

Un autre outil efficace pour neutraliser cette pernicieuse petite voix intérieure est l'**affirmation**, sorte de « discours intérieur » positif. Les affirmations sont des déclarations fortement positives : elles vous convaincront que vous êtes vraiment « quelqu'un de bien ». Voici quelques exemples de phrases bienveillantes à se répéter à soi-même :

Je suis une personne forte et intéressante.
J'ai beaucoup à apporter aux autres.
J'ai de la valeur.
Je mérite qu'on m'aime.
Je suis capable.
Ma vie a un sens.
Je mène une vie épanouissante.
J'ai tout le temps devant moi.

Le mieux, c'est qu'il n'est même pas besoin de croire en ces affirmations pour qu'elles fonctionnent ! Le simple fait de les répéter inlassablement contribue à reprogrammer les images négatives que vous avez de vous-même. Consacrez au moins dix minutes par jour à la répétition de ces affirmations. Utilisez-les chaque fois que vous vous sentez envahi d'idées négatives. On trouve dans certaines boutiques spécialisées des cassettes entièrement composées d'affirmations positives : vous les écouterez quand vous vous préparerez le matin, quand vous vous coucherez le soir ou dans votre voiture en allant travailler. Cela vous aidera à effacer la négativité et à vous redonner confiance. En les utilisant régulièrement, ce que je vous recommande vivement, vous constaterez très vite des changements sensibles dans votre personnalité.

Pour être encore plus efficace dans votre rôle d'« éducateur », mettez des petits bristols dans toute la maison, dans la voiture, dans votre agenda, n'importe où de manière à tomber dessus pendant la journée. Sur ces petits papiers, vous écrirez en lettres capitales et très lisiblement : « AUTOCRITIQUE INTERDITE ». Leur but est de vous rappeler à l'ordre automatiquement chaque fois que vous commencez à vous mésestimer. Rien ne s'oppose à ce que vous mettiez vos amis à contribution pour vous aider à déterminer les moments où, inconsciemment, vous vous dévaluez. Il va sans dire que vous devrez fuir à toutes jambes les « mauvaises langues » et tous ceux qui vous critiquent à votre place !

Voici une autre façon de vous reprogrammer et de vous débarrasser de votre épuisante voix intérieure. Vous allez :

> *Décoller la petite étiquette « Je veux que vous m'aimiez » de votre front et la placer à un endroit bien plus judicieux... sur votre miroir !*

Je parle ici au propre comme au figuré. On a vraiment besoin de *voir* ce message sur son miroir pour que le subconscient, naturellement tenté par l'autocritique, commence à nous regonfler le moral. En de nombreuses occasions, quand on se regarde dans la glace, la voix intérieure dit : « Horreur, je n'avais jamais remarqué cette ride » ou « J'ai des poches affreuses sous les yeux », ou encore « Mon Dieu, que j'ai mauvaise mine ». Chaque fois que votre miroir vous renvoie quelque chose de négatif, positivez cette image. Vous verrez, cela vous aidera à vous aimer.

Je sais que tout cela est plus facile à dire qu'à faire... La thérapeute et professeur Louise Hay[2] rapporte l'exercice très périlleux qu'elle réclame à ses patients : elle leur suggère de prendre un miroir et de s'y regarder en disant « Je t'aime ». Certains sont tout simplement incapables de le faire. D'autres fondent en larmes, dévoilant leur souffrance, leur déprime et leur dégoût d'eux-mêmes. Elle ajoute cependant que, à force de persévérance, chacun d'entre eux parvient finalement à atteindre un sentiment d'auto-

2. Louise Hay est l'auteur de plusieurs ouvrages parus chez Marabout.

appréciation ou d'auto-reconnaissance, ce qui est indispensable pour affronter le monde la tête haute et la main sur le cœur.

Pour résumer, c'est devant un miroir qu'on se livre en général à son autocritique la plus cruelle. Le juge le plus dur, c'est toujours soi-même. Il est très important de savoir où commence cette soif d'approbation et où elle se termine. Il faut être capable de faire face à son image dans le miroir avec confiance et détermination et de se dire avec conviction :

« Oui, je t'aime vraiment. J'apprécie ta beauté intérieure. Je serais fier d'être ton ami, ton collègue, ou celui ou celle qui partage ta vie. Ton âme belle et forte me donne beaucoup de bonheur. »

Une fois ce stade atteint, peu importe si une personne vous apprécie ou non. Tout simplement parce que vous devenez capable de voir émerger votre vrai moi, première étape dans l'élaboration des liens qui préfigurent la connexion.

Identifier son « rôle » et l'abandonner

Je vous l'accorde, c'est absolument terrifiant au début, puisqu'on relie étroitement le sens du bien au rôle qu'on joue. Mais quand on a enlevé l'écorce de ce « faux moi » et retrouvé sa véritable identité, on fait une découverte fascinante :

Notre *vrai moi* est fort et aimable.

Au-delà de nos actes, qu'ils soient bons ou mauvais, on touche à la part de soi-même empreinte de pouvoir et d'amour quand on atteint le cœur de son Soi Supérieur. Si certaines personnes se montrent lâches et odieuses, c'est seulement parce qu'elles se sont considérablement éloignées de l'essence de leur véritable moi.

Comme je l'ai déjà expliqué, quand nos pensées reflètent l'influence de notre Soi Supérieur, il devient possible d'accepter, au lieu de détester, ce qu'on a en soi de moins bien. C'est-à-dire qu'on peut dès lors accepter la colère, la cupidité, la peur et n'importe quelle émotion qu'un être humain est susceptible de ressentir. En s'acceptant ainsi de manière inconditionnelle et entière, on est enfin prêt à laisser tomber son masque sans crainte. Dire la vérité ne pose plus de problème, ni ne crée d'angoisse d'être désapprouvé. Si quelqu'un vous blâme et vous critique, cela n'a pas d'importance. Désormais, vous avez l'accord et le soutien de la personne la plus importante, celle que vous avez tenté sans succès d'apprivoiser pendant des années. Ce n'est pas votre mère, votre père, votre instituteur, ni un quelconque tiers : c'est vous-même.

Pour faire « craquer ce vernis », qui vous a fait perdre de vue votre véritable moi, il peut être utile de déterminer quel type de comportement vous adoptez pour exprimer votre désir de séduire et d'être aimé. Un éminent psychiatre en a dénombré quelques-uns :

- **Le genre Surhomme** (Je n'ai peur de rien !).
- **Le genre Sainte Nitouche** (Ne suis-je pas un être sensible, souriant, adorable et accommodant ?)
- **Le genre Loquace** (Je suis volubile et je m'exprime à merveille, n'est-ce pas ?)
- **Le genre Caméléon** (Je serai celui que vous voulez que je sois !)
- **Le genre Moralisateur** (Je suis la vertu et la rigueur mêmes. Mes faits et gestes n'admettent aucun reproche…, et vous devriez suivre mon exemple !)
- **Le genre Bambi** (Je suis faible et j'ai besoin qu'on s'occupe de moi !)
- **Le genre Martyr** (Quand je pense à tout ce que j'ai fait pour toi et voilà ce que j'ai en retour !)
- **Le genre Autosuffisant** (Je n'ai pas besoin de vous, ni de personne !)
- **Le genre Authentique** (Regardez-moi, je suis honnête, franc et loyal !)

- **Le genre Carpette** (Pauvre, pauvre de moi, personne ne me respecte !)
- **Le genre Petite Sœur des Pauvres** (Comme je suis généreux et attentionné !)
- **Le genre Gourou** (Je transpire la sagesse !)
- **Le genre Supérieur** (D'un seul mot, je peux casser n'importe qui !)
- **Le genre Fan** (J'adore tout ce que vous faites, c'est génial !)
- **Le genre Sympa** (Comment pouvez-vous me faire ça à moi, alors que je suis charmant comme tout ?)
- **Le genre Pitre** (Ne suis-je pas drôle et irrésistible ?)

Demandez-vous pourquoi certaines personnes agissent apparemment de manière constructive, et d'autres de manière destructrice. Le psychiatre évoqué plus haut part du principe que le « faux moi » peut prendre différentes formes. Mais il distingue deux grands groupes :

1. Le groupe « C'est sans espoir »
2. Le groupe « Je m'accroche »

Les personnes appartenant au premier groupe ont un comportement qu'on pourrait qualifier d'*infra-humain* : toxicomanes, parents qui maltraitent leurs enfants, paresseux, individus au tempérament autodestructeur et se laissant aller en général. Il s'agit de toutes les personnes qui ont baissé les bras, partant du principe que la perfection n'est pas de ce monde. Les personnes du second groupe adoptent quant à elles un comportement *supra-humain* : bourreaux de travail, perfectionnistes, béni-oui-oui, optimistes béats, âmes charitables, etc.

J'ajouterai pour ma part un troisième groupe, qu'on pourrait intituler : « Je ferais tout pour trouver ma place. » Les personnes adoptant ce type de conduite jouent un rôle qui leur donne l'impression de s'intégrer. Selon les situations, elles peuvent se révéler tantôt *infra-humaines*, tantôt *supra-humaines*. En compagnie de « durs à cuire », elles agiront en têtes brûlées. Si elles côtoient des « âmes charitables », elles chercheront à faire le bien autour d'elles. En bref, ce sont des gens capables de faire n'importe quoi pour séduire les autres. L'ironie du sort, c'est qu'en faisant ainsi la girouette, ces individus n'ont jamais l'impression d'appartenir réellement à un groupe.

Je vous conseille l'exercice suivant : essayez de déterminer le plus grand nombre possible de rôles que vous jouez au quotidien. Faites-en une sorte de jeu, en invitant vos amis les plus proches. Organisez une soirée pendant laquelle vous discuterez chacun de vos rôles respectifs. Certains intimes vous aideront sans doute à prendre conscience de comportements que vous ne soupçonniez même pas ! En partageant vos interrogations avec d'autres, vous mesurerez le chemin à parcourir et choisirez la voie la plus objective pour découvrir la vérité, c'est-à-dire votre soif d'amour. Tout ce qui est fait au nom de l'amour peut être réellement éclairant.

Attention, tous les rôles que vous jouez dans la vie ne sont pas nécessairement négatifs ! Il faut surtout s'attacher à votre *motivation.* Si vous êtes du genre « chic type » ou « chic fille » dans le but d'être généreux, c'est tout à fait louable. Mais si vous l'êtes seulement dans le souci de vous intégrer, votre attitude devient alors tout à fait factice : elle fait obstacle à une authentique connexion. Après tout, que se passe-t-il quand deux acteurs tentent de se connecter ? Inévitablement, on obtient ce qu'on appelle une « performance d'acteur ». Cela ressemble à s'y méprendre à une connexion, mais le spectateur lambda n'y croit pas une seule seconde : il sait qu'il assiste à une représentation.

Une fois que vous aurez pris conscience des différents rôles que vous jouez pour vous attirer l'approbation des autres, courage ! Ne vous laissez pas abattre et ne vous flagellez pas, même si la réalité est cruelle ! Analyser ces rôles doit seulement vous amener à vous réévaluer. Quand vous sentez que vous n'êtes plus tout à fait vous-même, prenez les choses un peu à la légère en vous disant intérieurement : « Ah, ça y est ! Voilà que je fais à nouveau mon petit numéro de charme. Évidemment, je ne me sens pas plus à l'aise pour autant ! » Il ne s'agit pas ici d'une autocritique, seulement d'une remarque. En vous faisant cette observation, vous comprendrez que le temps est venu de vous redonner confiance par l'application d'une méthode. Ce regard lucide sur vous-même est une étape décisive pour faire tomber votre masque et retrouver votre véritable personnalité.

Il vous faudra aussi faire preuve de patience. Comme vous pouvez facilement l'imaginer, identifier les rôles qu'on joue dans la vie, puis les démystifier, ne se fait pas en un jour. Comme n'importe quel processus de reconditionnement, cela se mesure à l'aune de toute une vie. Le progrès est constant mais lent, chaque jour apportant une subtile amélioration et un accord plus étroit avec votre moi authentique. Jeter son masque aux orties est aussi un acte courageux. Il faut être fort pour réussir à dire non quand on était habitué à jouer les béni-oui-oui. Il faut du courage aussi pour crier « Pitié, aidez-moi ! », quand on a passé des années à se montrer farouchement indépendant. Vous verrez, en évoluant, vous apprendrez toujours un peu plus à vous connaître et à vous apprécier.

S'associer à des Co-Dépendants Anonymes

Il s'agit de programmes accessibles à tous, en douze étapes, issus d'une théorie fondée sur la compréhension, la découverte de soi et l'utilisation de sa nature spirituelle. Vous n'avez peut-être jamais eu besoin de suivre les réunions des Alcooliques Anonymes (AA), des Boulimiques/Anorexiques Anonymes, des Émotifs Anonymes (EA), des Dépendants Affectifs et Sexuels Anonymes (DASA), ou de n'importe quelle autre association de ce type. Heureux celui qui peut s'en passer ! Mais tout le monde, je dis bien tout le monde, a des raisons de suivre l'un des programmes en douze étapes des Co-Dépendants Anonymes (vous trouverez des informations précieuses sur www.chez.com/groupesdeparis/).

À l'origine, le terme de co-dépendant était utilisé pour désigner une personne qui partage sa vie avec un alcoolique. Aujourd'hui, il est employé selon une acception plus large pour évoquer une **perte d'identité pathologique**. Une personne co-dépendante dissimule sa véritable identité sous une pseudo-identité dans le but d'« intégrer » une société lui imposant un comportement totalement artificiel. Cela ne vous rappelle rien ? Certains y voient une dépendance à l'approbation des autres, effet d'une quête éperdue de confiance, d'amour et de sérénité.

Un comportement co-dépendant est souvent révélateur d'un dysfonctionnement familial. En raison du conditionnement subi pour devenir *quelqu'un*, j'en conclus donc :

Nous sommes tous issus de familles à problèmes !

Même si votre famille est parfaitement normale et chaleureuse, vous devez absolument comprendre que la société, dans sa globalité, vous impose ses attentes et ses valeurs. Il suffit de regarder autour de vous pour remarquer que :

Même les personnes paraissant les mieux adaptées luttent pour une vie meilleure et sont en quête d'harmonie spirituelle.

Les réunions de Co-Dépendants Anonymes peuvent donc beaucoup vous apporter[3]. Elles n'offrent pas une thérapie au sens habituel du terme. Chaque membre prend, à tour de rôle, la direction de la réunion. Il n'est exigé ni honoraires, ni inscription. Il suffit de venir. La fréquence des réunions est régulière, et elles existent dans toutes les grandes villes de France. Si vous ne vous sentez pas à votre aise dans un groupe, n'hésitez pas à en changer. Montrez-vous patient cependant et laissez du temps au temps. Il est tout à fait courant en effet de ressentir une certaine gêne au début quand on est au milieu d'« étrangers ». Vous vous sentirez bien mieux au bout de quelque temps.

Les Co-Dépendants Anonymes présentent un programme

3. Si vous suivez une psychanalyse, il est préférable de consulter votre thérapeute avant d'assister à une réunion ou de suivre une quelconque thérapie de groupe.

essentiellement destiné à l'apprentissage du partage et de la connexion. Il est étudié pour vous aider à voir la vérité, votre vérité, en face. Conçu pour vous seconder, il vous permettra de prendre vos propres responsabilités dans la vie sans accuser les autres. Il vous donnera aussi les moyens de vous aimer comme vous méritez de l'être, et de vous fier à une sorte de force supérieure que vous possédez quelque part en vous. L'essentiel, avec ce type de programme, c'est qu'il vous donnera la démonstration éblouissante qu'« il n'y a pas d'étrangers ». Tout le monde vit dans une seule et même réalité. Chacun d'entre nous, comme je vous l'ai déjà dit, est craintif devant la vie. On fait tous « comme on peut », avec pas mal de difficultés, pour se frayer un chemin dans un monde apparemment hostile. On essaye tous maladroitement d'apprendre à rendre le monde meilleur, plus vivable, pour soi et pour les autres.

Faire revivre l'enfant en soi

C'est au début de la vie que beaucoup de nos problèmes d'amour-propre et de dépendance trouvent leur origine. On les traîne ainsi, consciemment ou non, jusqu'à l'âge adulte. Il est impératif d'effectuer un retour en arrière pour « corriger le tir », c'est-à-dire ce qui n'est pas bon dans son apprentissage de la vie. Rien n'empêche de se défaire de ces modèles de comportement destructeurs. Il existe en effet des ateliers de travail sur le thème de l'« enfant intérieur », qui proposent des méthodes destinées à effectuer ce nécessaire retour en arrière afin de retrouver l'origine du conflit et de se reprogrammer d'une façon plus harmonieuse. Cherchez si ce genre d'atelier de travail existe dans votre région et s'il répond à vos attentes. Sachez qu'il y a aussi une abondante littérature traitant de l'« enfant intérieur » et des méthodes de « guérison ».

Semer les graines du respect de soi

Il arrive à tout le monde de se comporter parfois avec un total manque de respect de soi, par exemple quand on boit plus que de raison. Cela peut être moins évident dans d'autres circonstances, mais tout aussi vrai. Prenons le cas des co-dépendants (et souvenez-vous que vous êtes vous aussi concerné !) : leur personnalité crée ce que j'appellerais des « tueurs de connexion » qui étouffent leur amour-propre. Je veux parler ici de la colère, de la critique, de la manipulation, du caprice, de l'impuissance, de l'envie, de la jalousie, de l'orgueil, de l'égoïsme, de la lâcheté, etc. L'important est de se poser en *observateur – sans se livrer à l'autocritique* – des fondements d'un tel comportement.

Après cette étape de prise de conscience, il suffit d'agir de manière adéquate pour restaurer son amour-propre. Voici la formule magique :

- Quand on pense et quand on agit avec amour, on sème les graines du respect de soi.
- Quand on pense et quand on agit sans amour, on détruit les graines du respect de soi.

C'est simple, non ? Du moins en théorie ! En pratique, c'est une autre paire de manches ! On ne peut pas s'aimer et aimer les autres vingt-quatre heures sur vingt-quatre… L'infernale petite voix intérieure est toujours là pour faire surgir de sourdes angoisses qui altèrent ce potentiel d'amour qu'on possède tous. Cependant, si vous vous mettez sur la bonne longueur d'onde, celle du Soi Supérieur, la balance commencera à pencher du bon côté. Vos attitudes bienveillantes prendront le pas sur vos comportements malveillants.

Attention, je n'ai pas dit que faire preuve d'amour et se montrer généreux dans ses faits et gestes équivaut à se faire marcher sur les pieds ! C'est tout le contraire : quand on laisse les autres nous rabaisser, notre amour-propre en prend un coup !

Rien n'est plus laid que des traces de coup !

Restez debout et respectez l'individu que vous êtes, vous deviendrez naturellement plus ouvert et vous attirerez des gens plus intéressants. Souvenez-vous toujours du célèbre proverbe : « Qui se ressemble, s'assemble. » En ouvrant votre cœur, vous captiverez tous ceux qui s'efforcent de faire de même.

Il est également possible de semer ces graines du respect de soi en faisant du bénévolat dans une association quelconque. En effet, soutenir les autres, je ne vois rien de mieux pour développer le respect de soi : vous en tirerez une très grande satisfaction. Devenir bénévole est aussi un bon remède pour s'ouvrir à d'autres personnes et vaincre le sentiment d'isolement. Cela développera votre attention aux autres, tout en vous aidant à trouver votre place dans le monde.

Prenez un papier et un crayon et écrivez la question suivante : « Qu'est-ce qui fait que j'ai de l'amour-propre, et qu'est-ce qui fait que je n'en ai pas ? » Passez votre existence en revue, notez tout ce qui va, et tout ce qui ne va pas. Ensuite, essayez de voir comment faire pour extirper les « mauvaises herbes de l'autodestruction » et replanter des graines du respect de soi. Donnez à ces dernières le temps de germer, de prendre racine et de pousser. Bientôt, vous aurez un magnifique jardin intérieur, ce que vous êtes vous-même.

Là encore, il va falloir faire preuve de beaucoup de patience. **Notez chaque étape franchie**, si petite soit-elle. Accordez-vous plusieurs minutes dans la journée pour coucher sur le papier ce que vous avez fait pour apporter votre pierre à la construction d'un monde meilleur. Prenez note de tous les compliments et remerciements que vous avez prodigués, de chaque pensée bienveillante qui a traversé votre esprit, du nombre de fois où vous avez tendu une main secourable ou redonné confiance à quelqu'un. Par cette reconnaissance systématique de votre beauté intérieure, vous allez panser les blessures que vous portez depuis votre plus tendre enfance. Rappelez-vous, personne d'autre ne peut mesurer votre valeur. Et une fois que vous aurez pris conscience de votre mérite, personne ne pourra plus vous l'enlever !

Chapitre 4
Guérir le cœur solitaire

La solitude est un sentiment pouvant permettre une exploration approfondie de son véritable moi, de son potentiel de générosité. Elle est donc capable de conduire à une connexion authentique. Inversement, dans une attente désespérée de remplir son vide intérieur, elle peut aussi pousser à agir de façon autodestructrice.

Accepter la solitude

La solitude est enrichissante ou néfaste selon qu'on est capable ou non de prendre un miroir et de se regarder en face sans complaisance. C'est très difficile parfois, car la solitude est trop souvent un sentiment qu'on essaye de se cacher. Il existe une impressionnante quantité d'échappatoires pour l'éviter ou la nier : s'étourdir dans le travail, dans la drogue ou dans les sorties, multiplier les rencontres sans lendemain, se précipiter dans le mariage, faire hurler la radio ou la télévision, vivre dans le passé, avoir la bougeotte, etc. Bien sûr, il est très compréhensible qu'on fasse tout pour éviter une solitude qui peut être vécue de manière extrêmement douloureuse. Le problème, c'est qu'en la refoulant, c'est elle qui nous domine. On perd son âme contre une sécurité illusoire.

Au contraire, si vous acceptez votre solitude, et si vous

la reconnaissez comme telle, vous la dominerez et vous pourrez alors l'utiliser comme un tremplin pour atteindre l'état de plénitude.

Mais au fait, d'où provient ce sentiment d'isolement ? La plupart des psychiatres sont d'accord pour admettre qu'il apparaît dès la petite enfance, quand on fait l'expérience des premières séparations. Leurs avis divergent, cependant, sur les raisons de sa persistance. Leurs observations ont permis de le répartir en trois catégories :

1. L'isolement physique
2. L'isolement émotionnel
3. L'isolement spirituel

L'isolement physique

Dans le monde actuel, l'idée de stabilité, voire de pérennité, est devenue une valeur très secondaire. Notre société technologique favorise au contraire la mobilité professionnelle et géographique. De ce fait, les membres d'une même famille se retrouvent fréquemment disséminés dans leur pays, et même parfois dans des pays étrangers. L'époque exige d'être constamment prêt à relever de nouveaux défis, et souvent à changer d'environnement et de collègues de travail. Il y a aussi le développement du télétravail, qui impose à des gens toujours plus nombreux de n'avoir comme ouverture sur le monde extérieur que leur téléphone, leur fax et leur ordinateur. Par ailleurs, le taux de divorces n'a jamais été aussi élevé, contribuant à faire voler les familles en éclats.

La vie impose donc de multiples deuils. Il faut faire une croix sur les choses et les gens auxquels on s'était attaché. On est bringuebalé d'un endroit à l'autre, d'un emploi à l'autre, d'une maison à l'autre, d'une personne à l'autre. La solitude est en grande partie engendrée par ce sentiment de déracinement. En fait, quand on s'en sort, c'est grâce à une certaine faculté d'adaptation.

Il existe aussi un second type d'isolement physique. De nombreux individus sont timides. Ils hésitent à se joindre aux autres et se retrouvent seuls. Vous avez certainement entendu autour de vous des gens qui se plaignent de ne rencontrer personne ou de ne jamais être invités nulle part. Pourtant, regardez-les, la plupart du temps, ils restent assis là, à se demander pourquoi ils sont si seuls… Personne ne va vers eux parce qu'ils ne font aucun effort pour tendre la main aux autres. Et ils continuent à se morfondre, en priant le Ciel pour qu'on les invite. Ils ont tout faux, car les choses ne fonctionnent pas ainsi.

> Quand on attend que l'autre nous invite, on se met soi-même hors de portée de ce qu'on meurt d'envie de partager : la chaleur de l'autre.

Un troisième type d'isolement physique a pour origine l'éloignement de la nature. La vie citadine nous faire perdre le sens des interactions existant entre tous les organismes vivants. Ainsi, on ne rend pas compte que certains de nos agissements ont des conséquences destructrices sur l'environnement. On gaspille les sources d'énergie de la planète, et cela est très révélateur d'une perte d'identité. Heureusement, on se sent de plus en plus concerné par les problèmes d'écologie. Cette prise de conscience s'accompagne d'un glissement notable de l'idée de séparation (conditionnement du *quelqu'un*) vers celle du bien collectif (conditionnement du *chacun*). En prenant par exemple les transports en commun ou en pratiquant le covoiturage, il est possible de renouer avec une certaine appartenance collective. En travaillant ensemble pour l'intérêt général, on se sent mieux en phase avec l'humanité. Et quand on parvient à éprouver cette conscience d'être uni aux autres, l'enfermement cède le pas à un véritable sens de l'intégration.

L'isolement émotionnel

Une psychologue avance l'hypothèse selon laquelle la solitude n'est pas engendrée par l'isolement physique, mais par l'isolement émotionnel. Son propre mariage et son expérience familiale ont constitué pour elle autant de révélations : **la plus intense des solitudes est celle que l'on ressent chez soi, quand il n'y a aucune communication entre les différents membres de la famille**. Malgré la proximité physique, les dîners silencieux et les cœurs fermés peuvent créer une atroce solitude…

La peur d'être blessés, rejetés ou jugés, nous isole du monde qui nous entoure. On devient incapable d'ouvrir son cœur à la chaleur de l'autre, cette chaleur pourtant capable de faire s'envoler la souffrance qui nous dévore. On reproche à tel ou tel le fait qu'on se sent seul, sans même réaliser que c'est justement notre propre carapace, et non l'autre, qui en est responsable.

À ce stade de douleur et de récrimination, on devient psychologiquement insensible aux sentiments d'autrui. On n'est plus capable de ressentir la souffrance des autres. On ne peut plus éprouver *leur* peur, ni *leur* solitude. En d'autres termes, il n'existe plus aucune empathie, c'est-à-dire ce quelque chose qui est susceptible de déclencher la connexion. À l'inverse, si l'on parvient à regagner cette reconnaissance de l'autre, les murs s'écroulent. Ce qui était un combat – *moi contre toi* – devient *nous ensemble*, à savoir une communion. Vous verrez, en vous délivrant de la peur et de la souffrance, en vous ouvrant aux autres, votre impression de solitude s'évanouira en grande partie !

On se sent également seul quand on perd son véritable moi en tentant d'adhérer à certaines conventions sociales. Pas de quoi s'étonner, à vrai dire, d'éprouver dans ce cas une impression de solitude. Quand on se penche un tant soi peu sur soi-même, on s'aperçoit alors avec terreur qu'il y a seulement un grand vide. Alors on cherche éperdument à s'attacher à quelqu'un le plus vite possible ! C'est un « emménagement », au propre comme au figuré, avec le fol espoir d'habiter enfin un endroit où il y aura vraiment quelqu'un…

L'isolement spirituel

Il est en relation avec un défaut de connexion avec son Soi Supérieur. Il n'est nulle part ici question de théologie ni de religion, mais seulement de développer une puissante connexion intérieure spirituelle, d'avoir une prise de conscience profonde et durable de sa propre intégrité et de sa force intérieure. Quand on n'est pas sur la voie de cette connexion intérieure, on souffre. Et ce n'est certainement pas en agissant selon le conditionnement du *quelqu'un* qu'on se sentira mieux, mais plutôt selon le conditionnement du *chacun.*

> Vous ne trouverez l'apaisement que dans l'affection, l'attention, l'ouverture, le partage, la générosité, le soutien, la sensibilité, en entourant et en réchauffant les autres de votre amour.

Comme vous pouvez le constater, il y a maintes et maintes raisons d'éprouver la solitude, mais aussi mille et une façons de remplir le vide en soi. Encore une fois, c'est un travail de longue haleine ! Vous avancerez lentement : ne vous attendez pas à progresser à pas de géant. Soyez patient ! Laissez la paix intérieure et la sérénité vous envahir, petit à petit.

Quelques exercices pour combler le vide intérieur

Comprendre les bénéfices de la solitude

Pour affronter efficacement votre solitude, il est essentiel d'apprendre à bien la vivre. En général, elle est très mal vécue, même quand on y est habitué. En rentrant chez soi, la première chose qu'on fait souvent est d'allumer la radio ou la télévision pour avoir une présence, c'est-à-dire pour éviter d'avoir l'impression d'être seul. Ou alors on se précipite sur le téléphone pour se donner l'illusion d'une connexion rassurante. En pratiquant une telle politique d'évitement, on cherche bien sûr à se rassurer et à ne pas souffrir. Pourtant, une telle fuite en avant empêche d'apprendre à vivre pleinement et sereinement la solitude. « Mais alors », me direz-vous, « que faire pour sortir de ce cercle vicieux ? »

Accordez-vous quelques instants de calme et de silence

À chaque fois que vous ressentez le besoin pathologique d'allumer la radio ou la télévision, ou bien d'appeler un ami au téléphone, abstenez-vous ! Laissez le vide faire place aux sensations qui montent en vous. Le véritable ennemi n'est pas la solitude en elle-même, mais **le fait de la rejeter**.

Restez vigilant et observez ce qui se passe en vous

En clair, observez comment vous réagissez aux émotions qui vous gagnent à ce moment : « Ah, ça recommence, voilà que je me sens seul. » Grâce à ce petit truc tout bête, vous parviendrez à prendre conscience que **c'est seulement une partie de vous qui est seule, et non pas vous tout entier**.

Pour illustrer ceci, lorsque vous commencez l'exercice, il y a uniquement :

Je suis seul

qui vous laisse dans un état tel que vous vous sentez littéralement happé par la solitude. Comme par enchantement, en vous plaçant en observateur, la situation change et devient :

Je suis seul	**Moi face à ma solitude**

Vous êtes donc déjà moins seul, car vous êtes maintenant deux, vous-même et celui qui vous regarde ! Pas de schizophrénie là-dedans, vous prenez seulement du recul par rapport à cette dévorante impression de solitude qui vous mine. En vous comportant ainsi, vous allez au contraire vous distancier de la souffrance de façon à ne plus la subir. Vous commencerez à comprendre que vous n'êtes pas seulement quelqu'un de terrassé par la solitude (ou toute autre émotion), vous êtes bien plus que cela !

Mettez vos pensées par écrit

Écrire est un excellent moyen de se soulager et de mettre ses pensées au clair. Conservez vos notes, et prenez bien soin de les dater. Vous pourrez ainsi les classer par ordre chronologique et, avec le temps, jouir d'une intense satisfaction en remarquant que vous avez fait beaucoup de progrès sur la route de votre épanouissement.

Fixez-vous un temps de solitude, puis augmentez-le progressivement

Au début, vous allez vous isoler par exemple pendant cinq minutes seulement. Le choix de cette durée n'a aucune importance : comme pour toute activité d'épanouissement personnel, faites comme vous le sentez ! Si vous cherchez à en faire trop en une seule fois, vous courez à l'échec. Chaque jour, augmentez un peu la durée de votre isolement volontaire, jusqu'à ce que vous appréciiez vraiment de vous retrouver seul assis à votre table ou dans votre fauteuil, pour écrire ce qui vous traverse l'esprit pendant au moins une demi-heure (ou plus, si vous le désirez).

Pour faciliter les choses, souvenez-vous de ce qui fait naître le sentiment de solitude

La solitude surgit seulement parce que vous avez renoncé à feuilleter compulsivement votre agenda et à recourir à vos autres bouées de sauvetage habituelles. Vous effectuez une sorte de translation de vos anciens soutiens *extérieurs* vers un soutien *intérieur*. Pendant un temps, vous aurez donc le sentiment d'être complètement abandonné. On pourrait comparer cette impression au symptôme de sevrage, comme pour un médicament, une toxicomanie, une manie ou un tic. Il faut vous en sortir par vous-même sans anesthésie, sans produit de substitution, et cela peut être extrêmement angoissant et douloureux au début. Ne vous laissez pas décourager.

Lorsque le temps d'isolement que vous vous êtes imparti est écoulé, notez que vous vivez bien mieux vos émotions

Vous allez comprendre qu'on ne meurt pas de la solitude. En vous apercevant que vous êtes toujours bien vivant, dites-vous : « J'y suis arrivé ! Et j'y arriverai encore ! »

Fixez votre prochain rendez-vous avec vous-même

Respectez impérativement ces rendez-vous avec vous-même, et n'oubliez pas d'en augmenter progressivement la durée. Vous êtes en train de réaliser un processus de reconditionnement : la répétition et le temps d'isolement accordé sont indispensables pour passer d'un sentiment de souffrance à un sentiment de pouvoir. Que vous le croyiez ou non, ces moments solitaires renouvelés dans votre vie de tous les jours vous feront beaucoup de bien :

> Un jour, vous vous retrouverez assis dans votre fauteuil sans éprouver le moins du monde l'impression de solitude.

Vous aurez alors affronté vos démons intérieurs et vous les aurez vaincus, ce qui est en soi une source incroyable de pouvoir. Suivez cette méthode, et vous serez sur la bonne voie pour découvrir combien la solitude peut être un véritable plaisir.

Se livrer à un passe-temps solitaire chez soi

Trop peu de gens s'octroient un moment à eux pour lire, se livrer à la méditation, prendre un bain voluptueux, écouter une cassette de musique *new age*, cuisiner un plat délicieux juste pour eux, allumer des bougies et savourer le calme ambiant. C'est pourtant ce qu'il est impératif de faire :

Ralentissez le pas, et prêtez l'oreille à la « petite voix intérieure bénéfique » qui vous permet de vous ressourcer.

Pour que ces moments privilégiés soient encore plus agréables, **préparez-les, attendez-les avec impatience, faites-en une fête et non une punition !**

Si vous avez des enfants, vous aurez peut-être des difficultés pour savourer le calme d'une maison vide ou d'un moment de liberté. Faites appel à une baby-sitter ou à un proche pour garder vos enfants afin de pouvoir vous isoler régulièrement. Si vous êtes marié, encouragez votre conjoint à passer la soirée dehors avec des amis. Quel que soit votre cas, même si votre emploi du temps est surchargé, il existe toujours un moyen de se ménager un petit instant de solitude.

Ce rendez-vous avec vous-même doit être une priorité. Une invitation à dîner avec un ami à l'heure où vous aviez fixé votre moment d'isolement vous posera un cruel dilemme, surtout au début. Vouloir rester tranquillement chez soi peut passer pour une excentricité ou être mal interprété… Tenez bon ! Rappelez-vous que votre apprentissage de la solitude passe avant tout ! Expliquez à votre ami que vous avez un rendez-vous important impossible à déplacer, il comprendra…

À une certaine période de ma vie, entre mes deux mariages, je mettais un point d'honneur à n'accepter aucune invitation du vendredi soir jusqu'au dimanche soir. Et pour moi, la soirée du samedi n'était pas la plus solitaire de la semaine, mais bel et bien la plus féconde !

Une activité s'exerçant exclusivement en direction de l'extérieur, sans le contrepoids d'une vie intérieure intense, augmente l'impression de solitude. On finit par perdre le contact avec son moi authentique, seul à même d'apporter la sérénité.

Comme je me permets encore de vous le rappeler, vous sentir à l'aise seul avec vous-même va prendre du temps. Mais vous remarquerez finalement que, lentement mais sûrement, aux angoisses initiales se substituera une délicieuse impatience.

La guérison par la décoration !

Regardez bien attentivement l'endroit que vous appelez votre « chez-vous ». Renvoie-t-il au meilleur de vous-même ? Vous procure-t-il un sentiment de sérénité ? Symbolise-t-il l'estime que vous vous portez ?

Pour trop de gens, leur domicile reflète leur vide intérieur. J'ai souvent eu l'occasion de voir des appartements de femmes et d'hommes divorcés. J'avoue avoir été plus souvent frappée par l'atmosphère de solitude qui émanait de chaque pièce, plutôt que par celle de plénitude. Chez un ami divorcé depuis quatre ans, les cartons du déménagement lié à sa séparation encombraient encore le salon et la chambre… Qui peut avoir envie de rentrer chez soi devant de tels symboles de ruptures, en lieu et place d'images de nouveaux départs ?

Certaines personnes vivent dans un environnement qui leur déplaît profondément. Ils crient à hue et à dia qu'ils attendent de vivre avec quelqu'un pour arranger un peu leur intérieur ou trouver un appartement plus agréable. Quel gâchis ! Pourquoi ne créent-ils pas dès à présent un intérieur reflétant leur estime de soi ? Pourquoi attendre ? Si vous êtes dans ce cas, retroussez vos manches, et créez au plus vite un endroit que vous aurez hâte de retrouver le soir. Il n'y a pas de problème d'argent qui tienne. C'est une question de créativité et de respect de soi.

Si vous vivez avec quelqu'un et que cette personne ne partage pas votre envie de revoir la décoration, choisissez une pièce pour en faire votre « sanctuaire ». Si vos enfants sont particulièrement envahissants, il existe à coup sûr un petit coin de la maison que vous pourrez vous approprier pour exprimer vos talents de décorateur. Ce que je vous conseille là est essentiel. En effet, on a tous besoin d'un refuge pour s'isoler des autres et des choses qui nous accaparent. Il est parfaitement indispensable de se ménager un havre de paix, si petit soit-il, pour se ressourcer mentalement quand on se sent envahi par le stress.

Appréhendez seul le monde

Le monde extérieur peut sembler convivial, mais il paraît aussi hostile parfois. En fait, tout dépend de soi et de sa propre attitude. Si vous pensez que le monde va vous agresser, vous fermez la porte et vous éteignez la lumière. Si vous avez dans l'esprit qu'il va vous prendre dans ses bras, vous ouvrez la porte et vous entrez dans la lumière...

Voici, tirées de ma propre expérience, plusieurs activités que je vous recommande chaleureusement :

Habituez-vous à manger seul au restaurant

Les premiers temps, cela vous paraîtra gênant, et même très désagréable. Ne craignez pas non plus d'être mal reçu. Personnellement, cela ne m'est jamais arrivé : pourtant j'ai dîné seule au restaurant aux quatre coins du monde ! Choisissez n'importe quel établissement qui vous paraît agréable. Peu importe qu'il soit chic ou non, l'essentiel étant que la cuisine soit bonne et le service souriant.

Pendant mes années de célibat, j'avais souvent horreur de faire des choses seule en dehors de chez moi. À présent, quand mon mari va à une réunion le soir ou lorsque je fais une tournée de conférences, je dîne seule au-dehors. J'adore ce moment. Qu'est-ce que je fais pendant le repas ? Je regarde les gens, je réfléchis, j'écris, je lis, et je vous avoue que je me régale vraiment. Et ne croyez pas que je rase les murs ou que je me dépêche d'en finir : au contraire, je prends tout mon temps ! Je m'attarde même parfois encore plus longtemps que si j'étais avec des amis ou en famille... Très vite, vous ressentirez les mêmes choses que moi. Aller seul au restaurant deviendra, à plus d'un titre, votre activité la plus enrichissante.

Faites de petites escapades en solo

L'un de mes passe-temps favoris, quand j'étais seule, était de profiter des longs week-ends pour aller à la mer. Je louais une petite maison avec vue sur l'océan, j'apportais une tonne de livres et je ne parlais à personne, savourant le calme et le silence. Pour augmenter encore le sentiment de solitude, je partais toujours hors saison, quand tout était désert. J'adorais marcher de longues heures sur la plage, emmitouflée dans mon manteau, et je me sentais vraiment en phase avec l'univers pendant ces moments-là. Il y eut des instants où je sentis vraiment la présence de Dieu autour de moi. La plupart de mes expériences intérieures les plus intenses sont survenues au cours de ces périodes solitaires. Elles ont fait jaillir en moi des révélations d'une clarté éblouissante sur la vie et son apprentissage. C'est vrai, l'atmosphère de cette plage déserte en hiver était un peu triste et mélancolique. Mais elle m'apportait énormément, une récompense inestimable.

Dans son livre, *Solitude face à la mer*[1], Anne Morrow Lindbergh, la femme du célèbre aviateur qui effectua la première traversée de l'Atlantique sans escale, rapporte une expérience similaire. Même si cet ouvrage a été écrit à une époque où les femmes ne pouvaient faire des choix aussi librement qu'aujourd'hui et que le contexte est donc un peu daté, je trouve son message toujours d'actualité. Chaque année, Anne Morrow Lindbergh laissait son mari et ses cinq enfants pour s'isoler plusieurs semaines sur une île déserte. Se séparer des siens était la chose la plus douloureuse : elle le vivait comme une véritable amputation. Pourtant, la contemplation de la mer, du sable et des coquillages lui apportait un bonheur immense. Elle a écrit des pages sublimes que je vous laisse méditer : « La vie s'engouffre dans la brèche, plus riche, plus éclatante, plus pleine qu'avant. C'est comme si, en quittant les siens, on perdait un bras. Et après, comme une étoile de mer, c'est comme si un autre bras repoussait, tout neuf, et qu'on

1. Éditions Anne Carrière.

retrouvait une véritable intégrité, bien plus grande qu'auparavant, quand on n'était qu'une partie de soi-même. »

C'est vrai, la contemplation de la nature peut être à l'origine d'instants extrêmement précieux. Quand je regarde en arrière, je m'aperçois que les moments clefs de mon grand voyage vers la plénitude sont tous survenus quand je m'étais isolée à l'écart du bruit et de l'agitation : sur la plage, au sommet d'une montagne, ou en regardant les étoiles. Autrefois, j'étais une vraie citadine, et je ne jurais que par les grandes villes. Récemment, mon mari et moi avons pourtant choisi de nous installer à la campagne dans un magnifique cadre de verdure propice à la solitude.

Faites des voyages organisés avec des personnes partageant les mêmes centres d'intérêt que vous

J'entends déjà vos protestations ! Pitié, pas ça ! Pas un voyage en car au milieu d'une cohorte de touristes en short avec sac banane sur le ventre et caméscope rivé à l'œil. C'est vrai, un voyage organisé ressemble un peu à ce que vous dites… Mais ne vous fiez pas seulement aux apparences, qui sont parfois trompeuses.

Quand je vivais seule, j'avais très envie de voyager, mais je ne voulais pas me retrouver toute seule dans un pays lointain dont j'ignorais la langue. J'ai donc déniché des circuits organisés pour des personnes partageant des centres d'intérêt commun, à des prix tout à fait raisonnables et très enrichissants sur le plan de l'épanouissement personnel. J'ai visité ainsi l'Égypte avec des adeptes de la méditation, et Cuba avec des gens appartenant à des professions de la santé.

À dessein, je n'ai jamais invité d'amie au cours de ces voyages. Je savais qu'en le faisant, je ne me tournerais pas autant vers les autres que si j'étais seule. Au cours de mes périples, je trouvais toujours le moyen de m'esquiver pendant les visites guidées pour aller découvrir des choses par moi-même. J'ai fait ainsi des expériences incroyables. Le groupe n'étant jamais très loin, je ne me sentais pas vraiment perdue malgré la barrière de la langue ou d'usages qui ne m'étaient pas familiers.

J'attire votre attention sur l'intérêt de ces voyages de groupe parce qu'ils offrent immédiatement une occasion de connexion avec les autres. Il suffit de trouver le bon voyagiste ou l'association adéquate, qui vous emmènera hors des sentiers battus et vous fera découvrir des choses en rapport avec vos centres d'intérêt. C'est à vous de le déterminer. Ce fut le cas pour moi lors d'un voyage en Inde avec un moine et quelques disciples du jaïnisme, une religion hindoue prônant le respect absolu de tout être vivant. J'ai ainsi pu découvrir la magie de la culture indienne, comme jamais aucun tour organisé traditionnel n'aurait pu le permettre.

Il existe une foule de voyages axés autour de centres d'intérêt comme l'art, la musique, la nature, et bien d'autres encore. Renseignez-vous auprès de votre voyagiste, questionnez vos collègues de travail, achetez des magazines de tourisme, surfez sur le Net, etc. Cependant, avant de signer pour une telle aventure, renseignez-vous sur l'organisateur. Ou mieux, essayez de trouver quelqu'un ayant déjà utilisé ce tour-opérateur et discutez avec lui.

Rappelez-vous bien : votre peur de l'inconnu aidant (et un voyage, c'est l'inconnu par excellence !), vous allez certainement développer une grande résistance à ce type de tour organisé, consciemment ou inconsciemment. Moi-même, j'avais la déplorable habitude d'attraper la grippe juste une semaine avant de partir… Mais je me disais simplement : « Même si on doit te transporter dans l'avion en ambulance, tu feras quand même ce voyage ! » Et je n'ai jamais annulé !

Arrivée à l'aéroport, j'observais le groupe réuni au grand complet. Je trouvais qu'ils étaient tous ennuyeux et laids, et je décidais que le voyage allait être affreusement pénible ! Bien entendu, je finissais toujours par apprécier tout le monde. À la fin du séjour, j'étais très triste quand venait l'heure des adieux. Sachez que les voyages créent des liens extrêmement forts entre les gens. Je garde encore de magnifiques souvenirs de ces fabuleuses expéditions vers l'inconnu.

Les bienfaits de la méditation

La méditation est un moyen extraordinaire de se connecter avec soi-même. Il en existe différentes formes : zen, méditation tibétaine ou transcendantale pour ne citer que quelques exemples. Chacune d'entre elles mérite que vous vous y intéressiez. Vous trouverez une abondante littérature sur ce sujet pour vous initier. Il est en outre pratiquement certain que vous pourrez suivre des cours de méditation près de chez vous. L'objet de la méditation est de neutraliser l'infernale petite voix intérieure et d'atteindre la sérénité. Personnellement, j'en suis une grande adepte : j'ai même chez moi un espace exclusivement dévolu à la méditation !

En cherchant à apaiser, la méditation apprend aussi à respirer. On est nombreux à « ne pas savoir respirer », alors que cela est absolument indispensable pour bien se relaxer et pour être en phase avec la beauté du monde. Une respiration parfaite permet d'établir un flux entre la plénitude intérieure et la plénitude extérieure. Elle nous fait ressentir chacune de nos connexions. Respirez bien à fond dès maintenant, et remarquez à quel point cela exerce un effet relaxant !

La méditation est également un moyen de s'ouvrir à un monde nouveau. Quand on a l'esprit confus, on se sent fatigué et comme disloqué. À l'inverse, quand notre mental est en paix, on a l'impression de flotter dans un océan de calme et d'harmonie. La vie d'aujourd'hui oblige chacun d'entre nous à rechercher un équilibre permanent entre solitude et engagement. En fait, le secret pour dompter le stress, composant naturel de la vie, repose dans ces moments où l'on retrouve la sérénité de son Soi Supérieur. C'est souvent là que vous trouverez la réponse à ce qui vous tourmente. C'est dans la solitude que vous découvrirez qu'être est plus important qu'avoir, et que vous valez mieux que tout ce que vous pouvez acquérir d'extérieur. Dans la solitude, vous comprendrez que la vie n'est pas un bien à défendre, mais un cadeau à partager. S'apercevoir que votre existence est une richesse à distribuer aux autres, voilà qui devrait vous conduire tout naturellement à vous épanouir et à vous ouvrir aux autres.

Faire le premier pas

Comme je vous en ai déjà fait la remarque, on est nombreux à se plaindre d'être trop souvent seuls. Beaucoup de gens vivent avec l'illusion qu'il n'y a personne autour d'eux pour remplir leur vide existentiel. En vérité :

Ne pas être seul est une question de volonté.

De nombreuses personnes autour de vous partageraient volontiers votre compagnie. Il vous suffit de les y inviter. N'attendez pas qu'elles fassent le premier pas ! Cela peut arriver, c'est vrai, mais pas toujours… Si elles se montrent avenantes avec vous, tant mieux, mais je vous conseille vivement de forcer la chance.

- Invitez quelqu'un à déjeuner, à dîner, ou au cinéma. **N'attendez pas qu'il ou elle vous invite.**
- Frappez à la porte de vos voisins et invitez-les à boire un verre chez vous. S'ils sont absents, laissez-leur un petit mot, et demandez-leur de vous rappeler. **N'attendez pas qu'ils vous invitent.**
- Pensez à ce que vous aimez faire, puis inscrivez-vous à un cours en relation avec l'un de vos centres d'intérêt. Invitez l'un des participants à une activité en rapport avec votre passion commune. **N'attendez pas qu'il ou elle vous invite.**
- À la fin d'un stage quelconque, invitez tout le monde chez vous pour une petite réunion, en toute simplicité. **N'attendez pas qu'ils vous invitent.**

Mettez-vous au cœur d'un environnement que vous ferez vôtre, dans lequel vous aimeriez voir évoluer d'autres personnes. Faites toujours le premier geste. Si besoin est, n'hésitez pas à relancer les gens en les invitant de nouveau. J'ai encore en mémoire deux phrases entendues dans ma jeunesse. Écrivez-les sur des bristols que vous placerez à des endroits « stratégiques », là où vous les verrez le plus souvent possible. Elles vous serviront de pense-bête :

SOIS L'HÔTE DE TA VIE ET NON L'INVITÉ !
et
NE SOIS PAS CELUI QUI SE BRÛLE À LA FLAMME, SOIS CELUI QUI L'ALLUME !

Ne vous méprenez pas tout de même ! Je n'ai pas dit que vous ne serez plus jamais amené à partager les activités d'autres personnes : on vous invitera, bien sûr ! Je n'ai pas dit non plus que vous n'aurez pas le droit, de temps en temps, de vous asseoir et d'accepter la chaleur d'autrui, bien au contraire ! Ce que je cherche à vous faire comprendre, c'est que **votre bien-être doit résulter d'un choix personnel**.

Si vous vous considérez en tant qu'hôte de votre vie, et non comme invité, vous pourrez constater que vous n'éprouverez aucune crainte à passer seul votre anniversaire, le réveillon de Noël ou du jour de l'An : c'est vous qui organiserez la fête ! Là encore, c'est à vous de jouer, et n'attendez rien des autres. Tendez la main de l'amitié au plus grand nombre possible de gens autour de vous. Ainsi, si quelqu'un décline votre invitation, cela ne sera pas pour vous une trop grande déception. Connaissez-vous cet adage : « Ayez au moins huit amis. Car, si vous avez besoin d'un service, sept d'entre eux seront occupés ! » Les possibilités de se faire des amis ne manquent pas. Il existe probablement près d'un million de gens dans votre entourage qui aimeraient sans doute faire mieux connaissance avec vous ! Si vous vivez dans une petite ville, il y en aura certes moins, mais suffisamment quand même pour avoir l'embarras du choix. Les chapitres suivants vous fourniront des méthodes efficaces pour dépasser la peur de faire le premier pas.

Rejoindre un groupe d'intérêt commun

Quand nous avons déménagé et changé de ville, mon mari et moi, nous connaissions très peu de gens à l'endroit où nous nous sommes installés. Puisque mon métier et ma profession tournaient en grande partie autour de l'épanouissement spirituel, j'ai estimé qu'il serait intéressant de rejoindre un groupe travaillant sur ce thème, avec lequel je pourrais apprendre et progresser. Un jour, j'ai entendu parler d'une association appelée « La Vie Intérieure », dont les membres se retrouvaient autour d'un petit déjeuner une fois par semaine. Durant les réunions, chacun prenait la parole pour exprimer ses idées sur le positivisme et sur la notion d'amour appliqués dans différents domaines de la vie de tous les jours. Autour de ces débats se greffaient d'autres activités, un cercle masculin et féminin, un cercle d'affaires et d'auteurs, un club de danse et d'autres manifestations plus ponctuelles. Cela me paraissait très prometteur, et je n'ai pas été déçue ! Mon mari et moi avons donc décidé de rejoindre ce groupe : au bout d'un certain temps, nous nous sommes sentis « connectés » aux cent cinquante autres personnes qui partageaient les mêmes centres d'intérêt que nous.

Je dois vous avouer que la connexion ne s'est pas faite du jour au lendemain. Les premières fois que nous avons assisté à ces réunions matinales, nous nous sommes sentis comme des spectateurs. Avec le temps, nous avons commencé à participer toujours plus activement, et nous avons ressenti un sentiment croissant d'appartenance. Je m'explique le phénomène de manière très simple : si le groupe de personnes ne paraît pas très chaleureux, c'est à soi de *s'impliquer* pour faire en sorte d'être à l'aise. D'ailleurs, une amie que j'avais encouragée à nous rejoindre se plaignait que personne ne semblait l'accepter dans le groupe. Je lui expliquai que la question n'était pas d'être « inclus » quelque part, mais de « tendre » soi-même vers l'extérieur. Malheureusement, elle a néanmoins persisté à attendre de « recevoir » quelque chose des autres. Elle n'a jamais compris qu'il existe un lien direct de causalité entre « donner » et « recevoir », qu'on n'a rien sans rien pour parler familièrement. Bref, elle a fini par en vouloir au monde entier et à accuser tout le monde autour d'elle, c'est-à-dire à reproduire l'attitude qu'elle avait déjà dans la vie. Comme c'était prévisible, elle a quitté le groupe, passant ainsi à côté d'une belle occasion d'aller à la rencontre d'une foule de gens intéressants.

Il existe un large éventail de groupes, qu'ils soient politiques, religieux, sportifs, spirituels, artistiques, caritatifs, écologiques ou autres. Quand vous rejoindrez l'un d'eux, n'oubliez jamais qu'il faut y adhérer **en s'impliquant, en invitant, en créant, en écoutant, en partageant, en donnant, et en aimant les autres**. Vous transposerez ainsi votre engagement à une plus grande échelle, en sachant désormais que :

> C'est par son engagement dans le monde qu'on éprouve un réel sentiment d'appartenance.

Transcendez-vous !

Malgré la foule de solutions pour remplir l'impression de vide, même ceux qui ont appris à vivre sereinement avec eux-mêmes et avec les autres connaissent encore, au plus profond de leur être, une certaine forme d'isolement. C'est quelque chose qui va au-delà de la simple solitude, celle éprouvée par exemple quand on ne trouve personne pour aller au cinéma. J'ai écrit un jour ces vers de mirliton que je me permets de vous faire lire :

Ma vie scintille, ma vie pétille,
J'ai tout, et plus encore…
Dehors le soleil brille,
Et même alors,
Je pleure un peu.

Quand je relis ce petit poème, et quand je me souviens de l'époque où je l'ai écrit, je réalise que je voulais évoquer mes larmes de solitude… Maladroitement, à l'instar de ce sens du sublime évoqué par les poètes romantiques, j'essayais d'exprimer cette sorte d'isolement céleste qu'on éprouve parfois devant l'effrayante immensité de l'univers et devant notre impuissance à l'appréhender tout entier. Une fois établie la connexion avec soi-même, on ressent plus sereinement ce genre de solitude, parce qu'on la reconnaît comme un élément qui nous transcende, d'essence presque divine. La solitude se révèle merveilleuse quand elle pousse à gravir les marches menant au sommet de la conscience, quand elle incite à apprendre, à chercher, à grandir… Dans la mesure où elle est utilisée comme un chemin vers la découverte de soi, elle a des effets magiques. En la comprenant comme un appel du large, vous ne la vivrez pas comme une souffrance. Vous devez juste entendre cette invitation et vous demander quelle orientation donner à votre vie pour vous rapprocher davantage d'un monde de plénitude et d'amour.

Alors, n'oubliez pas : ne développez jamais de culpabilité quand vous vous sentez seul ! Vous êtes quelqu'un de bien et de parfaitement normal. Vous êtes seulement, incurablement et merveilleusement, humain !

— Partie III —

Établir la connexion

CHAPITRE 5
LE PREMIER CONTACT : PRINCIPES DE BASE

Vous êtes au seuil d'une maison remplie d'inconnus, de ce que vous appelez des « étrangers ». Il peut s'agir d'une fête, d'un cocktail, ou d'une réunion en rapport avec votre travail. Mais le résultat est le même : vous êtes rongé par la nervosité... Alors que vous vous tenez raide comme un piquet dans votre rôle de spectateur passif, votre infernale petite voix intérieure entonne son refrain familier :

> « Il n'y a pas un seul visage qui me dise quelque chose. Ils ont tous l'air de se connaître... J'espère qu'on va au moins venir m'adresser la parole. Mais peut-être suis-je habillé un brin trop chic : j'ai l'air d'un pingouin ! Je ferais mieux de m'éclipser une minute dans un coin pour voir l'air que j'ai. Je me sens très nerveux. J'espère que je n'aurai pas besoin de serrer des mains, elles sont toutes moites. Je me sens complètement perdu. Ils ont tous l'air tellement à l'aise. J'aimerais bien m'en aller discrètement... »

Méfiez-vous des mauvaises méthodes…

Même si votre voix intérieure est dans l'un de ses bons jours et qu'elle a la bonté de vous laisser tranquille, vous ne pouvez ignorer votre cœur qui bat, votre estomac noué, et tous les symptômes d'une nervosité à son paroxysme.

Comment dominer ce genre de sentiments désagréables ? Ne parviendra-t-on jamais à entrer dans une pièce peuplée d'inconnus et se dire, tout simplement, qu'on va passer une excellente soirée à faire connaissance avec les personnes présentes ? En d'autres termes, est-il possible d'envisager *n'importe quelle* rencontre, qu'il s'agisse d'une ou de cent personnes, en se disant qu'il n'y a vraiment pas de quoi avoir peur ? La réponse est bien sûr *oui !*, cent fois *oui* ! Il y a de nombreuses méthodes très efficaces pour vous faire entrer en toute confiance dans ce que j'appellerais, pour faire court, une « pièce bondée » : assumer sereinement un entretien professionnel, un rendez-vous avec un inconnu, une présentation officielle à ses futurs beaux-parents, etc.

Mais avant tout, revoyons ensemble quelques-unes des différences fondamentales entre le conditionnement du *quelqu'un* et le conditionnement du *chacun.*

Le conditionnement du *quelqu'un* nous pousse à :	**Le conditionnement du *chacun* nous apprend à :**
• Jouer sur le paraître • Voir ce que l'on peut gagner • Jouer un rôle de battant • Ignorer son Soi Supérieur • Exercer un contrôle sur les actions et les réactions de l'autre	• Travailler sur ce qui est en nous • Évaluer ce que l'on peut donner • Se montrer tel que l'on est • Agir selon son Soi Supérieur • Contrôler ses propres actions et réactions

Comme vous pouvez aisément vous en rendre compte, les méthodes de connexion issues du conditionnement du *quelqu'un* sont diamétralement opposées à celles reposant sur le conditionnement du *chacun*. La plupart de celles que vous trouvez dans les magazines et dans de nombreux livres traitant de l'épanouissement personnel appartiennent à la première catégorie. Je ne dis pas qu'elles sont inutiles, mais elles sont très superficielles pour une simple et bonne raison :

> Tous les outils de connexion issus du conditionnement du *quelqu'un* sont basés sur un principe de séparation et non d'unité.

Le conditionnement du *quelqu'un* conduit toujours à agir dans un esprit de compétition et de rôle à jouer. Il vous contraint à porter un masque qui dissimule votre véritable personnalité, à avoir toujours à l'esprit d'obtenir quelque chose d'autrui. Les méthodes que vous pouvez trouver dans les magazines ont pour inévitable résultat d'accroître votre peur plutôt que de vous rassurer. Elles vous conseilleront tantôt de vous mettre sur votre « trente et un », tantôt de prendre une attitude faussement décontractée pour cacher votre anxiété. D'autres vous diront qu'il faut en « mettre plein la vue » en étalant votre niveau de vie ou la générosité de votre tour de poitrine… On vous recommandera tout et son contraire ; jouer au timide, au macho ou au héros ; faire comme ci, faire comme ça, etc. Au moins, tous ces conseils ont un fondement commun : « Mon Dieu, faites que personne ne me voie tel que je suis ! »

Récemment, je suis tombée sur un mensuel qui donne à ses lecteurs des conseils dans une rubrique intitulée « Comment impressionner les autres ». Cela va du désodorisant mentholé pour l'haleine au stylo à plume prestigieux bien en évidence dans la poche, en passant par les chaussures hors de prix et le maquillage ultra-sophistiqué. J'avoue que pour avoir une meilleure estime de soi, c'est mal parti !

Dans notre société, ces conseils peuvent effectivement aider à produire le petit effet initial qu'on recherche. Mais il y a le revers de la médaille, bien moins reluisant, qui équivaut à autant de coups de bâton.

Le message ainsi donné, consciemment ou inconsciemment, est *toujours* le même : « Tu n'es pas assez bien naturellement. Si tu ne fais rien pour t'arranger, personne ne t'acceptera ! » Avec plus ou moins de virulence, on nous serine à longueur de journées qu'on n'est pas vraiment attirant. Pour plaire ou pour réussir, il faut soigner les apparences, s'« accessoiriser ». Vous allez peut-être me dire : « Je me moque complètement de mon subconscient. J'ai besoin d'aide, et j'ai envie d'utiliser ces méthodes pour voir si elles fonctionnent. » Très bien, vous voilà maintenant le nez dans un autre problème… Le voici :

Les méthodes du conditionnement du *quelqu'un* n'ont qu'un effet momentané. Elles ne s'adressent jamais aux racines mêmes du mal, à savoir vos angoisses. Que se passe-t-il après que vous avez fait la connaissance d'une personne ? Au fond, vous êtes encore et toujours « vous », celle ou celui qui ne se sent pas à la hauteur. Vous restez toujours sur vos gardes, de peur que votre véritable « moi » ne vienne transparaître sous le masque. N'est-ce pas là un piètre départ pour une authentique connexion ? Et il est possible que beaucoup d'eau coule sous les ponts avant que vous ne vous rendiez compte d'avoir fait fausse route ! Combien de ces rencontres faussées à la base se terminent par des fiançailles ou même des mariages ! Des couples peuvent même vivre le restant de leur vie en se tenant perpétuellement sur leurs gardes, sans jamais exprimer leur véritable personnalité de peur de décevoir l'autre et ses proches. Ils s'imaginent que, si leur partenaire découvrait leur identité réelle, il pourrait les quitter ! Ils vivent dans l'angoisse permanente d'être « démasqués ». Avouez que ce n'est pas franchement alléchant…

… et adoptez la bonne !

Passons maintenant aux techniques du conditionnement du *chacun* et voyons en quoi elles diffèrent. Reprenons le scénario initial : vous êtes au milieu d'une pièce remplie d'« étrangers ». En dépit de votre haleine mentholée et de votre ensemble dernier cri, la nervosité vous étreint. La petite voix intérieure, cette langue de vipère, commence à cracher son venin. En un rien de temps, elle a réduit en poussière le peu de confiance que vous aviez en vous. C'est la phase n° 1.

1. Dites « Stop ! » à votre voix intérieure !

Ce cri salutaire est le résumé du petit discours suivant :

Stop ! J'en ai assez et je suis fatigué de t'entendre ! Je vais te bâillonner et laisser parler la voix qui respecte la personne que je suis !

Un silence providentiel va alors immédiatement s'installer dans votre tête. Ce sera le moment de mettre la phase n° 2 rapidement en action.

2. Affirmez !

C'est le moment d'utiliser des affirmations qui vont vous revaloriser. Après avoir neutralisé votre voix intérieure, vous commencerez à vous répéter au moins dix fois de suite :

Je suis d'une compagnie agréable.
Je suis fier de moi.
Je mérite qu'on m'aime.
J'ai beaucoup à donner.
J'illumine la soirée.

Là encore, plus vous répéterez ces phrases, mieux vous vous sentirez, mieux vous vivrez la situation : vous remarquerez que vous vous tenez un peu plus droit et que vous êtes plus calme. N'oubliez pas : vous n'avez pas besoin de croire au contenu de ces affirmations pour qu'elles fonctionnent. Votre subconscient les enregistre, et c'est la seule chose qui compte. Faites-moi confiance !

Vous êtes maintenant prêt à faire quelques pas dans la pièce et à porter votre attention sur une personne, ou un groupe d'individus, avec qui vous avez envie de faire connaissance. Passez à la phase n° 3.

3. Quelle que soit la réaction de celui ou de celle que vous allez aborder, soyez convaincu que vous êtes quelqu'un de valable !

Relisez encore cette phrase : c'est la clé qui permet de comprendre pourquoi il nous est si difficile d'approcher d'autres personnes. On part du principe que notre valeur est déterminée par ce que les autres pensent de nous ou vont penser de nous. C'est là qu'on a tout faux ! Elle dépend au contraire du regard qu'on a sur soi-même, sur l'estime qu'on se porte. On touche là, bien sûr, le cœur du problème. Répétez cette phrase :

> *Peu importe la réaction des autres, je sais que je suis quelqu'un de valable.*

Les conséquences de cette affirmation sont de la plus haute importance ! Réfléchissez bien ! Elle signifie que vous n'allez laisser à personne le droit de vous juger. La seule personne susceptible de le faire, c'est vous et vous seul. Ainsi, vous allez en finir avec cette mauvaise manie de toujours courir après l'approbation d'autrui. Enfin, vous allez réduire au silence votre épuisante voix intérieure et permettre à votre Soi Supérieur – et à lui seul – de déterminer votre valeur personnelle. Je vous le dis : cette affirmation est absolument formidable !

4. Approchez-vous et accueillez la personne avec qui vous désirez faire connaissance

C'est à dessein que j'utilise le terme « accueillir » : il illustre parfaitement votre démarche. Mon fidèle dictionnaire des synonymes propose les équivalents suivants de ce mot formidable : reconnaître, saluer, souhaiter la bienvenue, honorer, recevoir, etc. Transposé dans le langage du Soi Supérieur, voilà ce que cela donne :

Je reconnais ta présence.
Je salue notre humanité.
Je souhaite la bienvenue à tout ce que tu peux offrir aux autres.
J'honore la beauté en toi.
Je te reçois de tout mon cœur.

Au cas où vous commenceriez à douter de mes facultés mentales, rappelez-vous que c'est votre Soi Supérieur qui parle ici ! Son langage est d'une nature radicalement différente de celui de la voix intérieure. Celle-ci aurait dit au contraire :

Je veux qu'il ou elle reconnaisse ma présence.
Je veux qu'il salue l'être humain en moi.
Je veux qu'il souhaite la bienvenue à tout ce que j'ai à offrir.
Je veux qu'il honore ce que j'ai de beau en moi.
Je veux qu'il me reçoive en m'ouvrant son cœur.

Si vous tombez dans ce piège, vous êtes terrorisé et vous vous dites : « Que se passe-t-il si l'autre ne répond pas à mes attentes ? » Je me permets de vous le répéter encore : on n'est jamais sûr d'obtenir le résultat escompté. Pour avoir confiance en vous et éviter de vous sentir déstabilisé, imprégnez votre mental du message que vous envoie votre Soi Supérieur : « Quel que soit mon interlocuteur, je suis une personne de valeur. Il ne dépend que de moi d'être accepté ou rejeté ! »

Pensez toujours que vous n'aurez *jamais* le contrôle des autres, mais que vous déterminez *vos* pensées et *vos* actes. Alors, n'est-il pas plus gratifiant d'agir et de penser dans le sens de l'amour-propre et du respect de soi dicté par le conditionnement du *chacun* ?

Allez, encore un petit truc… Au moment où vous

approcherez l'autre *le cœur ouvert* et que vous craindrez d'être mal reçu, il vous raffermira dans votre résolution :

En toutes circonstances, plus une personne se conduit de façon blessante ou odieuse avec vous, plus elle se sent mesquine et éloignée de sa beauté intérieure, et moins elle peut lire dans le cœur des autres. Son air supérieur reflète inévitablement une volonté de dissimuler un manque d'estime de soi vécu comme une humiliation.

Si nécessaire, écrivez ce texte sur un papier et punaisez-le au mur. Tout le monde a ses petits accès de mauvaise humeur, j'en conviens ! Mais d'une façon générale, quelqu'un qui a conscience de sa propre valeur agit toujours cordialement envers celui qui l'aborde.

Bon, revenons à nos moutons, vous êtes à présent face à cette personne. Et ensuite ?

5. Regardez-le (ou -la) dans les yeux tout en projetant silencieusement des pensées chaleureuses

Dans l'un de mes cours, j'avais proposé un petit exercice de conditionnement du *chacun*, lequel, si j'en crois mes étudiants, était très efficace pour effacer l'embarras lié à une rencontre à caractère social ou professionnel. Je vous montrerai ensuite comment l'appliquer au quotidien.

Je demandais d'abord à chacun de mes élèves, qui ne se connaissaient pas, de choisir un partenaire et de lui faire face. Soit dit en passant, c'était en général à cet instant que je m'apercevais que l'un d'eux était parti aux toilettes : l'angoisse sans doute ! Quand toutes les paires s'étaient formées, à contrecœur toutefois, je leur demandais de regarder l'autre, avec l'interdiction de sourire, de parler, et en se disant mentalement :

Cette personne est comme moi... C'est un être humain doué de sentiments, qui a envie de se connecter et d'être aimé, qui a aussi souffert d'être parfois rejeté... et qui est aussi nerveux que moi.

Alors qu'ils projetaient cette pensée issue du conditionnement du chacun, je leur rappelais de plonger leur regard dans celui de leur partenaire et simplement d'*être*. Ne rien faire, ne rien dire, simplement *être* ! Cela paraît simple, non ? Eh bien, ce n'est pas le cas ! Pour la plupart d'entre nous, cette phase est incroyablement difficile. La plupart du temps, on éprouve le besoin de sourire, de plaisanter ou de parler. Il n'y a rien de plus intimidant que de regarder quelqu'un dans les yeux en se contentant d'*être*.

Certains étudiants m'avouaient que leur voix intérieure se mettait alors à chuchoter en leur assenant des considérations du genre : « J'aurais dû forcer un peu plus sur l'anti-cernes ce matin » (ou autres). Je leur demandais simplement de noter ce qu'elle leur disait, de le laisser de côté, et de se concentrer sur les pensées du conditionnement du *chacun* que je leur avais suggérées. Je leur rappelais que la connexion commence par une relation véritablement télépathique, et que les pensées projetées déterminent en grande partie son déroulement futur.

Après quelques minutes, je leur disais : « Maintenant, continuez à regarder l'autre, souriez, et projetez silencieusement cette pensée » :

> *« J'ai vraiment envie de te connaître. J'aimerais partager le meilleur de moi-même avec le meilleur de toi. Je voudrais t'aider à te sentir plus sûr de toi et de ta valeur. J'aimerais être ton ami. Je t'apprécie tel que tu es vraiment. »*

Un moment plus tard, je donnais de nouvelles instructions : « À présent, je voudrais que vous vous serriez dans les bras l'un de l'autre, en essayant réellement de partager votre chaleur et en appréciant la chaleur que votre partenaire vous donne. Laissez-vous aller dans cette étreinte, détendez-vous dans cet échange, et projetez silencieusement cette pensée » :

> *« Je te donne chaleur et réconfort. Je reçois la chaleur et le réconfort que tu me donnes. »*

L'instant d'après, je leur demandais de se séparer et de se remercier mutuellement pour cette expérience.

Un immense soulagement se lisait sur les visages… Les commentaires fusaient : « Ouf, c'est bien quand ça se termine ! » Mais comme je suis gentiment sadique, leur tranquillité était de courte durée… car je leur demandais de se choisir un nouveau partenaire pour recommencer l'« épreuve ». De nouveau, l'atmosphère redevenait tendue. J'entendais quelques grognements de protestation, mais tous finissaient par s'exécuter. Je répétais cette expérience au minimum six fois, parfois avec des partenaires de même sexe, parfois avec des couples de sexe opposé. Au fil des répétitions, la tension ambiante diminuait sensiblement et devenait moins embarrassante.

Quand l'expérience était terminée, mes étudiants retournaient à leur place. J'observais un changement sensible dans l'attitude de chacun, excepté bien entendu chez la personne qui s'était cachée aux toilettes pendant toute la séance ! Le malaise initial s'était évanoui. Il avait cédé la place à une joyeuse convivialité. Tout le monde riait et bavardait avec son voisin : **une sensation de connexion traversait la pièce**.

J'attirais alors l' attention sur le contraste entre l'instant présent et le moment où ils avaient pénétré dans la pièce pour assister au début du cours. Ils étaient entrés un par un, jetant autour d'eux des regards furtifs… Ils avaient choisi des places le plus éloignées possible de leur voisin. Seuls les derniers arrivés, faute de pouvoir garder un espace qu'ils croyaient vital, avaient été obligés de s'asseoir près de quelqu'un d'autre. C'est tout ce qu'ils avaient fait : s'asseoir ! L'ambiance était pesante et la tension se lisait sur tous les visages. Excepté quelques chuchotements entre ceux qui étaient venus ensemble, il n'y avait pas eu une seule parole échangée !

Quelle différence après l'exercice ! Maintenant, j'avais toutes les peines du monde à faire revenir le calme… Ils étaient tous très occupés à comparer leurs notes. Lorsqu'ils furent finalement calmés, je passai entre les tables en demandant à chacun d'exprimer les pensées qui l'avaient traversé au cours de l'exercice. Voici les réponses :

– « Au début, j'aurais voulu disparaître sous terre. Et puis après, c'est devenu plus facile. »
– « C'était difficile de simplement "être". J'avais envie de glousser, de plaisanter. »
– « Je crois que mes lunettes marquaient une distance. Je me sentais comme en retrait. »
– « On se sent certainement plus près de l'autre. »
– « Le sourire m'a facilité les choses. À ce moment, je me suis sentie plus à l'aise. »
– « J'ai pensé que je donnerais tout pour ne pas avoir ce point noir sur le nez. J'étais terriblement embarrassée. »
– « Avec la pratique, c'est plus facile. Au début, j'étais paralysé de peur, mais à la fin, je cherchais déjà mon prochain partenaire, l'exercice à peine terminé. »
– « J'étais tellement obsédée par mon propre malaise que j'ai eu beaucoup de mal à "sentir" mon partenaire. »
– « Au bout de trente secondes, il se passait des choses étonnantes. Je suis tombé amoureux au moins trois fois ! »
– « Cela m'a beaucoup plu de voir les autres se détendre alors que je me sentais moi-même plus à l'aise avec eux. C'est très valorisant. »

Je découvre toujours avec beaucoup de joie les observations de mes étudiants concernant le déroulement de l'exercice. Comme je vous l'ai déjà fait observer, à moins d'avoir de la pratique, il est très difficile de se regarder dans les yeux sans sourire ni parler. Se contenter d'*être* est en soi une épreuve. La plupart des participants éprouvent le besoin irrépressible de *faire* quelque chose : sourire, pouffer de rire, plaisanter, faire une remarque quelconque, ou dire à son partenaire qu'il ou elle a de beaux yeux. Même les plus extravertis éprouvent des difficultés dans cette confrontation « les yeux dans les yeux ».

Et puis viennent les étreintes. À cet instant, certains ressentent un véritable partage de douceur. D'autres sont tellement coincés qu'aucune chaleur ne passe, et donc, malheureusement, la connexion ne se réalise pas. Les hommes trouvent extrêmement difficile d'étreindre un autre homme, et j'entends souvent des claques dans le dos et autres plaisanteries. Pour certains, il est très dur de montrer leur affection véritable sans lui donner un caractère quelque peu « viril ». Je reviendrai sur ce point dans le chapitre 8.

Accueillez la lumière qui brille chez l'autre !

Cet exercice s'est déroulé dans des conditions expérimentales, mais il peut s'appliquer n'importe quand, n'importe où, et avec n'importe qui. À l'intention de mes étudiants qui n'ont pu en tirer tout le profit, j'ai mis au point une méthode que vous pourrez aussi utiliser.

Admettons que vous marchez dans la rue et que vous entrez dans un magasin, ou que vous vous livrez à n'importe quelle activité au cours de laquelle vous allez côtoyer d'autres personnes. Avant toute chose, essayez de « voir » les gens qui vous entourent comme jamais peut-être vous ne les aviez vus auparavant. On regarde trop souvent les autres à travers le prisme du conditionnement du *quelqu'un.* Par conséquent, les pensées qui nous traversent l'esprit prennent souvent la tournure suivante :

– « Eh bien, elle est beaucoup trop maquillée ! On dirait une voiture volée ! »
– « Elle serait pas mal si elle n'avait pas un si gros nez ! »
– « Il est affreux ! Qui pourrait bien avoir envie de sortir avec ce type ? »
– « Elle est vraiment canon ! Je l'emmènerais bien faire un petit tour chez moi ! »
– « Il n'est vraiment pas sympa avec le serveur. Il est arrogant ! »
– « Elle est mal fagotée. Il y en a vraiment qui ne font rien pour s'arranger ! »

Et ainsi de suite…

Il est grand temps de suivre un autre scénario, celui que

vous dicte le conditionnement du *chacun* à travers le Soi Supérieur. Il est très facile à mémoriser, car il tient en une seule ligne. Maintenant, quand vous vous trouverez de nouveau au milieu d'une foule de gens, répétez-vous silencieusement, tout en regardant attentivement chaque personne autour de vous :

J'accueille la lumière qui brille en toi !

Vous ne voyez pas ce que je veux dire ? Pas de problème, je vous explique tout ! Chacun d'entre nous porte en soi un espace d'amour et de lumière, c'est ce que j'appelle le Soi Supérieur. Les aléas de la vie aidant, on s'est peut-être fabriqué une carapace qui recouvre cet espace et le rend invisible. Cependant, cet amour et cette lumière sont toujours en soi. En projetant cette pensée : « J'accueille la lumière en toi ! », on peut dépasser tous ces jugements de valeur qu'on porte sur autrui. Au lieu de le trouver « beau » ou « laid », on se connecte à la beauté intérieure de l'autre. Même si la personne en question nous paraît odieuse et antipathique, « J'accueille la lumière en toi ! » ouvre les cœurs et nous permet de voir à travers les carapaces.

Et ce n'est pas tout ! Si vous parvenez à distinguer la lumière qui brille en chaque individu, au-delà des apparences, vous ressentirez votre lumière personnelle scintiller avec encore plus d'éclat. C'est logique, non ? Dorénavant, et même si cela vous semble ridicule, habituez-vous à projeter **silencieusement** cette pensée : « J'accueille la lumière qui brille en toi ! », toutes les fois où vous serez en contact avec des gens. Que vous soyez en voiture, dans la rue ou dans un restaurant, prenez le temps de regarder et de dire en pensée à chaque personne présente autour de vous :

Peu importe ce que je vois, j'accueille la lumière qui brille en toi !

Peu importe qu'il s'agisse d'un SDF vous réclamant une pièce ou d'un cadre en complet-veston. Peu importe que l'individu devant vous soit avenant ou bourru. Peu importe qu'il corresponde ou non aux canons de la beauté. Peu importe qu'il soit noir, blanc, beur ou asiatique. Peu importe son pays d'origine. Quand on accueille la lumière présente en chaque personne, on projette sa propre clarté en elle. En agissant de la sorte, on contribue à apaiser non seulement la souffrance de l'autre, mais aussi la sienne.

Un excellent moment pour faire cet exercice est précisément celui où votre patience est mise à rude épreuve, par exemple quand la caissière du supermarché n'en finit pas d'enregistrer vos achats, lorsqu'un vieux monsieur roule à 30 km/h devant vous, quand vous êtes confronté à une personne agressive ou mal lunée. Au début, le fait de projeter en pensée des messages d'amour relèvera de l'insurmontable, je le sais ! Mais tenez bon, persévérez et continuez à vous répéter en pensée :

Peu importe ce que je vois, j'accueille la lumière qui brille en toi !

Ces mots pourraient se traduire ainsi : « Je m'intéresse **seulement** à ta beauté intérieure. » En dehors du fait que vous allez ainsi apporter chaleur et attention à l'autre, ce type d'affirmation a plusieurs effets bénéfiques :

1. Elle diminue considérablement votre tension artérielle.
2. Elle vous fait éprouver de la compassion pour autrui, mais aussi pour vous-même.
3. Elle vous emporte dans le tourbillon harmonieux de l'aventure humaine, au lieu de faire de vous une sorte de monolithe stressé.
4. Elle produit des ondes positives autour de vous.

Pas si mal pour une si petite phrase, non ?

Pour utiliser au mieux cette méthode, imaginez-vous en train de projeter une lumière chaude et apaisante qui sortirait de votre corps et viendrait envelopper tous ceux que vous regardez. De la même façon, vous pouvez projeter virtuellement l'image de cette lumière dans une pièce remplie d'« étrangers ». Ainsi, vous rendrez instantanément l'endroit bien plus rassurant. Pour ma part, quand il s'agit de briser la glace qui recouvre les cœurs, y compris le mien, j'adore utiliser l'image de cette chaleur issue d'une flamme imaginaire.

Dites : « Je t'aime » !

C'est là une variante de la phrase « J'accueille la lumière en toi ! ». Quand vous croisez des gens dans la rue, dites simplement « Je t'aime » à chacun d'entre eux, intérieurement bien sûr ! Pour celles et ceux qui réservent ces mots à l'attention de personnes qu'elles ont élues, je me permets de rappeler qu'il existe différentes formes d'amour. Je fais ici allusion à l'amour de l'Humanité, c'est-à-dire à l'affection que l'on doit porter à tout être humain. Oui, vous avez bien lu, même à celui auquel vous auriez bien envie de casser la figure ! L'une de mes amies a pratiqué cet exercice pendant un mois. Elle fut très surprise de remarquer un changement radical dans son état d'esprit et dans ses relations avec les autres. Si vous vivez dans une ville réputée inhospitalière, vous serez étonné de voir à quel point elle va vous devenir sympathique en vous livrant à cette expérience. En fait, l'impression d'hostilité provient du fait qu'on dresse des remparts de pierre autour de nos cœurs.

Il existe encore bien d'autres manières de décliner le désormais fameux « J'accueille la lumière en toi ! ». L'une de mes étudiantes imagine qu'un badge est épinglé sur le vêtement de tous les gens qu'elle rencontre : cela lui rappelle l'amour présent en chacun d'eux. Un métaphysicien m'a confié un autre « truc » : pour neutraliser les ondes négatives autour de lui, il s'est entraîné à se répéter mentalement le mot « paix » à chaque fois qu'il est en présence d'« étrangers ». Au début, il oubliait souvent de le faire, mais il se rappelait toujours à l'ordre. Au bout du compte, sa méthode du conditionnement du *chacun* a porté ses fruits : le mot « paix » revient maintenant chez lui de manière réflexe. Et il m'a confié qu'en souhaitant ainsi la « paix » à d'innombrables personnes, il est parvenu à libérer l'énergie positive insoupçonnée qu'il a en lui. Petit à petit, pierre après pierre, il a réussi à apporter une sérénité nouvelle à son entourage. Je vous avoue, et je ne vous surprendrai pas, que je vois dans ces exemples autant de preuves que la répétition est capable de transporter les montagnes ! À condition d'être sincère et de le vouloir vraiment.

Regardez autour de vous !

Ce que je qualifierai de petits « pense-bêtes du cœur » a quelque chose de rassurant dans le monde de froideur dans lequel on vit. Ils constituent autant de signaux nous rappelant qu'on fait tous partie de la grande famille humaine. Leur but premier, c'est d'atteindre le point où l'on ne peut plus regarder quelqu'un sans penser immédiatement : « Je t'aime, j'accueille ta lumière », ou « paix ».

Une fois passé maître dans l'art d'accueillir la lumière qui brille en chacun de nous et de vous sentir plus proche des autres, vous devrez vous efforcer de placer la barre un peu plus haut. Désormais, quand vous marcherez dans la rue, tout en accueillant la lumière en chaque personne que vous croiserez, commencez à la regarder brièvement dans les yeux. Vous pouvez même esquisser un signe de tête, comme pour la saluer. J'ai arpenté pendant de longues années les rues de grandes villes américaines, qui passent pour particulièrement inhumaines. Et j'ai constaté qu'en regardant les autres comme autant de personnes « comme moi », je n'avais plus aucune crainte. J'avais l'impression de vivre intensément. Aujourd'hui encore, je souris. Je salue de la tête et je recherche le regard des autres, sans me soucier de leur condition ou de leur apparence.

Je sais que les rues des grandes métropoles ne sont pas toujours très sûres, c'est pourquoi je ne vous conseille pas d'adopter une telle attitude ouverte et avenante quand vous êtes seul dans une rue sombre ou la nuit. Cependant, même si certaines précautions semblent devoir s'imposer dans ces deux cas précis, je reste convaincue qu'utiliser sa confiance en soi et son amour des autres constitue autant de « protections » : vous serez bien moins en danger que si vous étiez stressé et hostile. N'importe quel policier vous le confirmera : quand on se sent fort et bien dans sa peau, la probabilité d'être agressé est nettement moins grande. Très souvent, on s'attire des ennuis quand on donne une impression de faiblesse ou lorsqu'on paraît trop peu sûr de soi.

Dans une journée, il y a une infinité d'occasions d'engager un face-à-face avec quelqu'un. Commencez par regarder les gens dans les yeux quand vous leur parlez. Essayez d'abord avec des gens pas trop intimidants : le guichetier de votre banque, le serveur ou la serveuse du café, la caissière du supermarché, etc. Je ne vous demande pas de les observer fixement et avec insistance, ni de soutenir leur regard de façon permanente. Au fil d'une conversation, on a naturellement tendance à avoir le regard attiré ailleurs par un événement quelconque, c'est bien normal. Cependant, regardez-les bien et pensez à tout ce que vous avez en commun avec eux, la même humanité. Dites-vous : « Ce sont des personnes comme moi. »

N'oubliez pas de sourire en même temps, afin de dissiper l'impression que vous êtes en train de les fixer. N'ayez aucune crainte que votre attitude ne soit mal interprétée : la plupart des gens recevront très bien ce partage de chaleur. Tentez votre chance. Souriez aux gens toute la journée. Laissez-leur comprendre, à travers votre attitude, qu'ils font partie du merveilleux réservoir d'énergie que constitue l'univers. Quand vous ferez cet exercice, n'oubliez pas de projeter des pensées positives. C'est la *clef essentielle* de cette méthode. En croisant quelqu'un dans la rue et en le regardant dans les yeux, ressentez toute la force de la situation :

> C'est une personne comme moi, un être humain éprouvant des sentiments, qui a parfois été rejeté. C'est une personne comme moi. Elle se trompe parfois, elle ressent des choses, elle a souvent souffert, elle veut qu'on l'aime, elle a besoin qu'on l'accepte.

Avouez qu'une projection de ce type de pensées aura un effet très différent du déplorable mécanisme mental auquel on s'est si souvent habitué :

> J'espère qu'il ne pense pas que je le drague. Je me demande s'il ne me prend pas pour une idiote. Je me demande pourquoi il ne répond pas à mon sourire. Je dois vraiment avoir l'air demeurée. Peut-être que je l'ai regardé de manière un peu trop insistante, peut-être que je ne lui ai pas suffisamment souri.

Dans cette optique, vous vous intéressez seulement à vous, et non à l'autre. Au lieu de vous engager sur la voie de la connexion, vous restez figé dans le registre de la comparaison, du jugement et de l'isolement. Mais à ce propos, ne tenez pas non plus le discours suivant :

– « Elle est assez mignonne, mais elle est vraiment mal habillée ! »
– « Peut-être est-elle un peu grande pour moi. Peut-être que j'aurais dû m'adresser à la petite blonde là-bas. Elle est un peu plus mon genre. »

Inutile de vous dire que les ondes libérées dans ce cas peuvent difficilement servir de base à une authentique connexion…

En cas de résistance

Revenons à notre scénario de la pièce remplie d'« étrangers ». Pendant mes cours, on me pose souvent cette question : « Que faire si on approche une personne et qu'elle se détourne ? » Ma réponse est de ne pas en faire un drame personnel. Dites immédiatement *stop !* à votre voix intérieure qui va bien sûr en profiter pour s'engouffrer dans la brèche et vous ébranler. En vérité, certaines personnes sont tellement nerveuses qu'elles sont incapables de répondre de façon spontanée et amicale. Elles semblent seulement connaître l'art de se « déconnecter ». Il faut tout simplement respecter leur attitude. Dites-leur au revoir, donnez-leur intérieurement compassion et amour, puis essayez avec quelqu'un d'autre.

Une autre interrogation revient fréquemment : « Que faire si l'autre se méprend sur mes intentions et s'imagine que je cherche à flirter ? » C'est vrai, il peut en effet y avoir malentendu parfois. Si c'est le cas, excusez-vous simplement pour le quiproquo et donnez le motif de votre geste, qui est seulement amical. Je reviendrai sur cette question et sur la précédente dans le chapitre 6.

On me demande aussi très souvent comment il faut se tenir quand on est en face de quelqu'un ou d'un groupe d'individus. Ma réponse relève du conditionnement du *chacun.* Elle est très simple :

Marchez, asseyez-vous ou restez debout, l'essentiel est d'être content de ce que vous êtes !

Je n'ai rien d'autre à ajouter. Si vous ne vous sentez pas très à l'aise, faites comme si vous l'étiez. Dites-vous :

« Si j'étais vraiment heureux d'être ce que je suis, quelle attitude adopterais-je ? »

Puis commencez à redresser les épaules, respirez à fond, et répétez-vous au moins dix fois :

« Je suis d'une compagnie agréable. »

Dans ce cas, il faut laisser vos sentiments guider vos actes et non le contraire. Croyez-moi, cela marche à tous les coups !

Des vertus de l'étreinte

À présent, j'aimerais vous dire quelques mots au sujet des étreintes, cet échange de chaleur que les êtres humains se donnent depuis toujours. Il existe un adage circulant dans le milieu des stages et ateliers de travail : « Quatre étreintes par jour pour survivre, huit pour se maintenir en vie, et douze pour s'épanouir. »

Je suis une inconditionnelle de l'étreinte ! Dès que possible et à longueur de journée, je prends les gens dans mes bras ! Je termine chaque réunion de travail par ce rite essentiel. À la fin d'une soirée, je serre dans mes bras tous les gens avec qui j'ai fait connaissance. J'embrasse mes élèves et mes professeurs. Mon mari et moi sommes toujours dans les bras l'un de l'autre. C'est fou comme l'étreinte fait tomber les barrières !

Un psychologue spécialisé dans les problèmes de confiance en soi m'a rapporté un jour l'histoire d'un homme qui avait mené une bien curieuse expérience. En se promenant dans les rues d'une grande ville, il voulait savoir combien de personnes il pourrait prendre dans ses bras au cours d'une journée. À sa plus grande stupéfaction, personne ne s'y refusa, à l'exception d'une vieille dame qui prit ses jambes à son cou en appelant au secours. Depuis le conducteur de bus jusqu'au policier en faction, tous l'ont serré dans leurs bras… Croyez-moi, les gens sont bien plus en attente de gestes d'affection que nous ne le supposons ! Bien sûr, je ne vous demande pas de faire la même chose dans les rues de votre ville… Je vous conseille seulement de saisir toutes les occasions de serrer des gens dans vos bras, et d'aller au-devant du contact physique dès que vous l'estimez possible.

Si l'étreinte vous rend heureux, vous ne prêterez pas attention à la manière dont vous prendrez l'autre dans vos bras. Vous ne penserez qu'à cette union, sans vous soucier des parties de votre anatomie qui touchent le corps de l'autre. Si vous vivez mal cette étreinte, votre corps va se raidir, et vous ne tirerez aucune satisfaction du contact physique. Cherchez toujours à être le plus naturel possible et à vous détendre. Commencez par vous relaxer depuis le sommet du crâne jusqu'aux orteils. Laissez-vous aller ! L'expression « se fondre dans l'étreinte » est une bonne image : faites fondre la glace, au propre comme au figuré, et profitez de la chaleur de l'autre. Là encore, pensez à cette phrase :

Je te donne chaleur et réconfort, et je reçois la chaleur et le réconfort que tu me donnes. Nos deux cœurs ne font plus qu'un.

Si vous le pratiquez souvent, je vous assure que vous finirez par apprécier vraiment cet exercice.

J'espère vous avoir familiarisé un peu avec le « mécanisme » de la connexion. Si vous suivez mes conseils, vous serez fin prêt pour « affronter » l'autre, les yeux dans les yeux, tout en projetant de la chaleur et des pensées positives. Mais une grave question se pose maintenant : « Que lui dire ? »

6) Soyez intéressé plutôt qu'intéressant !

Posez des questions au lieu d'essayer à tout prix d'impressionner l'autre et de chercher à lui prouver que vous êtes un être exceptionnel. Vous avez sans doute déjà remarqué que les gens obsédés par leur petite personne sont toujours ennuyeux. Le plus grand bonheur que vous puissiez donner à votre interlocuteur, c'est de vous intéresser à lui.

Avez-vous déjà observé certains individus au cours d'une soirée ? Au lieu d'être attentifs à la personne avec qui ils discutent, ils jettent sans cesse des regards autour d'eux pour chercher une autre tête connue, avec laquelle ils pourraient ou préféreraient parler ! En fait, ils miment un semblant de connexion. Leur attitude interdit toute relation véritable, puisqu'ils sont obnubilés par la volonté de subjuguer les autres. Faire impression est, hélas, le seul souci de ce genre de personnes.

Après vous être présenté, entamez la conversation en posant une question à votre interlocuteur. Soyez attentif à sa réponse. Voici quelques exemples d'approches :

– « Je suis représentant de commerce, c'est la raison de ma présence ici. Et vous ? »
– « Je suis un ami de Jean. Où avez-vous connu les jeunes mariés ? »
– « J'habite l'appartement en face du vôtre. Vous habitez ici depuis longtemps ? »

Pour ne pas transformer la conversation en interrogatoire, donnez des informations sur vous quand votre interlocuteur aura répondu à votre première question. Même les animateurs de *talk-shows* disent des petites choses sur eux-mêmes quand ils font parler leurs invités. Et le dialogue s'installe ainsi très facilement : il n'y a aucune inquiétude à avoir.

Au lieu de poser le rituel : « Que faites-vous dans la vie ? », vous pouvez très bien l'aborder en lui demandant plutôt : « Qu'aimez-vous faire dans la vie ? » Vous aurez ainsi une idée plus claire de votre interlocuteur, plus précise en tout cas que le simple fait d'apprendre son métier ! Ce type de question offre également l'avantage de déclencher une réaction plus vivante : quand on aime faire quelque chose, on en parle avec enthousiasme et spontanéité. En outre, en abordant des sujets perçus de façon positive et constructive par votre interlocuteur, vous alimentez son désir de passer plus de temps avec vous.

Une autre bonne approche peut prendre la forme d'un compliment. Cela fonctionne généralement très bien, qu'il s'agisse d'une soirée entre amis ou d'une réunion professionnelle. L'essentiel est d'être sincère et de garder les pieds sur terre. Ne commencez pas à dire à la personne en face de vous qu'elle est très intelligente si la conversation n'a pas dépassé les premiers échanges ! Rappelez-vous qu'il n'est pas question non plus d'« en faire des tonnes », mais de faire vibrer vos sensibilités mutuelles.

Vous pouvez tout d'abord vous fixer comme objectif de dispenser au moins dix compliments chaque jour. Commencez par les gens de votre entourage immédiat (ce sont souvent ceux que l'on complimente le moins !). À la maison, au bureau et partout ailleurs, n'hésitez pas à rappeler aux autres à quel point ils sont formidables. Quand j'ai donné cette consigne à mes élèves dans l'un de mes cours, le résultat a été on ne peut plus encourageant. La seule chose qu'ils regrettaient, c'est de ne pas l'avoir fait plus tôt ! Ils n'en revenaient pas de s'apercevoir à quel point le compliment adressé à autrui avait des répercussions directes sur leur propre bien-être. Faites comme eux, commencez immédiatement à prodiguer dix compliments par jour ! Il y a *toujours* quelque chose de réellement admirable chez l'autre. Les gens accepteront avec plaisir vos vibrations positives, et vous recevrez en retour leurs bons sentiments. Ne vous méprenez pas cependant : un compliment n'a pas pour but de provoquer une réaction similaire à votre égard, mais d'apporter un rayon de soleil dans la vie des autres.

Parlez le langage du Soi Supérieur !

Tous les conseils donnés au long de ce chapitre parlent un seul langage, le **langage de l'amour**. On n'est pas très habitué au parler du Soi Supérieur. Certaines de ses expressions et certains des mots qu'il affectionne sembleront un peu naïfs à ceux que la vie a rendu cyniques et moqueurs. Si son utilisation vous pose un quelconque problème, essayez de trouver à quel niveau se situe votre résistance. Vous ne serez à l'aise avec lui qu'à l'issue de cet examen de conscience, une fois éclairé sur vos éventuels blocages.

Quoi qu'il en soit, les exercices évoqués dans ce chapitre ne porteront pas leurs fruits du jour au lendemain. En effet, on a été conditionné toute sa vie à employer l'**idiome de la peur**. La connaissance approfondie du langage de l'amour exige une longue pratique. Dans un premier temps, je vous suggère d'utiliser d'abord la technique de la projection de pensées, de l'utiliser environ dix minutes par jour sur des personnes de votre entourage. En pratiquant régulièrement cet exercice, il va devenir automatique. Enchaînez ensuite avec les autres.

Rappelez-vous : si les choses ne se déroulent pas comme vous l'auriez souhaité, ne vous découragez *jamais*. Comme tout le monde, vous êtes ce que j'appellerais un « apprenti de l'amour », et la route est longue avant de devenir un véritable « amoureux du monde ». De grâce, mettez aussi une bonne dose d'humour dans toutes vos expériences. Bien que les concepts évoqués soient d'une importance fondamentale pour améliorer votre bien-être, vous pouvez faire de cet apprentissage un véritable plaisir de tous les jours. N'oubliez pas de rire de vos éventuels petits grains de folie. Vous verrez, c'est très salutaire !

Créez votre paradis

Les gens ont envie de sentir qu'on les aime. Ouvrir son cœur aux autres rend si heureux… C'est la même chose quand on bavarde avec des personnes rencontrées n'importe quand, n'importe où… Adressez des ondes bienveillantes à tous ceux que vous croiserez dans la rue. Faites remarquer à une personne essayant un vêtement dans un magasin que son ensemble lui va à ravir. Remerciez le balayeur qui rend la ville plus propre, plus agréable. Dites à la serveuse qu'elle est aimable !

Si d'aventure quelqu'un réagissait mal, essayez de transformer son hostilité en sympathie. C'est vrai, il faut être très motivé pour rester ouvert et agir cordialement quand on se heurte à la froideur, mais votre propre chaleur n'est-elle pas capable de faire fondre la glace qui recouvre les cœurs ? Si rien ne se passe malgré tous vos efforts, dites-vous simplement que cet individu ne connaît pas d'autre façon d'« être ». Ce qui importe, c'est ce que vous avez fait.

J'ai lu dans un livre que le mot *heaven*, qui désigne en anglais le paradis, signifie en réalité « harmonie ». Et que le mot *hell*, l'enfer dans la langue de Shakespeare, dérive d'un vieux terme anglais qui voulait dire « entourer d'un mur, isoler ». Quand on élève des remparts autour de soi, on crée son propre enfer et l'on tourne le dos à un monde de beauté. La véritable beauté, c'est l'amour que l'on donne et que l'on reçoit en toute liberté.

Souvenez-vous ! Quand vous serez devenu adepte de la connexion dictée par votre Soi Supérieur, vous serez du même coup une sorte d'aimant pour tous les gens ouverts et chaleureux. Mais si vous vous laissez aller à vos mauvais penchants, vous attirerez des personnes aussi fermées que vous… En laissant votre Soi Supérieur parler à travers le regard que vous portez sur les autres, à travers votre sourire, vos étreintes, vos pensées et vos discours positifs, croyez-moi : vous vivrez des moments magiques !

Chapitre 6
Une soirée enchantée

Les obstacles sont nombreux sur le chemin d'une relation sentimentale heureuse. Au lieu d'accuser les circonstances qui nous empêchent soi-disant de parvenir à une connexion romantique, nous ferions mieux d'analyser notre comportement. Attention, même si vous vivez une relation sentimentale pleinement épanouie, ne sautez pas pour autant ce chapitre ! La plupart des notions abordées ici vous aideront dans bien d'autres domaines de la vie.

Au diable les apparences !

On garde trop souvent le réflexe de raisonner en termes de « Je devrais » ou « Je ne devrais pas », effet du conditionnement du *quelqu'un*. Comme vous l'avez maintenant bien compris, il est difficile de se défaire de vieilles habitudes de pensée et de comportement. Aussi éprouverez-vous peut-être des difficultés à intégrer certaines des idées présentées dans ce chapitre. Comme pour toutes les méthodes que je vous propose, utilisez celles qui fonctionnent chez vous et laissez les autres de côté. L'essentiel est de faire preuve d'ouverture d'esprit en vous plaçant, autant que possible, du côté de ceux qui croient vraiment qu'« il n'y a pas d'étrangers ! ».

L'un des grands mythes du conditionnement du *quel-*

qu'un est le suivant : si on n'est pas « bien sous tous rapports », on aura un mal de chien à trouver le grand amour. On est convaincu que, si l'on ne répond pas parfaitement à certaines normes – poids, couleur de cheveux, tour de hanches, tour de poitrine, ou que sais-je encore –, personne ne nous aimera. Pire, on va même jusqu'à se mettre dans la tête qu'on va peut-être perdre celui ou celle qui nous aime ! Pourquoi est-on si prompt à accréditer ces suppositions ridicules que les magazines ou la publicité nous assènent à longueur de temps ?

Il suffit de regarder autour de soi pour s'apercevoir que l'amour n'a rien à voir avec l'apparence physique !

Faites l'expérience suivante : la prochaine fois que vous marcherez dans la rue ou que vous serez invité chez des amis, observez l'étonnante galerie de couples qui défilera sous vos yeux :

Un homme séduisant avec une femme laide.
Une femme séduisante avec un homme laid.
Un homme âgé avec une femme jeune.
Une femme âgée avec un homme jeune.
Un homme âgé avec une femme âgée.
Un homme petit avec une femme grande.
Une femme petite avec un homme grand.
Un homme petit avec une femme petite.
Une femme grosse avec un homme mince.
Un homme gros avec une femme mince.
Une femme rebondie avec un homme musclé.
Une femme musclée avec un homme ventripotent.
Une femme au teint resplendissant avec un homme à la peau grasse.
Un homme au teint resplendissant avec une femme à la peau grasse.
Un homme insignifiant avec une femme superbe.
Un homme grisonnant avec une femme grisonnante.
Une femme ridée avec un homme très bien conservé.
Un homme ridé avec une femme très bien conservée.

Une femme grassouillette avec un gringalet.

Un garçon manqué avec un homme sexy.

Et ainsi de suite !

On subit tous la tyrannie d'une société qui nous brandit en permanence la terrible liste de ce qu'elle appelle des « tares physiques ». Que l'on m'explique le rapport avec l'amour ! Le conditionnement du *quelqu'un* nous pousse à juger les gens d'après leur physionomie. Il nous oblige aussi à le faire pour nous-mêmes.

Quand parviendrons-nous enfin à comprendre que l'apparence est un détail sans importance dans notre quête de l'âme sœur ?

Un jeune homme m'a fait un jour la remarque suivante : « L'apparence physique joue un rôle, en ce sens que c'est la seule chose à laquelle je puisse me fier avant d'aborder une femme. Mais, à la minute où elle ouvre la bouche, c'est une autre paire de manches ! »

Oui, au départ, l'aspect physique de l'autre nous attire, j'en conviens. Mais en quelques minutes, voire quelques secondes, d'autres choses entrent en ligne de compte. J'étais un jour assise à l'arrière d'un taxi. En attendant que le feu passe au vert, je regardais machinalement par la vitre et je vis passer sur le trottoir un homme incroyablement beau. Alors que je l'observais rêveusement, il se mit à singer de façon ridicule un homme âgé marchant juste devant lui. Ce fut la plus radicale des volte-face : cet individu me devint insupportable à la seconde même !

Il y a cette phrase merveilleuse tirée du *Petit Prince* d'Antoine de Saint-Exupéry : « L'essentiel est invisible pour les yeux. » À mon sens, on n'a jamais rien écrit de plus vrai sur l'amour. Je regarde mon merveilleux mari et je ne vois que beauté en lui, en dépit des petits défauts physiques qu'il se trouve lui-même. Quand lui me regarde, il ne voit que la beauté en moi, malgré des défauts physiques que je connais moi-même. Incroyable, non ? Surtout quand on songe que j'ai subi l'ablation d'un sein ! Alors, on peut encore être aimée après avoir subi une telle opération ? Mais bien sûr que oui ! L'autre jour, j'attirai l'attention de mon mari sur une femme particulièrement belle qui passait dans la rue. Il la regarda un moment et dit : « Je ne la trouve pas si belle que cela. Elle a un sein en trop ! » Et sur ces mots, il m'embrassa tendrement.

Je vous en supplie ! Cessez de toute urgence de vous soucier de votre tour de poitrine ou de votre carrure. Commencez plutôt par vous intéresser à la taille de votre cœur ! Je sais que le conditionnement qu'on a tous subi est extrêmement difficile à vaincre, surtout lorsqu'il s'agit de canons de la beauté ou de virilité. Avec un peu de vigilance et de lucidité, on peut réussir à concentrer son attention sur l'« intérieur », sur ce qui est important, plutôt que sur l'« extérieur », qui est complètement futile.

Poussons les choses un peu plus loin : combien de fois vous êtes-vous demandé, lorsque vous croisez un couple dans la rue : « Qu'est-ce qu'il ou elle lui trouve ? » Eh bien maintenant, vous le savez ! Ce qu'il ou elle voit chez l'autre, c'est cet ensemble indéfinissable de qualités invisibles qui constituent la magie de l'amour. Et quelles sont ces qualités si précieuses ? En voici quelques-unes pour commencer :

l'estime de soi	la chaleur	la gentillesse
la lucidité	la participation	l'attention
l'optimisme	la considération	le courage
la responsabilité	la sexualité	la confiance
l'enthousiasme	l'authenticité	la vulnérabilité
la passion	la vivacité	l'humour
la générosité	la force	la légèreté
l'amour	la compassion	l'empathie

Avez-vous remarqué que je n'ai fait aucunement allusion au déodorant, au maquillage, aux vêtements, à la corpulence, au vernis à ongles, au parfum, à l'après-rasage, à la poitrine, au teint, ni à ce qui retient habituellement toute notre attention ?

Si vous n'êtes pas encore tout à fait convaincu, je vous

laisse méditer cette pensée réconfortante que j'ai entendue il y a des années :

> Inutile de craindre d'être jugé d'après son apparence, tout le monde est bien trop soucieux de la sienne propre !

Soyez le genre de personne avec qui vous aimeriez sortir

La perspective est intéressante, non ? Quelque chose me dit que vous aimeriez en savoir plus…

Il y a beaucoup de femmes et d'hommes d'un tempérament négatif qui espèrent trouver un conjoint émotionnellement équilibré et positif. Ils ne sont pas au bout de leurs peines : leur désir n'est pas près de se réaliser ! Ils ignorent que l'énergie négative attire l'énergie négative, de la même façon que l'énergie positive attire l'énergie positive. On récolte ce que l'on sème, c'est simple comme bonjour. Il faut donc bien se convaincre de la chose suivante :

> On devrait tous faire la liste des qualités qu'on aimerait trouver chez un partenaire idéal… pour s'attacher à les cultiver en soi-même.

Mieux vaut se regarder dans un miroir que de se servir d'une loupe pour observer les autres. Il n'est pas question de se livrer à une autocritique, mais de savoir si on répond ou non soi-même aux exigences qu'on a vis-à-vis d'autrui. Sommes-nous toujours en train de gémir ? Sommes-nous toujours insatisfaits ? Sommes-nous jaloux ? Sommes-nous drôles ? Savons-nous apprécier chaque instant de bonheur que la vie nous offre ? Sommes-nous coléreux ? Avons-nous l'esprit critique ? Sommes-nous hypocrites ou aigris ? Faisons-nous confiance aux autres ?

Une autre question cruciale devrait venir s'ajouter aux précédentes : « Sommes-nous en manque ? » Très souvent, on *pense* qu'on est capable de donner beaucoup d'amour quand on souffre de manque affectif. Mais dans ce cas, on donne afin de recevoir de l'amour. On cherche à mettre un terme à son propre isolement sans ouvrir véritablement son cœur. Et si vous croyez que l'autre ne s'en rend pas compte, vous vous trompez lourdement ! Il en est au contraire parfaitement conscient, et il ne veut pas de ce genre d'énergie négative : comme vous l'avez peut-être déjà remarqué par vous-même, il y a quelque chose d'étouffant quand on est en compagnie d'une personne en manque affectif.

Si vous vous considérez vous-même comme tel, que pouvez-vous faire ? Le remède est évident, mais il prend du temps. C'est un processus de longue haleine auquel vous devrez vous atteler jour après jour. Il vous faudra enrichir votre vie et lui donner plus de sens : vous faire des amis chaleureux, développer des activités intéressantes, passer du temps seul avec vous-même, donner de votre temps et de votre énergie, renouer des relations familiales distendues, etc.

Pour qu'une histoire d'amour ne soit plus un manque à combler, je vous propose le paradoxe suivant :

> Il est important d'avoir une vie tellement riche que vous puissiez éventuellement vous passer d'une relation sentimentale.

Cette vie libre et sans entraves, c'est celle que mènent les personnes qui s'occupent des autres, qui s'impliquent, qui ne se plaignent jamais. C'est l'existence de ceux qui apprécient les cadeaux de la vie, qui écoutent et tendent la main, qui se respectent et se passionnent pour une foule de choses : ils savourent simplement, mais à chaque instant, le fait d'être vivant. Évidemment, nul ne peut prétendre exister ainsi en permanence. Cependant, c'est la direction vers laquelle il faut tendre le plus souvent possible.

Une fois que vous serez parvenu à évacuer le manque de votre vie, vous deviendrez d'une compagnie passionnante. Vous vous sentirez plus fort. Quand vous traverserez la fameuse « pièce bondée » remplie d'inconnus, vous serez naturellement attiré par les gens ouverts et positifs. Et vous aurez alors la révélation de l'essentiel :

> Quand le sentiment de manque est absent de sa vie, on atténue du même coup le facteur « risque » en amour.

Le risque d'être rejeté est bien réel, surtout pour des sujets aussi sensibles que l'amour. Mais si votre vie est riche et bien remplie, une rupture ne risque pas de vous anéantir. Vous allez être triste, c'est vrai, et vous ressentirez certainement un vide sentimental passager. Mais, au bout d'une courte période de deuil, vous vous tournerez à nouveau vers le monde, sachant que d'autres personnes ne demandent qu'à recevoir votre amour. D'une certaine manière, vous serez en position de force : vous comprendrez que, envers et contre tout, **vous saurez faire face** !

Changez de « genre » !

Si votre vie sentimentale n'est pas heureuse, il y a fort à parier que vous êtes certainement plus volontiers séduit par des personnes « incompatibles ». Vous vous détournez de celles qui vous font peur, de celles dont vous estimez qu'elles ne pourront pas vous apprécier. Sincèrement, quelles que soient les raisons qui vous font pencher pour la « mauvaise » personne, il y a anguille sous roche : une logique d'échec qu'il vous faut corriger.

Puis-je me permettre un petit aparté ? J'avais l'habitude de mettre deux sucres dans mon café, je le trouvais bien meilleur ainsi. Un jour, j'ai décidé de suivre un régime et j'ai donc commencé à boire mon café sans édulcorant d'aucune sorte. C'était difficile au début, le breuvage me semblait imbuvable, mais je m'y suis habituée avec le temps. Un jour, on m'a servi un café sucré par inadvertance… Comme vous pouvez le deviner, j'ai failli le recracher… J'avais complètement oublié mon ancien péché mignon ! La comparaison risque de vous sembler un peu facile, mais bon, quand j'ai changé de genre d'hommes, cela a été un peu pareil…

La meilleure ligne de conduite à tenir est toute bête : vous fier aux critères qui vous paraissent bons et éviter ceux qui vous semblent malsains. Pour déterminer ce qui est bien pour vous, posez-vous les questions suivantes :

- Est-ce qu'il ou elle me soutient dans mon épanouissement personnel ?
- Est-ce que je me sens bien quand je suis avec lui ou avec elle ?
- A-t-il ou a-t-elle l'air bien quand je suis près de lui ou près d'elle ?
- Suis-je toujours en train de lui trouver des excuses ?
- Suis-je toujours en train de chercher à le ou à la changer ?
- Est-il ou est-elle toujours en train de chercher à me changer ?
- Est-ce difficile pour moi d'être moi-même quand je suis avec lui ou avec elle ?
- Est-ce qu'il ou elle tient ses engagements envers moi ?

Prenez l'habitude de reconnaître les qualités relevant du conditionnement du *chacun.* Elles n'ont rien à voir avec l'« extérieur » : elles concernent au contraire le cœur et l'âme. En d'autres termes, il faut rester un certain temps avec son compagnon ou sa compagne avant de se sentir réellement bien. Souvent, j'ai entendu dire, après une première rencontre : « Il ou elle était vraiment adorable, sympathique et tout, mais je n'ai pas tilté… » Vous imaginez sans difficulté ce que je pense de ce genre de choses ! Je ne veux pas dire par là que l'attirance physique ne soit pas un facteur important. C'en est un, mais…

> Il vaut mieux faire en sorte que l'attirance physique résulte du développement d'une relation, plutôt que de vivre une attirance physique fulgurante qui va devenir rapidement décevante et aboutir à une rupture.

Quand j'ai fait la connaissance de mon mari, il ne m'attirait pas physiquement. Mais plus il m'a ouvert son cœur et son âme, plus je l'ai trouvé « sexy » : aujourd'hui, il est à mes yeux l'homme le plus irrésistible de la terre ! La prochaine fois que vous serez invité quelque part, essayez de voir au-delà de ce que vous aviez l'habitude de regarder chez une personne du sexe opposé. Vous risquez d'être surpris en constatant que votre idéal est radicalement différent de celui que vous aviez imaginé. Fort de cette révélation, vous comprendrez facilement que vous ne devez exclure personne avant d'avoir dépassé le stade des premiers rendez-vous, sauf évidemment si la personne en question vous devient odieuse. Croyez-moi, au bout d'un certain temps, vous verrez apparaître, en mieux ou en pire, quelqu'un de très différent.

Une petite parenthèse à propos de l'âge… Les femmes se plaignent souvent que les hommes préfèrent les jeunes, mais mon expérience personnelle démontre que bon nombre d'entre eux ne dédaignent pas les femmes plus âgées ! D'une façon générale, le problème ne vient pas des hommes : il résulte de l'attitude des femmes quand elles sont en face d'un homme plus jeune qu'elles. Pourquoi, me demanderez-vous ? Eh bien, parce qu'elles se sentent un peu ridicules. Elles sont obsédées par leurs rides, et elles se croient concurrencées par les femmes plus jeunes. Quand un tel couple s'est installé dans une relation durable, l'éventuelle gêne liée la différence d'âge a toutes les chances de s'évanouir.

Je ne pense pas qu'il y ait de problème d'âge en amour. Les différences, même quand elles sont considérables, ne comptent pas. Et puis, de quel droit se permet-on de juger comment et de qui les autres doivent tomber amoureux ? Même s'il est vrai que certains choisissent un partenaire plus jeune ou plus âgé pour des raisons oiseuses, comme celle de flatter leur *ego*, il ne nous appartient pas non plus de nous poser en inquisiteurs ! Ces personnes ont sans doute subi plus que d'autres le conditionnement du *quelqu'un.* Elles ont ainsi besoin d'un soutien extérieur pour prouver qu'elles sont à la hauteur. Si on pouvait deviner la frustration liée à la petite enfance qui se cache derrière ce comportement, on serait plus indulgent.

Allez, je ne peux résister à ma manie de vous raconter une petite anecdote. Au cours d'une soirée entre célibataires, j'ai rencontré un homme qui m'attirait. Au fil de la conversation, nous avons abordé la question de l'âge. Il m'a dit qu'il avait quarante-huit ans, et je lui ai répondu que j'en avais quarante et un. Il m'a alors rétorqué avec dédain : « Je ne suis jamais sorti avec une femme de plus de quarante ans ! » Je l'ai regardé dans les yeux et je lui ai répondu du tac au tac : « Oh, je comprends. Moi-même, je ne supporterais pas l'idée de me retrouver avec un quadragénaire ! » Évidemment, je n'en pensais pas un mot ! Toujours est-il qu'une lueur d'angoisse passa dans ses yeux alors que je m'excusais et que j'entamais joyeusement la conversation avec une autre personne. J'avais fait quelque entorse à mon Soi Supérieur, mais je dois admettre que mon Soi Inférieur était aux anges !

Le premier pas : et pourquoi pas les femmes ?

J'entends déjà d'ici des cris d'orfraie, et ce ne sont pas des voix masculines ! Vous, les femmes, où est-il écrit que les hommes doivent faire le premier pas et mener la danse ? Mais, me direz-vous :

– « J'ai déjà essayé, et ça ne marche pas. »
– « Les hommes ont toujours un mouvement de recul quand une femme les approche. »
– « Les hommes estiment que trop d'assurance n'est pas très féminin. »
– « Ma mère m'a toujours dit qu'il ne faut jamais courir après un homme. »

Je vous comprends très bien. Quand j'étais plus jeune, je croyais moi aussi que les hommes devaient prendre toutes les initiatives. Des décennies d'activisme féministe n'y ont rien fait ! Nous sommes encore là, nous les femmes, à échafauder toutes sortes d'intrigues et de manipulations tortueuses pour attirer les hommes. Ne trouvez-vous pas que ce type de comportement est aujourd'hui tombé en désuétude ? Ne pourrait-on pas, tout simplement, marcher droit vers eux et prendre un peu les choses en main ?

Je suis toujours abasourdie de voir que trop de femmes font un blocage à l'idée d'aborder un homme. Elles croient dur comme fer qu'il sera effrayé de leur « hardiesse ». J'ai voulu en avoir le cœur net, et j'ai soumis cette question à plusieurs centaines d'hommes. À quelques exceptions près, leur réponse a été la suivante :

Les hommes adorent que les femmes fassent le premier pas.

Mieux, ils attendent désespérément que les femmes les aident. Ils m'ont fait d'émouvantes confidences à propos de ce mythe écrasant de « l'homme qui doit toujours prendre l'initiative ». Je vous en cite plusieurs :

– Parfois, j'ai l'impression que mon cœur va éclater.
– J'ai eu des expériences douloureuses quand j'ai essayé de faire le premier pas, et cela fait très mal.
– Cela me rend nerveux. La plupart du temps, quand je suis attiré par une femme, je reste paralysé et les mots ne viennent pas.
– C'est tellement douloureux que je préfère parfois purement et simplement renoncer.
– C'est très dur. Vous ressentez à la fois le désir de faire quelque chose et la peur de vous faire rejeter.
– C'est comme si vous portiez l'entière responsabilité de tout, et c'est loin de correspondre à la réalité.
– Cela devrait être une démarche mutuelle. Très souvent, j'en arrive à ne rien faire. Je me dis : pourquoi toujours moi ?
– C'est tout de même devenu beaucoup plus facile aujourd'hui. Quand j'étais plus jeune, je le vivais comme une vraie torture.

Les femmes doivent absolument comprendre qu'un homme si brillant, si beau, si fort, si charmant, si sympathique et séduisant soit-il, éprouve le même sentiment d'angoisse qu'une personne du sexe opposé qui tenterait de l'approcher. Les hommes ne font que « prendre sur eux », parce que les conventions sociales l'ont toujours exigé. Mais les choses ont évolué et les femmes doivent aussi oublier les contes de fées. Dans l'intérêt de l'humanité entière et au nom de l'égalité, j'insiste pour qu'elles se réveillent et volent au secours des hommes.

Il est cruel et inhumain de laisser l'homme prendre seul le risque d'être rejeté. Il est tout aussi cruel et inhumain pour une femme d'être dans l'incapacité d'obtenir ce qu'elle veut.

Certaines femmes trouvent à peu près « convenable » le fait d'aborder un homme au cours d'une soirée. Mais pour ce qui est du premier coup de téléphone, c'est carrément *niet* !

Voyons ce qui se passe du côté de ces messieurs, toujours selon ma petite enquête :

– Je trouve que c'est super ! C'est un vrai compliment qu'elle m'appelle.
– Aucun problème.
– J'apprécie beaucoup.
– Si elle ne m'appelle pas, j'ai tendance à laisser tomber. J'ai envie de savoir si elle a vraiment envie de me revoir.
– Je n'aime pas vivre constamment dans le doute. J'apprécie beaucoup qu'une femme sorte de sa réserve.
– En théorie, je suis tout à fait d'accord..., mais cela ne m'est encore jamais arrivé. J'attends !
– C'est trop rare...

Un homme m'a raconté qu'il avait rencontré une femme lors d'une soirée. Ils avaient échangé leurs numéros de téléphone, mais elle ne l'intéressait pas vraiment. Bref, il ne pensait probablement pas l'appeler. Le lendemain, elle lui téléphona, ce qui eut pour effet de décupler son estime pour elle. Il trouva subitement qu'elle avait tout pour elle ! Et leur histoire dure maintenant depuis plusieurs années !

Une femme m'a confié qu'elle avait pris l'initiative à deux reprises et qu'elle avait essuyé à chaque fois un refus. Ce genre d'échec prouvait à ses yeux que les hommes n'aiment pas qu'on prenne l'initiative à leur place. Je lui fis alors aimablement remarquer que si ces derniers avaient arrêté de faire le premier pas au bout de deux fiascos, il n'y aurait pas beaucoup de couples sur terre et que la démographie serait en berne !

Plusieurs hommes m'ont déclaré avoir été éconduits une bonne dizaine de fois avant qu'une femme ne consente à sortir avec eux. L'un de mes amis, psychologue de son état, m'a même avoué qu'il a toujours été rejeté par les femmes, mais il persévère... Un autre m'a dit un jour que les femmes ne devraient pas se soucier autant de la manière d'engager la conversation avec un homme : « Elles ont juste un mot à dire. On sera déjà soulagé de ne pas avoir eu à le faire ! »

Pour moi, il est tout à fait clair qu'il y a une raison plus profonde à cette réticence de la gent féminine. Et cette trop grande circonspection n'a, à mon avis, que peu de liens avec la vieille croyance selon laquelle « les hommes n'aimeraient pas cela ». Pour être tout à fait franche, **les femmes sont terrorisées à l'idée de se mettre ainsi en danger** ! Ne croyez-vous pas qu'il est facile de blâmer les autres quand on est, consciemment ou non, taraudé par l'appréhension ? Lorsqu'elles auront réalisé que ce sont leurs propres angoisses, et non pas l'attitude des hommes, qui les arrêtent dans leur élan, elles sauront au moins ce qu'elles doivent essayer de corriger ! Ensuite, elles n'auront plus qu'à mettre en pratique ce mot d'ordre : « Tremblez, mais osez ! »

Vous pourriez tout à fait me rétorquer : « Si faire le premier pas est à ce point pénible, les femmes seraient bien folles d'échanger les rôles... Pourquoi ne pas laisser à ces messieurs la corvée de “l’entrée en matière” ? » Ma réponse est simple : tout bêtement parce que cela nous oblige à des contorsions artificielles et à jouer les midinettes pour attirer leur attention. En clair, il est grand temps d’abandonner le coup du mouchoir qu’on laisse négligemment tomber et autres stratagèmes du même acabit. Il est urgent d’adopter une attitude entière et forte. Ainsi, on atteindra plus sûrement ce vers quoi tend chacune d’entre nous : la connexion !

Avant de passer à autre chose, je ne voudrais pas vous laisser avec l’idée que tous les hommes vont apprécier votre approche de femme du XXIe siècle. Certains d’entre eux sont sclérosés dans leur mentalité sexiste, c’est vrai… Vous plaisent-ils ? En tout cas, ces nouvelles perspectives méritent d’être mises en pratique au plus tôt : faites le premier pas ! Si vous abordez un homme et qu’il vous rejette en vous affublant des pires qualificatifs, considérez-le comme un vieux dinosaure et priez le Ciel de vous avoir évité de vous retrouver avec un pisse-vinaigre ! Si on vous envoie promener alors que vous avez seulement fait montre d’un élan de sympathie, il n’est nul besoin d’insister. Gagnez du temps et essayez avec quelqu’un d’autre, celui-là vous aurait déçu à plus ou moins brève échéance.

Allez, assez parlé de nous, les femmes ! Le message suivant s’adresse maintenant aux hommes : **si une femme se montre réservée, cela ne veut pas nécessairement dire que vous lui êtes indifférent.** Son attitude peut simplement signifier qu’elle est trop stressée pour faire le premier pas. Ne tirez jamais de conclusions trop hâtives ! Comme vous avez pu le lire, elles ont été conditionnées à attendre le prince charmant. Ne leur en veuillez pas !

N’en faites pas un drame

J’ai évoqué plus haut l’inquiétude qu’on peut ressentir à l’idée de faire les premiers pas, c’est-à-dire de passer familièrement pour une « dragueuse ». « Et s’il se trompe sur ma démarche, et s'il me prend pour une nymphomane ? », me demanderez-vous. Arrêtez, par pitié, ne vous faites pas autant de souci ! Si vous êtes seulement chaleureuse et attentionnée, vos gestes et vos paroles ne seront jamais mal interprétés. Si d'aventure l'équivoque s'installe, faites preuve de tact et dites-lui quelque chose du genre :

> « Notre rencontre ne prend pas la direction que je souhaite et il y a un malentendu. Ce qui m'intéresse avant tout, c'est de savoir si on peut devenir amis. »

Ou encore :

> « J'aime bien quand vous me dites que vous me trouvez séduisante, mais j'aimerais vous connaître un peu mieux. Et si on restait amis ? »

Si le message passe, tant mieux ! Sinon, tant pis ! Là encore, vous vous apercevrez très vite si l'autre a envie ou non de passer du temps avec vous. C'est aussi simple que cela. Alors, pourquoi s'inquiéter ?

Quand bien même votre approche ne serait que purement sexuelle, ne vous considérez pas non plus comme une bête assoiffée de stupre et de luxure ! **Il en est de même pour tous ceux qui vous abordent dans un but purement sexuel.** Leur cheminement personnel les pousse à se comporter ainsi, et c'est tout. Dans le fond, quel mal y a-t-il à susciter une attirance purement sexuelle ? Ne sommes-nous pas tous des êtres sexués ? Évidemment je n'ai pas dit que vous devez pour autant supporter les remarques insultantes et les gestes déplacés…

Quand j'étais plus jeune, il me semblait absolument indispensable de plaire aux hommes intellectuellement plutôt que physiquement. Aujourd'hui, je ne suis plus choquée de déclencher le désir masculin sans ouvrir la bouche : vous voyez combien on change avec l'âge ! Cela ne m'intéresse pas, c'est vrai, mon mariage comptant à mes yeux plus que tout, mais ces manifestations ont quelque chose de rassurant. Je suis peut-être l'une de ces rares féministes qui ne peut rester insensible aux sifflements admiratifs de ces messieurs. J'y réponds toujours par un grand sourire et par un petit salut de la main.

De nombreuses femmes réagissent mal aux avances parce qu'elles se sentent ravalées au rang d'objets sexuels. J'ai de mauvaises nouvelles pour elles… Comme on a tous subi le conditionnement du *quelqu'un*, on a bien appris la leçon selon laquelle il faut « utiliser » les autres pour une raison ou pour une autre. Pendant longtemps, les hommes ont effectivement utilisé les femmes comme objets sexuels, mais celles-ci les ont perçus comme des vecteurs de réussite sociale. Les choses ont changé aujourd'hui, et il est tout à fait permis d'inverser les rôles… Bien sûr, ce n'est pas la voie à suivre ! En se montrant plus responsables et en suivant les règles du conditionnement du *chacun*, il devient enfin possible d'abandonner progressivement cette vieille manie de se manipuler les uns les autres.

À ce propos d'ailleurs, certains hommes déclarent avoir une approche sexualisée parce qu'ils sont persuadés de répondre ainsi à l'attente des femmes… Et, dois-je avouer, ils n'ont pas tort dans certains cas ! J'ai souvent entendu des femmes se lamenter sur le fait qu'un homme, après plusieurs rendez-vous, tarde à effectuer les traditionnelles « manœuvres » d'approche. « Quelque chose ne tournerait-il pas rond chez lui ? Est-il homosexuel ? Est-ce qu'il ne me trouve pas assez belle pour lui ? A-t-il une petite amie ? » Jamais elles n'évoquent l'éventualité qu'il puisse être simplement timide, très prévenant, ou attaché à établir une relation plus profonde avant de se glisser dans leur lit ! Croyez-moi : de plus en plus d'hommes se plaignent d'être perçus, eux aussi, comme des objets sexuels.

Le sida est un paramètre à prendre en compte. Avant que l'épidémie ne sévisse sur la planète, la question d'avoir une relation physique après une première rencontre dépendait seulement de l'attirance sexuelle. Ce n'est plus la même chose maintenant. Il est devenu d'une importance capitale de bien connaître son partenaire, et de passer des tests avant de pouvoir se passer de préservatif. Mais là encore, il convient de voir le côté positif des choses. Avec l'arrivée du sida, beaucoup de gens ont adopté une approche neuve et plus rassurante de l'autre, placée sous le signe d'un rituel plus lent et du « je voudrais te connaître mieux ». Elles ont ainsi appris à mettre davantage l'accent sur l'amitié que sur le sexe, ce qui me semble en soi très positif.

Pour les moins courageux, cela leur a fourni un excellent alibi pour dire non. Les hommes affirment qu'ils sont ainsi soulagés d'un poids écrasant, surtout quand la chose ne les attire pas vraiment. Quant aux femmes, il leur est plus facile de refuser puisque leur santé est en jeu. Ce besoin de se trouver des excuses pour éviter de se dire la vérité exprime en réalité nos propres angoisses, mais c'est ainsi que vont les choses en ce début du XXIe siècle. La situation s'améliorera quand nous aurons un peu plus confiance en nous.

Ne vous fiez pas au langage du corps

Le langage du corps, particulièrement dans le domaine de la relation sentimentale, a fait couler beaucoup d'encre. Connaissant les relations hommes/femmes, je me demande bien quel crédit on peut lui accorder… Concrètement, de nombreuses femmes avouent se détourner d'hommes qu'elles ont pourtant très envie de rencontrer, uniquement parce qu'elles se sentent trop peu sûres d'elles. Si l'on en croit le langage du corps, on devrait au contraire supposer que si une personne se détourne d'une autre, c'est le signe d'un désintérêt. C'est parfois le cas, mais pas toujours.

Une femme me racontait que, dans une soirée, elle n'avait pas eu la moindre difficulté à se montrer chaleureuse et avenante avec tous les hommes présents sauf un : celui qui l'intéressait vraiment ! Chaque fois qu'il posait les yeux sur elle, elle détournait le regard et lui tournait le dos, le cœur battant à tout rompre… Je suis sûre que le pauvre garçon était persuadé d'être le seul à ne pas la charmer !

Autre exemple similaire, un homme me confiait qu'il pouvait se montrer séduisant avec toutes les femmes, sauf avec celles pour qui il éprouvait une réelle attirance. Dans ce cas, il me disait avoir immédiatement un mouvement de recul. Très souvent, alors qu'il cherchait à se reprendre, c'était trop tard : la belle s'était envolée ! Croyez-moi, il ne faut pas se fier au langage du corps : la personne que vous attirez le plus est parfois celle qui se détourne précipitamment de vous !

Mais alors, quelle est la solution ? Elle est très simple, bien que parfois difficile à mettre en œuvre :

> Allez vers la personne que *vous* avez choisie, en dépit de ce que semble exprimer son attitude envers vous. Bien sûr, le risque d'être rejeté est réel, mais vous l'affronterez. Ne courez pas le risque de passer à côté d'une heureuse surprise et, qui sait, du grand amour.

Brisez votre boule de cristal

« Que veulent-elles ? Que veulent-ils ? » Questions redondantes auxquelles je vous répondrais d'une manière inattendue :

> Peu importe ce qu'ils ou elles veulent. Soyez vous-même, et voyez à qui cela plaît !

L'erreur, c'est de penser qu'il faut se comporter comme les autres voudraient nous voir agir. C'est une perte de temps pure et simple. Chacun d'entre nous a sa personnalité et attend de l'autre des choses différentes. Par exemple, certains hommes aiment les femmes lorsqu'elles sont soumises, d'autres quand elles sont indépendantes. Certaines femmes sont attirées par les intellectuels, d'autres par les sportifs. Certaines personnes aiment qu'on les aborde avec franchise, d'autres apprécieront une approche basée sur la séduction. « Mais alors, comment s'y prendre ? », me direz-vous. Étant donné que chacun a ses propres inclinations, il tombe sous le sens que, **au lieu d'essayer d'anticiper la réaction de l'autre, il faut être soi-même en toutes circonstances** !

C'est simple, non ? Parfois je regarde avec consternation des gens spéculer à l'infini sur les attentes de l'autre, puis se livrer à de véritables contorsions pour être en accord avec l'exigence supposée de la personne qui les attire. Quel résultat peuvent-ils espérer ? Il est franchement pathétique : **on finit toujours par se détester, et par détester l'autre par la même occasion, pour son manque d'amour-propre.**

Djamila est une femme indépendante, qui « sait ce qu'elle veut ». Pourtant, elle a toujours adopté un comportement de soumission avec les hommes qu'elle a pu fréquenter. Elle pensait que c'était cela qu'ils aimaient chez une femme. Quand sa nature un peu autoritaire finissait par émerger après avoir été trop longtemps étouffée, ses compagnons n'appréciaient visiblement pas la transformation. Cela apportait de l'eau à son moulin, renforçant toujours davantage son opinion selon laquelle les hommes n'aiment que les femmes dociles. Djamila ne réussissait pas à se rendre à l'évidence : en se montrant soumise, elle attirait nécessairement un certain type d'hommes. Si elle avait réussi à rester elle-même, elle aurait à coup sûr séduit quelqu'un de sensible à sa véritable personnalité ! Heureusement, Djamila a compris cela le jour où elle a rencontré Cédric, un homme pour lequel elle n'éprouvait guère d'attirance *a priori*. Comme il lui était indifférent physiquement, elle s'est conduite de manière naturelle, sans chercher à le séduire. À sa grande surprise et à son immense joie, Djamila attirait Cédric en restant elle-même. Avec ses qualités et ses défauts, elle avait enfin trouvé quelqu'un qui l'appréciait ! Un an plus tard, on pouvait voir la photo des deux mariés dans le journal local !

Croyez-moi, acceptez-vous tel que vous êtes vraiment. Laissez votre personnalité éclater au grand jour, vous mettrez ainsi toutes les chances de votre côté pour trouver la « bonne » personne, celle qui vous correspondra le mieux.

La question n'est pas seulement de savoir qui *vous* attire. Il est également important de savoir si *l'autre est attiré par votre véritable personnalité* ! C'est la seule façon de boucler le *cercle de l'amour.*

L'échec, une opportunité pour évoluer

Il faut se souvenir de cela quand on reste authentique mais que l'on essuie un échec. Comme je vous l'ai déjà dit, en abordant une personne inconnue, que le contexte soit professionnel, amical ou sentimental, le risque de rejet est bel et bien réel. Cependant, c'est encore plus difficile à vivre dans le domaine amoureux. C'est pourquoi, quand vous aborderez une personne attirante, vous devrez vous convaincre de l'affirmation suivante :

Peu importe sa réaction, je sais que je suis quelqu'un de valeur.

Si l'autre reste de marbre ou s'il vous envoie promener, c'est peut-être qu'il est déjà « pris », qu'il est trop coincé, ou que sais-je encore. **La raison n'a aucune importance. C'est votre réaction qui compte.** Souvenez-vous : vous ne pouvez pas exercer le moindre contrôle sur les autres ; vous n'avez de pouvoir que sur vos propres réactions ! Rappelez-vous aussi que la terre est peuplée de milliards d'individus, « qu'une de perdue, dix de retrouvées ». Si cette personne ne cherche pas à faire votre connaissance, n'en faites pas un drame, vous en trouverez une autre mieux disposée !

J'attire votre attention sur ce point : si vous êtes *constamment* rejeté par des personnes qui vous plaisent, il est souhaitable d'analyser les « vibrations » négatives que vous produisez peut-être. N'avez-vous pas tendance à être ironique, agressif, passif ou autre ? Votre vide affectif n'est-il pas trop voyant ? Bref, n'y a-t-il pas chez vous quelque chose qui ferait fuir à toutes jambes et qu'il vous faut corriger ?

On porte tous, chacun à sa manière, son cœur en bandoulière. Et il est très facile pour les autres de deviner s'il est ouvert ou fermé.

Quand on est porteur de messages positifs, en règle générale, on reçoit en retour des ondes positives. Il y a toujours des exceptions, bien sûr, mais si vous subissez des rejets *systématiques*, c'est sans doute signe qu'il est temps de vous remettre en question. L'essentiel est de prendre cela comme **une opportunité pour évoluer, et non comme une tare incurable qui vous pousse à l'auto-flagellation**.

Bougez-vous, les rencontres viendront d'elles-mêmes !

Quel est le meilleur endroit pour rencontrer des gens ? Si vous attendez que le prince charmant ou qu'une ravissante fée sonne à votre porte, vous risquez d'attendre longtemps... Sortez de chez vous ! Fréquentez les endroits où vous aurez le plus de chance de dénicher celui ou celle que vous attendez !

L'endroit idéal pour faire une rencontre, c'est là où se réunissent des gens qui partagent les mêmes passions que vous. En aucun cas des lieux où les autres ont des centres d'intérêt diamétralement différents des vôtres !

Par exemple, je vous déconseille de vous inscrire à un club de grande randonnée si vous détestez la marche et la vie au grand air. Vous pourrez éventuellement rencontrer quelqu'un, mais vous serez à coup sûr épuisé et couvert de piqûres de moustiques : ce sera le prix à payer ! On m'a demandé un jour si je pensais que les bars étaient de bons endroits pour faire des rencontres. J'ai répondu : « Oui certainement, à condition d'aimer leur ambiance et d'y passer son temps. Définitivement non si vous détestez ce genre d'endroit et ne pensez qu'à vous en aller aussitôt arrivé ! »

Ce que j'appellerais « l'attraction des opposés » me paraît une théorie très discutable. Elle fonctionne effectivement pour certains traits de la personnalité : par exemple, Carole est une femme dynamique, tandis que son mari Stéphane est d'un tempérament plus nonchalant. Cependant, le couple est « sur la même longueur d'onde » dans tous les domaines du quotidien. Carole et Stéphane pratiquent les mêmes activités ensemble, c'est là l'essentiel et la clef de leur vie conjugale harmonieuse. Si vous faites des choses qui vous passionnent, vous aurez le maximum de chances de rencontrer une personne partageant les mêmes idées et le même mode de vie.

Il n'est pas non plus indispensable de partir en quête de lieux de rencontres. Si vous pratiquez les exercices du chapitre 5, vous serez parfaitement capable d'engager la conversation au supermarché, dans la salle d'attente du dentiste ou dans le bus… Le tout est de saisir la moindre opportunité de vous montrer avenant. Quand on est amical, on rencontre des gens charmants !

Voilà ce que je vous suggère :

> Ne vous jetez pas à corps perdu dans une activité quelconque avec la seule idée de faire des rencontres. Faites-le seulement parce que vous aimez cela, parce que cela enrichit votre vie, et parce que cela vous fait plaisir.

Si votre objectif n° 1 est de rencontrer quelqu'un, votre attente va considérablement amoindrir le plaisir que vous donnent votre occupation et votre centre d'intérêt. Et si le prince charmant ou son équivalent féminin ne se décident pas à pointer le bout de leur nez, vous rentrerez chez vous tête basse et déprimé. Faites-vous plaisir et, surtout, détendez-vous en écoutant tout simplement votre cœur. Il y a fort à parier que la personne attendue apparaîtra au moment où vous vous y attendez le moins…

Beaucoup de gens cherchent l'amour, soyez-en certain ! Ne croyez pas les cassandres qui disent que la probabilité de rencontrer l'âme sœur est proche de zéro. Il suffit de considérer le nombre de mariages : c'est bien la preuve que des gens se trouvent, non ? Même si le nombre d'hommes ou de femmes disponibles est bien maigre, c'est un faux problème. Certaines personnes parviennent à rencontrer l'âme sœur, d'autres jamais. Et cela n'a rien à voir avec des histoires de probabilité...

J'ai participé récemment à une émission télévisée : j'y présentais d'un côté trois femmes se plaignant de ne jamais trouver d'hommes qui leur plaisaient, et de l'autre trois femmes déclarant ne rencontrer que des hommes formidables. Elles étaient toutes physiquement attirantes et exerçaient une profession enviable. Il était clair que la différence résidait dans ces fameuses qualités invisibles qui provoquent soit l'attraction, soit la répulsion. J'ai mis en évidence les différentes « vibrations » émises par chacun des deux groupes. Celles qui n'avaient aucun mal à rencontrer des hommes intéressants étaient chaleureuses, ouvertes, drôles, positives : il était évident qu'elles aimaient vraiment les autres, et donc les hommes en particulier. Les trois autres étaient cyniques, critiques et aigries. Si vous envoyez des messages « accueillants », on vous aimera, cela ne fait pas l'ombre d'un doute !

Déposez les armes !

Sans avoir une attitude avenante et respectueuse du sexe opposé, il est impossible d'établir une relation sentimentale saine et harmonieuse. Cela me semble aussi élémentaire qu'évident. Pourtant, beaucoup de gens en sont parfaitement incapables, au nom de la tristement célèbre « guerre des sexes ». Il est rare qu'on aime son ennemi...

Vous avez certainement rencontré des hommes ou des femmes pétris de plus ou moins de griefs contre le sexe opposé. Ils ont souvent les meilleures raisons du monde pour justifier leurs propos négatifs. Les femmes pensent que trop d'hommes les prennent pour des idiotes. Et les hommes croient que la gent féminine les prend trop souvent pour des simples d'esprit. En réalité :

> Il ne faut blâmer personne. Il faut juste se dire qu'on n'a pas réussi à vaincre son hostilité.

Quand on cesse de s'agiter en vain, quand on prend sa vie en main, et quand on agit enfin de manière intègre et honnête avec soi-même, l'existence devient plus sereine. Des gens débordant d'énergie positive viennent naturellement vers vous. Ces personnes existent dans votre entourage et elles sont nombreuses. Pour les rencontrer, il vous faut d'abord vous regarder dans un miroir, arrêter d'observer les autres à la loupe, et vous frayer un chemin à travers toute une série d'obstacles à l'amour qui se nomment rancœur, défiance, jugement, égoïsme et indigence.

Plus vous donnerez d'amour aux personnes du sexe opposé, plus vous attirerez de gens susceptibles de vous en offrir. Le contraire est également vrai : quand vous serez parvenu à vous débarrasser de vos rancœurs et de votre amertume, quand vous aurez enfin ouvert votre cœur aux autres, vous trouverez des gens merveilleux et vous les aimerez. Ainsi vont les choses…

CHAPITRE 7
L'AMITIÉ, GARDE-FOU DU CŒUR

« Mon mariage était brisé. Il était impossible pour moi d'ignorer le sentiment de vide qui m'envahissait. J'avais désespérément besoin de parler à quelqu'un pour soulager ma peine. Je décrochai le téléphone pour composer un numéro, mais je réalisai que je n'avais personne à qui parler. C'est ainsi que j'ai découvert, à trente-deux ans, après dix ans de mariage, que je n'avais pas d'amis, en tout cas pas de vrais confidents. Il y avait bien une poignée de personnes qui comptaient pour moi, avec lesquelles j'avais passé de bons moments, mais il n'y avait jamais eu de véritable partage entre nous. »

La consolation de l'amitié

En écrivant cette bien triste histoire, je repense à ma propre expérience. Mon premier mariage fut marqué par une période de suractivité : poursuivre mon troisième cycle d'études universitaires, élever mes deux enfants, essayer de réussir ma vie de couple, recevoir les relations professionnelles de mon mari tout en travaillant à mi-temps. Ma vie n'était pas un désert : elle fourmillait de monde ! Pourtant, je cachais la plupart de mes sentiments derrière une certaine image sociale : c'était en réalité la période la plus solitaire de mon existence.

Depuis, j'ai appris comment établir des liens profonds avec mes amies. Nous sommes devenues aujourd'hui une source d'amour les unes pour les autres, une force et un soutien mutuels. Je me sens désormais rarement seule. J'ai appris à considérer l'amitié selon la définition que Sam Keen en donne dans l'un de ses livres de spiritualité (Éditions J'ai Lu) :

> « L'amitié apparaît en premier lieu comme la plus modeste des formes d'amour. Elle est aussi paisible qu'une invitation à partager une tasse de thé ou un verre de bière... C'est une simple conversation partagée. Pas de hurlement à la lune. Pas d'explosion de passions contradictoires. Les amitiés rendent les femmes et les hommes ouverts, prêts à donner et recevoir au quotidien. Nul besoin de beauté, de jeunesse ou de formule de séduction. En fait, l'amitié est la consolation de ceux qui n'ont rien d'autre. Quand elle est solide, de quoi a-t-on besoin si ce n'est d'eau et de pain ? »

N'est-ce pas là une bien belle représentation de l'amitié ? Dans ce monde de bouleversements et de déracinements constants, la consolation de l'amitié nous est plus indispensable que jamais. Elle est peut-être même plus importante encore que l'amour. Je remercie le Ciel de n'avoir pas eu à choisir entre les deux, car l'un comme l'autre apportent dans la vie des choses très particulières et très différentes, très importantes et très agréables.

L'amitié spirituelle

Il existe différentes sortes d'amis. D'abord, il y a ceux qui partagent nos activités. Il s'agit des personnes avec lesquelles on assiste à des matches de foot, avec lesquelles on fait du shopping ou de la randonnée ou que l'on voit à l'occasion de réunions de parents d'élèves. Ces personnes ne partagent pas nécessairement nos émotions intimes, mais elles ont quelque chose de commun qui nous attache à elles. On reste fidèle à d'autres en raison du passé : on les a connues au lycée ou au cours de ses études. D'une certaine manière, elles symbolisent notre jeunesse : c'est pourquoi on leur réserve une place toute particulière dans notre cœur.

Pourtant, si le fait de partager la même activité ou de se connaître depuis longtemps peut constituer autant de liens solides, le véritable partage émotionnel est rarement à l'ordre du jour. Ces deux formes d'amitié sont certes précieuses, mais, à moins d'avoir été réellement « approfondies », elles ne sont pas suffisantes. Votre cercle d'amis doit aussi compter des personnes avec lesquelles vous pouvez exprimer, en âme et conscience, votre véritable personnalité. Je les appellerai des **amitiés spirituelles**. Bien entendu, si vous faites de vos compagnons de randonnée ou de vos copains de lycée des amis spirituels, c'est formidable : je vous en donne d'ailleurs un très bel exemple en fin de chapitre. Si ce n'est pas le cas, il est temps pour vous de chercher ailleurs.

Les amitiés spirituelles sont les **amitiés du Soi Supérieur**. Il ne faut pas les confondre avec les **amitiés du Soi Inférieur**, lesquelles se nourrissent de plaintes et d'apitoiements mutuels. Quand les gens disent avoir des amis très proches, c'est très souvent à ce genre d'amitié qu'ils font allusion. Quand ils partagent des sentiments, il s'agit généralement de griefs et de reproches à l'encontre d'autres personnes. Leurs conversations sont ponctuées de questions du type : « Devine ce qu'il ou elle m'a encore fait ? », puis de réponses comme : « Pauvre de toi ! » Ce sont en réalité des « **compagnons d'infortune** ».

Le hic, c'est que l'on ne trouve jamais un quelconque soulagement en s'encourageant mutuellement à se comporter en victime. En critiquant son entourage, on s'affaiblit soi-même devant la vie, et ces faux amis se bornent à envenimer les problèmes. Il y a fort peu de chances de trouver auprès d'eux le moyen de reprendre des forces, de prendre ses responsabilités et d'aller de l'avant avec optimisme.

J'en ai terminé avec les mauvaises nouvelles... Passons

aux bonnes maintenant : bien qu'elle soit négative en soi, cette forme d'amitié peut être paradoxalement envisagée comme une étape sur la bonne voie. En effet, l'« amitié d'infortune » offre au moins l'avantage de permettre une certaine **franchise**, même s'il s'agit de déverser sa bile et son amertume, franchise par ailleurs souvent absente des relations entretenues avec la copine du club de gym ou l'ancien camarade de classe. Et si vos éventuels compagnons d'infortune réussissent à abandonner leurs comportements venimeux, leur amitié passera alors du niveau du Soi Inférieur à celui du Soi Supérieur : passés au stade d'amis spirituels, ils deviendront alors d'une aide précieuse pour soulager vos peines.

Les amitiés spirituelles exigent de faire des progrès. Les personnes d'un tempérament introverti doivent dépasser leur difficulté à se confier et admettre de se montrer vulnérables en ouvrant leur cœur. Celles qui passent leur temps à se plaindre doivent arrêter de dénigrer tout le monde et commencer à prendre sérieusement leurs responsabilités. C'est vrai, c'est plus facile à dire qu'à faire ! Mais les avantages des amitiés spirituelles sont tellement considérables qu'ils valent bien des efforts et un peu courage. Voilà ce que de tels liens peuvent apporter :

1. Un soutien

Quoi qu'il arrive dans votre famille, votre travail ou votre vie sentimentale, les bons amis sont toujours là et leur soutien est extrêmement précieux. Le fait d'avoir quelques amis spirituels autour de soi, c'est avoir le soulagement d'une épaule pour pleurer et une voix rassurante pour vous rappeler que vous n'êtes pas seul.

2. Un enrichissement de toutes vos autres relations

Avec le soutien d'un groupe d'amis spirituels, vous parviendrez à résoudre vos problèmes existentiels, à surmonter vos angoisses, à vous sentir enfin lucide, fort et rempli d'amour. Vous pourrez ensuite projeter cette vigueur nouvelle dans d'autres domaines relationnels : parents, conjoint, enfants, collègues de travail et même « étrangers » que vous côtoyez quotidiennement.

3. Une aide pour mieux vous connaître

En essayant de parler de vous et de communiquer vos émotions à vos amis spirituels, vous pratiquerez une excellente introspection. Vos bons amis feront en quelque sorte écho, bien mieux que vos parents, votre conjoint ou vos enfants, à votre analyse de vous-même. Avec eux, impossible de tricher et d'utiliser des échappatoires : leur amour exige la vérité.

4. Retourner à la source

Les amis spirituels reflètent votre véritable personnalité. En partageant, vous apprenez que « vous êtes vous et qu'il est lui », c'est-à-dire l'altérité. En cherchant à donner de l'amour et à compatir aux peines de vos amis, vous vous ferez aussi un bien immense.

Ce dernier enrichissement démontre l'importance d'avoir, au sein de son groupe d'amis spirituels, plusieurs personnes du même sexe que vous. En effet, ces amis offrent un « plus » qui me paraît de la plus haute importance : ils permettent l'**auto-identification**, condition indispensable pour comprendre les qualités et les énergies spécifiques à chacun des deux sexes.

Je m'explique. Quand des femmes sont de vraies amies, au lieu de tendre vers certains schémas que leur impose la société, elles expriment davantage leur véritable féminité. Lorsque des hommes sont de vrais amis, ils retrouvent l'essence d'une certaine camaraderie virile. À mon avis, les amitiés fortes entre deux personnes du même sexe permettent d'atteindre un état d'esprit que je qualifierais de « **retour à la source** », un sentiment très fort d'appartenance et de retour aux origines dans un monde qui nous fragilise.

- On mesure alors tout le pouvoir propre au sexe auquel on appartient.
- On cesse de se percevoir comme secondaire.
- On gagne en estime de soi et l'on commence à entrevoir tout ce que le sexe auquel on appartient peut apporter de particulier au monde.
- On atteint un sens très profond de la connexion auquel, pour des raisons biologiques et culturelles, ne peuvent conduire les amitiés entre personnes de sexe opposé.

Si vos amis sont tous du sexe opposé, cela laisse à penser que vous n'êtes pas à l'aise avec votre moi profond, qui est sexué. Trop d'hommes déclarent préférer la compagnie des femmes, avouant ne pas s'entendre avec les hommes, et vice versa. N'est-ce pas là un affront fait à soi-même ?

Pour vous aimer, il est essentiel d'apprécier le fait d'être un homme ou une femme. C'est la condition *sine qua non* !

Respecter l'autre et s'entraider

Quand vous aurez compris cela, vous serez ensuite capable d'aller vers le sexe opposé, sachant que vous aurez beaucoup de très belles choses à partager. Cette perspective est bien plus enrichissante que de prier humblement, chacun dans son coin, que les qualités et les énergies de l'autre déteignent un peu sur vous… N'est-ce pas le moteur de certaines amitiés entre les hommes et les femmes ? Passez donc du temps avec vos congénères du même sexe, vous prendrez ainsi conscience de votre spécificité masculine ou féminine. Ainsi, vous n'en serez pas réduit à les mendier ailleurs.

Un psychothérapeute a fort justement évoqué ces nécessaires échanges entre hommes afin d'améliorer leur relation avec les femmes :

« C'est comme si chacun d'entre nous devait se trouver. La relation amicale avec un autre homme, c'est un peu comme de rester un moment au soleil et de regarder son ombre portée : ce n'est pas soi mais une autre personne, bien distincte. Et c'est après une telle expérience qu'il devient possible de marcher côte à côte avec une femme. »

Et lorsque vous marchez côte à côte après être « resté un moment au soleil », vous aurez plus de choses à échanger. Le conditionnement du *quelqu'un* a formaté les hommes et les femmes de manière très différente. Il a ainsi donné à chacun sa façon de voir le monde et cela, si l'on ne s'est pas au préalable penché sur soi, nos frustrations et nos angoisses nous le font souvent perdre de vue quand nous sommes avec quelqu'un du sexe opposé.

Par exemple, les femmes sont plutôt éduquées pour élever des enfants que pour grimper dans l'échelle sociale, alors que c'est exactement l'inverse pour les hommes. Quand on commence à recouper les différentes réalités de chaque sexe, les deux points de vue s'enrichissent pour aboutir à une vision plus objective des choses. Le conditionnement du *quelqu'un*, en imposant des rôles aux uns et aux autres, a fait de nous des moitiés d'individus. Les amitiés spirituelles entre hommes et femmes peuvent nous remettre sur la voie de l'universalité.

Ainsi, en partageant nos vérités, on fait l'apprentissage du respect mutuel. On mesure enfin les blessures morales que tous les « Je devrais » et autres « Je ne devrais pas » du conditionnement du *quelqu'un* ont infligées aux hommes et aux femmes. La souffrance et la faiblesse ne sont pas l'apanage du sexe féminin, en dépit de ce que croient certains. Ce sentiment nouveau de respect et de compassion sonne la fin de cette forme de décadence mentale que constitue à mes yeux la « guerre des sexes ».

Oui, les amitiés spirituelles enrichissent la vie de façon considérable. Cependant, il est vrai que bon nombre de gens ne trouvent pas le moyen de construire et de vivre une amitié de ce genre. Dans ce domaine, certaines femmes sont en avance sur les hommes. Grâce au Mouvement de Libération de la Femme, elles ont pris l'habitude de se réunir pour discuter, apprenant ainsi à s'ouvrir aux autres. Elles ont ainsi construit des relations d'amitié merveilleusement gratifiantes et motivantes. D'autres, toutefois, restent encore enlisées dans des relations malsaines avec des « compagnes d'infortune » que j'évoquais plus haut : leurs amies servent de caution à leur amertume. D'autres encore, des hommes la plupart du temps, sont incapables de partager leurs sentiments les plus profonds avec qui que ce soit. En conclusion, nous avons tous, que l'on soit du sexe masculin ou féminin, beaucoup à apprendre sur l'amitié.

Comme dans une relation amoureuse…

Gardez toujours cela à l'esprit et relisez attentivement les « principes de base de la connexion » exposés au chapitre 5. Les astuces suivantes vous aideront ainsi à passer plus vite à la pratique, c'est-à-dire à approfondir d'anciennes amitiés et à en lier de nouvelles, avec tout ce que cela représente d'enthousiasmant mais aussi d'un peu effrayant. Si cela peut vous aider, vous pouvez assimiler votre quête de nouveaux amis à celle d'un partenaire amoureux, en mettant bien sûr de côté toute finalité sexuelle.

- Tenez compte de l'« alchimie » existant entre les gens : elle déclenche soit l'attraction, soit la répulsion.
- Si les amis que vous vous faites ne vous aident pas dans votre épanouissement et ne soutiennent pas votre véritable moi, vous vous trompez d'« alchimie » ! Votre « genre » n'est pas le bon !
- Vos amis reflètent votre état d'esprit. Si vous êtes attiré par des personnes chaleureuses et aimables, c'est le signe que vous projetez vous-même une image positive. Si vous attirez des personnes négatives qui vous sapent le moral, c'est que vous projetez une piètre opinion de vous-même.

• Il faut savoir faire le premier pas et courir le risque d'un échec. Si la personne sollicitée ne semble pas intéressée après plusieurs invitations, essayez avec quelqu'un d'autre.
• Pensez toujours que vous êtes un être de valeur, quelle que soit la réaction de la personne sollicitée.
• Il y a un début idyllique pendant lequel votre nouvel ami sera parfait.
• Cette « lune de miel » n'est pas éternelle, et vous deviendrez bientôt plus lucide. C'est là que vous déciderez de pousser plus avant la relation, au-delà de la déception, pour devenir de vrais amis, ou que vos chemins se sépareront.
• Il est important de rester authentique. Si quelqu'un vous aime tel que vous êtes, c'est un ami. S'il ne semble pas vous apprécier, recherchez quelqu'un d'autre. Vous finirez ainsi par trouver chaussure à votre pied : on vous aimera à la fin pour vous-même, et non pour ce que vous prétendez être ou pour ce qu'on veut que vous soyez.
• Si un ami se montre blessant, restez conscient de votre valeur, quittez-le et trouvez-en un autre.
• Orientez la conversation vers l'autre et non pas vers vous-même.
• Une amitié s'entretient. Elle réclame des attentions et ne doit jamais être mise en veilleuse. Elle implique un minimum de gestes bienveillants. Vous devez montrer à vos amis combien vous les aimez. Que vous leur écriviez une lettre, que vous leur passiez un coup de téléphone, que vous leur fassiez un cadeau ou un compliment, il faut qu'ils sachent combien ils comptent pour vous.
• Il ne faut pas seulement faire appel à vos amis pendant les moments de crise, mais leur montrer que vous pensez régulièrement à eux.
• Il est important d'améliorer votre propre estime, de façon à ne pas éprouver d'état de manque affectif. L'indigence est rédhibitoire en amitié comme en amour.

- Vous devez choisir des gens qui vous accompagnent sur la voie de l'épanouissement, et fuir ceux qui vous enfoncent la tête sous l'eau. Allez vers les personnes qui vous donnent confiance et vous rendent fort, pas vers celles qui attisent vos angoisses et vous affaiblissent. Allez vers des femmes ou des hommes qui savent apprécier les bons côtés de la vie et partager leurs émotions, pas vers celles et ceux qui se plaignent sans cesse. Allez vers tous ceux qui voient les désagréments de la vie comme une chance d'évoluer, et non vers des gens qui vivent dans la spirale de l'échec.

Petits malheurs entre amis

Après ces quelques similitudes entre l'amitié et l'amour, je voudrais à présent évoquer une différence fondamentale entre ces deux sentiments. L'approche « amoureuse » est vécue comme une démarche courante et familière, tandis que l'abord « amical » est trop souvent perçu avec une certaine suspicion, notamment chez les hommes. La création de nouveaux liens d'amitié présente donc, pour certaines personnes, plus de difficultés que la recherche de l'âme sœur.

Ce soupçon, surtout chez la gent masculine, est lié en grande partie à la peur d'être taxé d'homosexualité. Une réaction aussi étonnante pourrait s'expliquer par le fait que peu d'hommes semblent aujourd'hui en quête d'amitié. Cette si belle complicité est passée au second plan dans le tourbillon de la vie ! Quand ils ont des amis, les liens se sont souvent tissés d'eux-mêmes à travers des activités quotidiennes. Rares sont ceux qui cherchent vraiment à les provoquer.

Ceux en qui on voit des amis potentiels peuvent sembler difficiles d'accès pour diverses raisons. Par exemple, l'amitié exige engagement et attention, mais aussi un certain sens des responsabilités. Il est tellement moins fatigant de tourner le dos et de faire la sourde oreille… Ainsi, il vous sera parfois nécessaire de cultiver patiemment l'amitié, en prenant garde de ne pas aller contre la volonté de l'autre. Souvenez-vous qu'il faut du temps pour entrer dans la vie de quelqu'un. Au moment où vous ferez sa connaissance, cette personne peut traverser une période de lassitude, ou être débordée par son emploi du temps. Si vous l'invitez à se joindre à vous, elle pourra accepter chaleureusement, mais elle aura aussi le droit de décliner votre proposition. Souvenez-vous toujours que si elle refuse de vous admettre dans son cercle d'intimes, ce n'est pas nécessairement « à cause de vous ».

Donnez-vous du temps !

Je mène une vie très active. Comme je dois honorer mes engagements et mes obligations envers ceux que j'aime, envers mon travail et ma famille, j'essaie de ne pas m'engager dans des relations que je ne pourrai pas entretenir comme il le faudrait. S'il m'arrive de refuser une main tendue au nom de l'amitié, l'autre n'est en rien en cause : c'est une pure question de disponibilité.

Si vous éprouvez comme moi des difficultés à trouver du temps pour vous impliquer dans une relation amicale, il vous faut impérativement surmonter votre résistance et faire passer au premier plan votre besoin de rencontrer des gens. Des amis doivent passer beaucoup de temps ensemble, seul à seul, pour approfondir leur relation. Si vous vous voyez toujours « en coup de vent », l'intimité ne s'installera jamais vraiment. Il faut généralement une période de latence avant de laisser parler ses sentiments les plus profonds. Au début, on se limite à évoquer les petites choses de la vie : « Hier, j'ai fait telle ou telle chose », « Je viens de changer d'emploi », ou « Ma femme ne se sent pas très bien en ce moment », etc. Après ce genre de mondanités, on peut se livrer un peu plus intimement. Et c'est là que commence la véritable connexion spirituelle.

La manière la plus simple de permettre à ses amis de

s'ouvrir est de faire d'abord parler son cœur : le chapitre suivant vous donnera une méthode très efficace pour vous aider en ce sens. En donnant en quelque sorte l'exemple, vous ménagerez un espace privilégié qui les aidera à sortir éventuellement de leur réserve. Si vous vous retrouvez devant une personne que vos confidences semblent gêner, n'y voyez pas un problème. N'insistez pas, vous partagerez avec elle certaines activités sans chercher à vaincre ses réticences. Cependant je reste intimement persuadée que votre démarche n'aboutira pas à un tel résultat. Il y a en effet fort à parier que votre attitude ouverte lui donnera à son tour envie d'en dire davantage sur elle-même.

Une telle amitié devient passionnante quand l'esprit d'entraide s'installe, quand les deux parties se soutiennent pour vivre mieux et pour devenir meilleures, c'est-à-dire exactement le contraire de ce que produisent les relations basées sur de perpétuelles jérémiades. Aussi, si vos amis se laissent aller à se plaindre ou à se montrer amers, incitez-les gentiment à prendre leurs responsabilités. S'ils persistent malgré vos efforts, c'est peut-être le signe qu'il vous faut les laisser au bord du chemin. Sans doute me trouvez-vous un peu péremptoire, mais je vous le dis par expérience : plus on devient soi-même positif et ouvert, moins on a la patience de supporter la compagnie d'amis négatifs. Ne vous sentez pas coupable de devoir abandonner quelqu'un qui réagit de la sorte, il trouvera toujours des compagnons d'infortune pour se lamenter.

Transformer l'amitié

J'aimerais clore ce chapitre avec le témoignage de trois jeunes femmes qui sont parvenues à transformer leurs relations superficielles et parfois destructrices en une très belle amitié spirituelle.

Le cas de Nathalie, Rachel et Nora

Âgées de vingt-neuf ans, Nathalie, Rachel et Nora sont d'anciennes camarades de lycée. En dehors de ce passé commun, elles viennent d'horizons très divers. Chacune est de religion différente. Leur contexte familial varie aussi du tout au tout : les parents de l'une sont divorcés ; ceux de la seconde vivent ensemble, mais leur mariage est un échec ; quant aux parents de la dernière, ils sont heureux ensemble, mais un peu « coincés ». Enfin, Nathalie, Rachel et Nora n'ont pas le même niveau de vie et appartiennent à des milieux professionnels différents. Elles sont cependant toutes trois également pourvues d'un charme évident, d'un enthousiasme débordant, d'une intelligence vive et d'un cœur « gros comme ça ».

Après s'être vues par intermittence pendant onze ans, Nathalie, Rachel et Nora ont décidé d'approfondir leur amitié. Les trois jeunes femmes se sont alors inscrites dans un groupe de Co-Dépendants Anonymes comme ceux évoqués au chapitre 3. Elles avaient envie de suivre, chacune de leur côté, leur propre voie vers la plénitude. C'était là un excellent point de départ pour la tâche qu'elles s'étaient fixée. Pour maximiser leurs chances de succès, elles ont également utilisé un cahier pratique intitulé *Les 12 étapes : une solution pour s'en sortir*. Il s'agit d'une sorte de guide destiné aux personnes issues de familles possessives ou en difficulté (et comme vous le savez, les familles conditionnées selon le concept du *quelqu'un* sont toutes à problèmes !) [1].

Les trois jeunes femmes se sont engagées à se rencontrer une fois par semaine pendant six mois, tout en suivant

1. Vous trouverez des cahiers pratiques de développement personnel dans les librairies spécialisées en psychologie. Vous pouvez aussi créer un tel cahier à partir des exercices présentés dans mes livres ou dans d'autres ouvrages de développement personnel. Avant de travailler à partir d'une méthode en douze étapes et pour bien en saisir le sens, je vous recommande de suivre au préalable quelques réunions des Co-Dépendants Anonymes ou d'un groupe fonctionnant sur le principe des douze étapes.

chacune étape après étape son programme d'exercices. Quand elles se voyaient, elles passaient l'essentiel de leur temps à lire leurs notes personnelles. Cette lecture n'était pas supposée déclencher un débat. Si toutefois elle provoquait des réactions, ou si l'une d'entre elles avait besoin de développer un point de vue, elles en parlaient ensemble. En pratique cependant, elles se rencontraient pour partager leurs sentiments à travers la lecture de leurs écrits.

Cette volonté de transformer une relation superficielle en amitié spirituelle n'est pas vraiment facile, j'en conviens. Cela peut aussi se révéler douloureux. Mais Nathalie, Rachel et Nora y sont très bien parvenues, comme le montrent les extraits des entretiens que j'ai pu avoir avec elles.

SUSAN JEFFERS : ***À quoi ressemblait votre amitié avant votre travail d'épanouissement ?***

NATHALIE : Avant, mon cercle d'amis comptait très peu de femmes. Qu'est-ce que cela voulait dire ? Que je ne m'aimais pas beaucoup à ce moment.

RACHEL : J'avais très peur d'aborder d'autres filles. Je craignais d'être rejetée et de me sentir vulnérable. Ma mère et moi n'avons jamais été vraiment intimes. Donc, je ne savais pas comment m'y prendre pour être l'amie d'une autre femme. Mes sœurs et moi étions aussi très renfermées. Mes rapports avec les copines de l'école tournaient mal la plupart du temps. Je me souviens de plusieurs filles qui cherchaient toujours à se comparer aux autres ou à jouer la comédie. L'une d'entre elles s'envoyait des lettres et faisait croire qu'un amoureux imaginaire les lui écrivait. Une autre racontait aussi des horreurs sur moi dès que j'avais le dos tourné : elle disait que je buvais, que je sortais avec n'importe qui, que je me droguais...

NATHALIE : J'ai pris conscience de la valeur de l'amitié féminine il n'y a pas très longtemps. Je ne me suis jamais perçue moi-même comme ma bonne amie..., parce que je considérais mes propres amies comme des mouchoirs jetables. Quand elles ne me servaient plus, je mettais les voiles, purement et simplement. Je ne donnais pas suite à leurs messages sur mon répondeur. Je déménageais souvent, et je me liais avec d'autres filles. Peut-être n'étais-je pas assez ouverte de peur de me sentir vulnérable. Je dois aussi avouer que je choisissais mal mes fréquentations. C'était ma façon à moi de me révolter contre mes parents. Si les relations avec mes amies étaient superficielles, c'était aussi parce que je ne demandais jamais d'aide à personne et que je n'en donnais jamais non plus. Je croyais n'avoir besoin de personne : je voulais être libre, prouver que je me suffisais à moi-même. Il y a beaucoup de femmes qui, en cherchant à paraître indépendantes, refusent toute aide extérieure. C'est très triste, je pense. La seule personne dont j'avais besoin, c'était un homme, mais pour autre chose que de l'amitié… Je réalise aujourd'hui que j'ai aussi envie qu'on m'apporte amitié et soutien. C'est très bien de ressentir cette nécessité, et cela ne fait pas de moi quelqu'un de faible. Au contraire, je me sens forte de pouvoir le revendiquer.

NORA : Moi aussi, j'avais l'habitude d'être superficielle dans mes relations avec mes amies : je me disais que si elles me connaissaient réellement, elles ne voudraient plus de moi. J'étais convaincue qu'il fallait toujours être gaie avec elles, leur offrir des cadeaux, ou autre chose du même genre. Je ne pensais pas qu'elles étaient là parce que je leur apportais vraiment quelque chose. Je crois que l'authenticité de notre relation aujourd'hui repose sur la prise de conscience de notre valeur mutuelle.

SUSAN JEFFERS : ***En quoi votre amitié, aujourd'hui, est-elle différente ?***

NATHALIE : Pour la première fois, il y a une notion d'égalité. Dans le passé, j'étais soit celle qu'on aidait, soit celle qui aidait. Il y avait toujours une personne plus faible et une autre plus forte. Je pense qu'il y a désormais un esprit de réciprocité dans mes relations. Il nous arrive à toutes de flancher parfois, mais on s'entraide toujours.

NORA : Au début, j'idolâtrais Rachel : je la considérais un peu comme ma grande sœur. Quand j'avais un problème, j'allais vers elle. Je n'imaginais pas qu'elle puisse en faire autant pour moi. Je réalise à présent que mon avis aussi a de la valeur.

NATHALIE : Je peux aller vers mes amies et leur demander de l'aide. C'est là que réside, à mon avis, la différence fondamentale. Nous avons construit une relation de confiance que nous pouvons solliciter en cas de besoin : elle nous assure un soutien moral, quelle que soit la nature du problème. J'en suis arrivée à vraiment apprécier ce type de soutien. Il a toujours été là, mais j'avais toujours mis un point d'honneur à l'ignorer.

NORA : J'étais quelqu'un sur qui l'on ne pouvait pas compter. J'avais l'habitude de trouver toutes sortes d'excuses pour me dégager de mes responsabilités envers mes amies. Aujourd'hui, quand je dis quelque chose, je le fais.

NATHALIE : Je crois que j'ai réussi à tisser des liens authentiques avec d'autres filles après avoir enfin accepté l'idée que je suis moi-même une femme. J'ai été longtemps gênée par ma féminité. Je croyais que les femmes voyaient le monde par le petit bout de la lorgnette. Je ne voulais pas être comme elles, ni avoir une attitude féminine. J'étais très garçon manqué, en fait. Aujourd'hui, j'ai appris à mettre en valeur ma féminité, à accepter ma condition de femme. Et c'est cela qui fait toute la différence. Je pense que mon attitude était due en partie au regard que je portais sur la relation parentale. C'était mon père qui commandait à la maison, et ma mère était très soumise. Je ne voulais pas me retrouver dans sa situation, mais mes parents représentaient en même temps l'unique modèle. Il fallait finalement reproduire le schéma de l'un ou de l'autre. Je suis donc devenue comme mon père, dure et distante. J'ai finalement compris qu'il ne s'agissait pas de choisir entre deux attitudes aussi simplistes. À présent, j'ai pris suffisamment de distance avec mes parents pour comprendre qu'il existe d'autres choix. Je vois autour de moi quantité d'autres exemples et des femmes très différentes. Je découvre des dynamiques fondamentalement différentes de celle qui fonctionnait chez moi.

NORA : Nous avons, toutes les trois, pris un recul considérable par rapport à notre famille. Nous pouvons à présent entretenir avec nos proches des relations plus sereines. J'ai enfin atteint un point où cela ne m'intéresse plus de connaître toute la vérité sur ce qui s'est passé lorsque j'étais enfant. J'admets le fait que ma perception des choses peut simplement être une illusion, ou une mauvaise interprétation de la réalité. Cela vaut vraiment la peine de regarder derrière soi et de se dire : « Peu importe le passé, je ne veux pas porter ce fardeau plus longtemps », puis de panser ses plaies et de continuer son chemin.

NATHALIE : Nous sommes toutes toujours plus ou moins rattrapées par le passé. Mais, en tant qu'adultes, nous avons la possibilité de faire un choix entre nous révolter ou changer notre vie. L'amitié nous aide en ce sens.

NORA : Si je sens qu'une chose m'échappe et que cela me contrarie, je peux me tourner vers Rachel ou Nathalie : elles sauront sans peine identifier le problème. Je dis simplement : « Il y a quelque chose qui ne tourne pas rond, et je n'arrive pas à savoir quoi. » L'une et l'autre me connaissent suffisamment bien pour savoir comment je fonctionne. Il y a quelques semaines, j'ai appelé Nathalie pour lui dire que j'étais furieuse contre mon petit ami l'autre soir, que je lui en voulais encore aujourd'hui, mais que je ne savais même plus pourquoi ! Nathalie l'a pris avec humour. Elle a été vraiment formidable. Elle avait parfaitement compris le problème. Nous avons analysé la situation ensemble, et tout s'est terminé par un fou rire.

Ma colère, qui était effectivement sans fondement, s'est aussitôt évanouie.

NATHALIE : Cela me rassure beaucoup de savoir qu'elles sont là, toujours disponibles quand j'ai besoin d'elles. Nous étions déjà amies auparavant, mais à un niveau très superficiel, et nos rapports étaient souvent maladroits. Aucune de nous trois ne savait comment s'y prendre pour solliciter l'aide d'une autre. Même si nous parvenions à le faire, personne n'était suffisamment lucide pour exprimer son malaise avec un peu de netteté !

NORA : J'en suis à un point où je peux résoudre certains problèmes simplement en parlant mentalement avec Rachel et Nathalie. Il peut arriver parfois que j'aie besoin de l'une ou de l'autre, mais elles ne sont pas là. Je me dis alors : « Si elles avaient un problème similaire et qu'elles me demandaient mon aide, que leur dirais-je ? » Et la réponse apparaît immédiatement, claire comme de l'eau de roche. L'astuce consiste à me placer moi-même au centre du problème, et à adopter le point de vue de l'observateur. Cela me permet de dédramatiser instantanément la situation. Je peux réfléchir de façon plus lucide. J'apprends ainsi à me fier à ma sagesse intérieure.

En passant, ce à quoi Nora fait allusion ici peut être compris comme son interprétation de « Je suis seul » et « Moi, face à ma solitude », thèmes évoqués au chapitre 4.

NORA : On a appris à se dire toujours la vérité. Parfois, en inscrivant mes notes sur mon cahier, je me surprends à penser : « Je n'ai pas envie d'écrire cela ! » Et ensuite, je me dis : « De qui est-ce que je me protège ? Ce n'est pas qu'elles ignorent cela. Elles ont ressenti la même chose. » Puis, je continue à écrire en exposant de façon très détaillée ce qui m'avait fait hésiter l'instant auparavant. En fait, je pense : « Pourquoi investir autant de temps, le mien comme le leur, pour en arriver à ne pas dire toute la vérité ? » Je ne ferais que me duper moi-même. Quand je prends des risques et que je m'ouvre à mes amies, je me sens mieux.

RACHEL : Quand vous dites la vérité, vous avez moins peur. Quelle que soit la nature du problème, que ce soit une attitude, un sentiment de culpabilité ou de honte, lorsque vous l'écrivez et que vous partagez votre sentiment, vous entendez une autre voix vous dire : « Ah oui, cela m'est déjà arrivé ! » ou « J'ai déjà ressenti cela ! ». Tout de suite, vous vous sentez plus légère.

NORA : Quand vous déballez vos secrets les plus profonds et les plus indicibles, vous constatez que les gens ne reculent pas d'horreur devant vous comme vous l'aviez imaginé. Rien que cela est, en soi, un immense soulagement et un début de guérison. Dans le cahier d'exercices, il y a un « inventaire moral introspectif, minutieux et courageux » : j'avoue qu'il me rendait particulièrement nerveuse. D'après les instructions, il fallait le partager avec trois personnes : soi-même, Dieu et une tierce personne. J'ai fini par le faire avec Nathalie, et cela m'a fait très peur au début. Mais j'ai découvert alors qu'il n'y avait là rien que Nathalie n'ait déjà vécu elle-même. Auparavant, j'avais imaginé qu'elle ne voudrait certainement plus m'appeler ni me revoir après tout ce déballage. En réalité, nous avons pris un plaisir incroyable à faire cet exercice ensemble. Et il nous a même encore rapprochées.

NATHALIE : J'ai appris que tout ce que j'ai fait dans ma vie, en âme et conscience, c'était pour qu'on m'aime. Parfois, cette quête d'amour était un peu dénaturée. Mais mon comportement était toujours motivé par l'idée de me protéger et de quémander de l'amour en utilisant les moyens qui me semblaient alors les meilleurs.

NORA : Je suis vraiment écœurée quand je repense à certains de mes comportements passés. Nathalie m'a fait comprendre que je n'avais alors aucun moyen de savoir qu'il existait d'autres façons d'être. Elle m'a aussi aidée à prendre conscience que j'ai fait tout cela parce que je pensais sincèrement que c'était le seul moyen d'être aimée. Cela m'a été très utile pour éprouver enfin un peu plus de compassion à l'égard de cette pauvre petite fille paniquée et indigente que j'étais dans le fond.

RACHEL : Ce que nous faisons dans notre groupe, c'est d'apprendre à nous pardonner et à nous aimer nous-mêmes, en nous apportant amour et soutien mutuels. Il est salutaire de pouvoir se dire : « Oui, je me suis comportée de façon abominable, mais j'ai fait ce que je croyais être le mieux. » À présent, je peux m'aimer, me pardonner, et agir de façon plus appropriée aux situations. On rit souvent de nos confidences, ce qui dédramatise nos problèmes. La plupart du temps, nous nous reconnaissons beaucoup dans le comportement des unes et des autres, parce que nous avons toutes trois fait des choses vraiment ridicules.

NORA : On a aussi appris à reconnaître et à apprécier les changements positifs, si infimes soient-ils, qui intervenaient chez l'une d'entre nous. Nous lui disions alors : « J'ai de l'admiration et du respect pour les progrès que tu as réussi à faire. » Les changements personnels sont plus visibles par les autres. De nous trois, j'étais la plus dépendante des hommes. J'étais prête à faire n'importe quoi pour qu'ils ne me quittent pas. Désormais, j'entretiens des relations plus saines, et Rachel et Nathalie mettent beaucoup l'accent sur mes progrès dans ce domaine. Je respecte beaucoup Nathalie, car ses relations avec les hommes n'affectent jamais l'estime qu'elle a d'elle-même. Elle est capable d'y voir toujours une perspective d'épanouissement personnel.

SUSAN JEFFERS : ***À la lumière de votre expérience personnelle, de quelles façons les gens pourraient-ils s'apporter un plus grand soutien mutuel ?***

NORA : Il faudrait qu'ils comprennent que certains de leurs actes ne vont pas dans le sens d'une meilleure estime de soi, comme le fait de rester là à se lamenter à propos de son petit ami ou de son patron. J'aimerais qu'ils sachent que le problème ne vient pas des autres, mais d'eux-mêmes. Je me souviens avoir parlé à quelqu'un lors d'une de ces séances au cours desquelles on aborde *tous* les problèmes. Cette personne m'a immédiatement répondu : « Mon Dieu, cela ne doit pas trop plaire à ton petit ami. » Je lui ai répondu : « Il n'a aucun souci à se faire, on ne parle jamais de lui dans nos discussions. Il est seulement question de *notre propre comportement.* »

RACHEL : Je crois que l'amitié, c'est s'entraider pour trouver des solutions à ses problèmes, pour essayer de dégager le côté positif et non pas pour s'apitoyer sur le sort des uns ou des autres. Il y a autre chose qui me paraît essentiel : accorder moins d'importance à l'apparence. Ce problème m'a tracassée pendant de nombreuses années. Durant une certaine période de ma vie, j'ai été mannequin, et j'avais l'impression de me prostituer parce que je ne croyais pas en ce que je faisais. J'avais l'impression de dire aux autres : « Achetez ce short et vous serez comme moi. » Je pensais intérieurement que ce n'était pas vrai et, d'ailleurs, pourquoi aurait-on voulu me ressembler ? Quand j'ai enfin quitté le monde de la mode, je suis tombée dans l'excès inverse. Je n'avais plus envie de me maquiller. J'ai pris du poids. Je ne me souciais plus de ma coiffure. Maintenant, j'ai trouvé un moyen terme qui me permet enfin de m'aimer comme je suis. Les gens qui m'ont connue lorsque j'étais mannequin me demandent : « Pourquoi ne fais-tu pas une coloration, pourquoi ne te maquilles-tu pas un peu plus ? » Je me suis toujours considérée comme une femme intelligente. Maintenant, je ressemble à une femme intelligente et j'agis comme telle. Je me sens bien comme ça. Je crois que l'on devient son propre ennemi quand on fait une fixation sur l'apparence. Je pense qu'il faudrait se rassurer les uns les autres. On doit dire à ses amis qu'ils ont l'air formidables, et qu'ils *sont* formidables tels qu'ils sont, quelle que soit leur apparence.

NATHALIE : À mon sens, quand les gens sont entre amis, ils doivent arrêter de critiquer les autres. Lorsque je commence à parler d'une personne de façon négative, je me dis que je ferais mieux de balayer devant ma porte. Je me rends compte que j'ai besoin d'attention et que je n'en donne pas moi-même aux autres. Je me dis que si on se paye la tête d'un crétin par jour, ça passe. Mais deux, ça veut dire que c'est vous l'imbécile…, et qu'on ferait mieux de se poser des questions !

RACHEL : Il est loin le temps où nous étions prêtes à annuler n'importe quel rendez-vous avec une amie pour être avec un garçon ! On a appris à respecter nos engagements avec nos autres copines. Si j'ai prévu de sortir avec l'une de mes amies, ce n'est pas un projet en l'air : je m'y tiens. Mon mari m'encourage beaucoup en ce sens. De la même manière, je l'incite à respecter ses engagements avec ses copains. Votre partenaire remarque la considération que vous portez à vos amies. Il vous respecte également pour cela, du moins s'il raisonne sainement.

NORA : Auparavant, j'enviais certaines femmes, et je me comparais sans cesse à elles. Cela provoquait toujours en moi un intense sentiment de frustration. À présent, le regard que je porte sur elles n'est plus motivé par l'esprit de compétition. Ma première réaction est encore trop souvent celle-ci : « La garce, elle a tout pour elle ! » Ma jalousie est difficile à réprimer, mais je me dépêche d'ajouter : « Mais c'est formidable ! Si elle est aussi séduisante, alors il n'y a aucune raison que je le sois moins qu'elle ! » Maintenant, je peux rire de mes côtés « langue de vipère », au lieu de m'en vouloir et faire une autocritique stérile.

NATHALIE : Je crois que les relations avec les autres reflètent l'image que l'on a de soi-même. Si vous soignez et entretenez correctement vos relations avec les femmes, c'est le reflet du respect que vous éprouvez à l'égard de vous-même. Avec les hommes, c'est pareil. C'est *toujours* la même chose. Je suis constamment à la recherche d'une connexion authentique avec les autres. Certains appellent cela chercher Dieu, d'autres, tendre vers la spiritualité. Moi, j'ai seulement envie de me rapprocher des gens. Quand je parviens à cette connexion, j'éprouve un sentiment intense d'appartenance, et je sais que ma vie a un sens.

La métamorphose d'un homme

Trois femmes formidables, n'est-ce pas ? Leur histoire me fait chaud au cœur, et j'espère qu'il en est de même pour vous. Leur expérience est la démonstration éblouissante que vos amis peuvent vous apporter bien plus que vos parents et amants. On a tous besoin d'amis. On a tous besoin les uns des autres.

Même s'il existera toujours des individus incapables de montrer leur amour pour les autres, n'oubliez jamais que cet amour existe vraiment. L'histoire suivante m'a été rapportée par François, qui est avocat. Elle lui a fait comprendre à quel point on brûle tous de partager ce que l'on a de plus profond en soi.

« René était mon ami depuis environ vingt-cinq ans. Il était très réservé, et il ne voulait jamais parler de rien en dehors de basket, de football et de femmes. Mais il y a à peu près un an, il dut subir sa troisième opération de la colonne vertébrale. Ce fut très pénible pour lui, comme je vous laisse l'imaginer. Deux jours avant, sa femme m'a appelé pour me dire qu'il avait le moral à zéro. J'ai pris la direction de l'hôpital et, sur le chemin, j'ai acheté des plats chinois, une nappe et des serviettes en papier sur lesquelles il était écrit “Bon anniversaire !”. Ce n'était pourtant pas son anniversaire, mais il n'y avait pas le choix… J'ai tout déballé sur son lit, puis nous avons mangé, et nous nous sommes vraiment bien amusés ! Le surlendemain, il a subi son opération et tout s'est très bien passé.

Peu après, il m'a envoyé une carte (il ne m'avait jamais écrit en vingt-cinq ans !). Elle disait : “Cher François, je sais que nous sommes amis depuis très longtemps et j'ai toujours voulu te dire quelque chose. Je t'aime beaucoup, et je te remercie pour ce que tu as fait pour moi." Je crois que je garderai cette carte jusqu'à la fin de mes jours ! Quand j'y repense, je suis profondément ému. Parce que c'est un type qui, jusqu'à ce jour, n'avait jamais rien montré de ses émotions. Tout le monde est comme René, tout un chacun porte en soi le désir de communiquer son amitié. Il s'agit seulement de parvenir à le formuler et de trouver la personne à qui le dire… »

CHAPITRE 8
PARTAGEZ !

Il y a un endroit où les masques tombent, où la comédie cesse, où le sentiment d'appartenance est très fort. Écoutez ces deux hommes en parler :

« Je ne suis pas forcément ici pour m'analyser. Je viens parfois simplement pour l'ambiance de camaraderie, à d'autres moments pour partager des choses ou écouter les autres. C'est une source d'énergie tout à fait différente, car elle rassemble plusieurs personnes tendant vers un même but : l'appartenance, le mieux-être, l'engagement. C'est vraiment une relation formidable et entièrement nouvelle pour moi. »

« La plupart des hommes ne savent pas se dire "Je t'aime". Ils emploient un autre langage pour le dire. Moi-même, je ne suis pas très communicatif de nature, et mes amis ne le sont pas plus que moi. Mais nous avons une sorte de langage crypté. Dans ma famille, cela fonctionnait pareil : il y avait bien de l'amour, mais il était dissimulé par des plaisanteries ou par des codes. Ici, on n'a pas besoin de tout cela. On apprend à parler ouvertement et sincèrement, et c'est très rassurant. Les masques tombent. On peut pleurer sans en avoir honte. »

Les groupes d'épanouissement personnel[1]

Mais quel est l'endroit merveilleux où une telle connexion est possible ? C'est un groupe d'épanouissement personnel pour hommes. Ces groupes ne cessent de se multiplier aux États-Unis, et ils connaissent le même succès en Europe. Cela fait déjà plusieurs dizaines d'années, depuis les débuts du M.L.F., que les femmes ont inventé ce genre de réunions. Les hommes peuvent désormais profiter aussi des leurs : il était temps !

Vous pouvez consolider votre propre estime en lisant des ouvrages spécialisés, en écoutant des cassettes de méditation, et en pratiquant les « exercices » du Soi Supérieur. Mais le conditionnement du *quelqu'un* ne vous a pas appris à parler avec franchise et dans un esprit d'ouverture. Pour faire cet apprentissage, il est indispensable de s'entourer d'autres personnes, de trouver un lieu sain et rassurant où vous pourrez vous exprimer en toute confiance.

Rares sont les gens qui savent à quoi ressemble ce langage d'ouverture. On perd son temps en vaines tentatives pour s'ouvrir aux autres. Les piètres résultats obtenus nous découragent immanquablement. Alors, on finit par se replier encore un peu plus sur soi-même. C'est seulement dans un cadre sécurisant, où l'on sait qu'on ne sera pas jugé, qu'il est possible de trouver le soutien nécessaire pour apprendre ce langage d'ouverture. Le groupe peut vous apporter toutes ces conditions. Il vous fera voir certaines choses que vous vous êtes toujours cachées à vous-même. Il vous fera comprendre qu'il n'y avait pourtant rien de répréhensible en vous. Il vous rappellera simplement l'être humain que vous êtes. Comment cela fonctionne-t-il ? Tout simplement en écoutant d'autres personnes raconter leurs expériences personnelles, et en vous apercevant qu'elles ne sont pas différentes des vôtres.

Le contexte du groupe joue un rôle de révélateur : c'est

1. Si vous suivez une analyse, parlez-en à votre thérapeute avant de vous inscrire à un groupe d'épanouissement personnel.

un véritable soulagement d'apprendre qu'on n'est ni mauvais, ni ingrat, ni misanthrope, ni pervers, ni malade mental ou inadapté. Les sentiments qu'on éprouve sont universellement partagés. Dans ses séminaires, un psychologue demande aux participants de ne pas dévoiler leur profession quand ils se présentent aux autres. Il confie : « Je constate que la vie intérieure d'un charpentier n'est finalement pas différente de celle d'un chirurgien. » La notion de groupe prouve qu'en dépit des différences physiques, socio-professionnelles, d'âge ou de sexe, **ce sont les sentiments qui construisent la connexion**. Quand on parvient à les faire remonter à la surface de notre personnalité, le mur de l'isolement s'effondre. On devient riche et humain.

Mais peut-être montrez-vous un certain scepticisme envers le travail de groupe. Vous allez me dire : « Les gens qui assistent à ces réunions sont soit des imbéciles, soit des illuminés ou des ratés incapables de s'en sortir seuls ! » Vous avez tort ! Bien au contraire, ces groupes sont fréquentés en majorité par des gens qui paraissent s'en sortir très bien dans la vie. Je dis bien qu'ils en « ont l'air ». En réalité, leur motivation commune est d'avoir pris conscience de leur insatisfaction et de l'incomplétude de leur existence. Certains sont des hommes d'affaires accomplis. Ils n'ont plus rien à prouver dans leur domaine, mais ils ont le sentiment d'être passés à côté de quelque chose. D'autres sont de jeunes parents, dont le récent changement de statut fait resurgir des conflits non résolus avec leur propre famille. D'autres encore ont des difficultés à communiquer avec des personnes du sexe opposé. Les raisons de s'associer à un groupe sont diverses et variées. Chacun trouve là une sorte de cocon rassurant dans lequel il va pouvoir dire « sa » vérité. Au bout d'un certain temps, ayant pris l'habitude de s'ouvrir en toute sincérité, il transposera son nouveau comportement dans son environnement habituel : conjoint, amis, enfants, parents, collègues, etc.

Vous êtes réticent à l'idée de rejoindre un groupe de ce

type parce que vous croyez qu'il s'agit d'un rendez-vous d'homosexuels ? Une fois de plus, vous vous trompez ! Les homosexuels, hommes et femmes, se rassemblent dans des groupes spécifiques qui les aident à résoudre leurs propres problèmes. Et les hétérosexuels se retrouvent dans des groupes particuliers pour trouver des solutions à leur questionnement personnel.

Une autre chose peut éventuellement vous rebuter : le fait de ne pas aimer l'idée de vous ouvrir devant des « étrangers ». Cette gêne traduit une peur de révéler cette part de vous-même que vous jugez « indicible ». Le vieil adage « On ne lave pas son linge sale en public » résonne à vos oreilles. Je le traduirais par : « Une partie de moi est sale. » Et là, n'est-ce pas votre conditionnement du *quelqu'un* qui parle ?

> Après avoir compris qu'être vrai, c'est être beau, vous réaliserez que vos sentiments les plus profonds n'ont rien à voir avec une quelconque « souillure ».

Si vous continuez donc à rejeter l'idée de rejoindre un groupe, c'est votre problème. Reconnaissez seulement que votre peur de parler en public est la seule raison qui vous retienne. Dans ce cas, faites-vous un peu violence : « Tremblez, mais osez ! »

L'appartenance à un groupe n'est pas la seule voie capable de vous apprendre le langage de l'ouverture. C'est seulement le moyen le plus rapide et le plus agréable. Il existe plusieurs types de groupes : des groupes dirigés par des psychothérapeutes, des groupes d'épanouissement personnel ou de remise en question, sans oublier les programmes en douze étapes dont j'ai parlé au chapitre 3, etc. Chacun d'entre eux offre un cadre privilégié propice à la mise en confiance.

Choisissez le groupe du *chacun* !

Quel que soit votre choix, pensez-y bien et agissez après mûre réflexion ! Posez-vous cette question essentielle : « Ce groupe est-il motivé par les principes du *chacun* ou par ceux du *quelqu'un ?* » Voici les grandes lignes à retenir pour vous guider :

• **Un groupe en accord avec le conditionnement du *chacun* aide à mieux se maîtriser.** La question à se poser est donc la suivante : « Ce groupe entretient-il une mentalité de victime ou aide-t-il à prendre ses responsabilités ? » Si les gens passent leur temps à se plaindre, passez votre chemin, ce n'est pas un endroit pour vous !

• **Un groupe en accord avec le conditionnement du *chacun* utilise des émotions comme la souffrance, la colère et la solitude comme autant de moyens de se découvrir soi-même.** Par exemple, l'interrogation caractéristique de la « victime » : « Pourquoi m'a-t-elle fait cela à moi ? » ne recevra jamais une réponse qui vous victimise, du genre : « Je vous plains ! Comment peut-elle agir de la sorte ? » Elle sera plutôt formulée ainsi : « Pourquoi êtes-vous contrarié ? » ou bien « Que pouvez-vous faire pour éviter que cela ne se reproduise ? » Dans cette optique, la solution proposée par le groupe transforme la victime en personne active. Les membres du groupe s'entraident ainsi à trouver leur propre pouvoir intérieur.

• **Un groupe en accord avec le conditionnement du *chacun* apprend à devenir fier de son véritable moi.** Si le groupe auquel vous vous intéressez fait intervenir la notion de **jugement**, fuyez-le à toutes jambes. Cela ne veut pas dire qu'il ne faut pas regarder ses actes en face, mais qu'on doit le faire avec bienveillance, en aucun cas de manière critique. Un groupe faisant naître chez l'un de ses membres un sentiment de honte ou un complexe d'infériorité doit être impérativement écarté.

• **Un groupe en accord avec le conditionnement du *chacun* n'est pas hostile.** Les joutes verbales sont fréquentes dans les réunions de groupe, c'est d'ailleurs le meilleur endroit pour leur donner libre cours. Je m'explique. Quand le ton monte un peu, le rôle du groupe consiste simplement, sans jugement aucun, à chercher ce qui se cache derrière une manifestation d'agressivité. Il ne s'agit pas de prendre position ou de monter deux personnes l'une contre l'autre. Le groupe est là pour servir d'observateur neutre et complaisant. Inutile d'ajouter que toute violence physique est inacceptable !

• **Un groupe en accord avec le conditionnement du *chacun* est spirituel par nature.** Plus on développe le sentiment d'humanité et de compassion au sein du groupe, mieux on appréhendera le monde extérieur dans le quotidien.

Au début, vous vous sentirez certainement gêné. C'est tout à fait normal. Dans toute situation impliquant la participation d'autres personnes, une période d'adaptation est nécessaire avant que l'on soit vraiment à l'aise. Si, après quatre ou cinq réunions, vous ne vous sentez toujours pas à votre place, ou que vous avez l'impression d'être malmené, suivez votre intuition : essayez avec d'autres personnes.

Un groupe répondant à toutes les conditions énumérées ci-dessus met à la disposition de ses participants une « salle de pratique ». On peut s'y exercer à pratiquer le langage d'ouverture que l'on commence à apprendre lentement. Des amitiés spirituelles sont susceptibles de naître au sein du groupe, mais cela ne doit pas être votre objectif premier dans ce cas précis. Il s'agit en priorité de vous apprendre à vous ouvrir aux autres, à partager, à prendre confiance, à comprendre que vous n'êtes pas seul avec vos problèmes, à assumer vos sentiments, à en finir avec votre besoin d'en mettre « plein la vue ». Bref, à vous aimer comme vous êtes ! Avec un tel déploiement de moyens, il vous sera bien plus facile d'évoluer dans le monde « réel », et d'établir ces fameuses connexions dans tous les domaines de votre vie.

De quelques avantages des groupes

En intégrant un groupe masculin si vous êtes un homme et un groupe féminin si vous êtes une femme, voilà ce que vous allez apprendre :

1. Aimer le sexe que la nature vous a donné. Curieusement, ce n'est pas le cas de tout le monde...
2. Trouver votre pouvoir intérieur, que beaucoup d'hommes comme de femmes ont laissé au bord du chemin. Personnellement, je reste intimement persuadée que la violence des hommes à l'égard des femmes est liée à un problème aigu de perte de pouvoir et de solitude ; pour la même raison, certaines femmes se montrent agressives avec les hommes.
3. Vous débarrasser du poids écrasant des conventions que la société vous impose, et découvrir qui vous êtes réellement.
4. Devenir moins dépendant et, par voie de conséquence, développer des sentiments plus chaleureux à l'égard du sexe opposé.
5. Exprimer votre colère et vos peines de manière mieux appropriée.
6. Parvenir à une identification sexuelle saine. Les modèles masculins qu'on a pu vous proposer pendant votre jeunesse étaient limités, et pas vraiment exaltants. Il en est de même pour les femmes.

Il y a des domaines où les hommes ont davantage besoin d'aide que les femmes et vice versa. Dans l'intimité et le secret du groupe réservé à l'un ou l'autre sexe, il est plus aisé de trouver des solutions aux problèmes de chacun. Je vais vous donner plusieurs exemples. Les questions soulevées ici concernent les deux sexes, mais elles reviennent plus fréquemment chez l'un ou l'autre.

De quelques réticences masculines

Commençons d'abord par ces messieurs ! C'est souvent le tabou de l'homosexualité qui empêche les hommes de se confier à leurs congénères masculins. Le philosophe Sam Keen a fait l'observation suivante :

> « En fréquentant pendant plusieurs années des groupes de thérapie pour hommes, j'ai eu l'occasion d'entendre de nombreuses confessions sur la solitude masculine. J'en tire l'enseignement suivant : l'homme moderne évite les relations avec d'autres hommes par crainte que toute manifestation d'affection ou de fragilité ne soit perçue comme un signe d'homosexualité. On n'ose pas toucher l'autre, on n'ose pas sortir de ses retranchements, on n'ose pas confier sa vulnérabilité, sa solitude, son épuisement ou sa perte de repères… Les hommes n'arrivent pas à s'avouer entre eux que leurs relations avec les femmes n'ont jamais été vraiment satisfaisantes. Ils ne parviennent pas à communiquer à d'autres hommes leurs angoisses de ne pas sortir vainqueurs d'une relation de compétition. »

Cette hantise de passer pour homosexuel ne pose pas autant de problèmes aux femmes. Elles ne sont pas autrement gênées de marcher bras dessus, bras dessous, de se serrer mutuellement dans les bras, ou de pleurer sur l'épaule d'une amie. L'idée de passer pour homosexuelle ne leur vient même pas à l'esprit… C'est tout autre chose pour les hommes, du moins dans nos sociétés occidentales… Si vous craignez qu'on ne remette en question votre virilité, le groupe est un endroit sécurisant : il permettra de vous débarrasser du poids de ce tabou.

Autre difficulté typiquement masculine : aller vers l'autre pour trouver un soutien lorsqu'il en a besoin. Il y a deux raisons essentielles à cela. Tout d'abord, le conditionnement du *quelqu'un* a toujours assené aux hommes qu'un « vrai mâle » est censé faire face, seul, à toutes les situations.

En second lieu, les hommes sont supposés entretenir une relation de rivalité, et non se soutenir les uns les autres. Bon nombre d'entre eux souffrent ainsi en silence, et cette situation les conduit souvent à des actes d'autodestruction, de dépendance, d'amertume, parfois même au suicide. Avant de se tirer une balle dans la tête, un homme a simplement laissé cette note : « Je n'avais personne à qui parler. » Pourtant, il avait un foyer, et il fréquentait régulièrement trois copains avec lesquels il chassait.

Certains hommes tentent de trouver de l'aide chez les femmes, mais le résultat se révèle parfois très humiliant. Alors qu'elles affirment chercher des hommes ouverts et sensibles, certaines d'entre elles (je dis bien certaines !) sont consternées d'entendre des confessions qu'elles assimilent à de la faiblesse. Il est clair que le mythe du « roc inébranlable » fait toujours fantasmer certaines femmes, comme celui de la « femme docile » attire encore nombre d'hommes. En un mot, certains penchants archaïques semblent résister à l'évolution des mœurs…

Si les hommes ont autant de mal à demander de l'aide quand ils en ont besoin, c'est aussi en partie pour des raisons historiques. À l'heure de la révolution industrielle, il a été décrété que les pères devraient quitter la maison pour aller travailler et laisseraient aux femmes l'éducation des enfants. Comme de bons petits soldats, tous les papas partaient gagner l'argent du ménage. Ils s'en tenaient à ce rôle de *pater familias*, sans jamais entendre les confidences de leur épouse, et sans jamais s'intéresser réellement non plus à leur progéniture. En bonnes épouses soumises, toutes les mamans acceptaient cette situation sans protester.

Robert Bly a dirigé des groupes d'épanouissement personnel réservés aux hommes. Pendant les réunions, quand il était question de l'absence du père pendant la petite enfance, le sentiment le plus fréquemment évoqué était la douleur. L'anthropologue en est arrivé à la conclusion suivante : « Des hommes de tous âges se penchent sur leur passé et se trouvent confrontés avec le souvenir d'un père qu'ils n'ont jamais vraiment connu. Si un garçon n'établit pas très tôt dans sa jeunesse une relation étroite avec son père, il aura plus tard beaucoup de mal à partager ses propres émotions, d'homme à homme. »

Voilà maintenant ce qui me paraît le quatrième principal obstacle à l'amitié masculine. Quand les pères partaient travailler, leurs fils ne souffraient pas seulement de leur absence, mais aussi de la perte d'un « repère » masculin. Ma remarque vous étonne peut-être à une époque où la tendance est plutôt de faire découvrir aux hommes leur « côté féminin ». Cependant, vous constaterez sans doute avec moi que les hommes ne sont pas plus en phase aujourd'hui avec leur virilité qu'avec leur féminité... Ils se retrouvent en fait dans une sorte de *no man's land*.

Dans le contexte d'un groupe pour hommes, il est possible de redécouvrir cette « identité masculine » perdue ou de recréer un nouveau modèle plus sain. Ce que les hommes ont bâti par leur attitude macho est une « pseudo-virilité » imposée par une société composée de gens faibles et angoissés. Robert Bly suggère une nouvelle définition de la virilité : « Être fort sans être macho, et éprouver des sentiments sans avoir l'impression d'être efféminé. » En ce sens, les groupes pour hommes sont d'une aide précieuse.

J'espère vous avoir convaincu des bienfaits évidents des groupes masculins. Pour la première fois peut-être devant d'autres hommes, vous allez pouvoir vous laisser aller à pleurer, à exprimer vos éventuels sentiments d'impuissance et autres chagrins. Vous trouverez soutien et réconfort. Vous allez apprendre à considérer l'autre comme une source d'énergie et de richesse. Vous deviendrez capable de transformer en authentiques connexions des relations initialement placées sous le signe de la rivalité.

Vous imaginez sans peine dans quelle mesure votre changement comportemental peut favoriser l'éclosion d'amitiés spirituelles en dehors du groupe. Vous comprendrez aussi aisément quel soulagement vous pourrez éprouver en réalisant que vous n'êtes plus obligé de résoudre vos problèmes tout seul. Croyez-moi : pour vous libérer de votre intense solitude, il n'y a pas d'endroit plus chaleureux et plus rassurant que le « cocon » offert par un bon groupe d'épanouissement personnel pour hommes !

De quelques réticences féminines

Voici l'un des plus grands problèmes soulevés lors des réunions de groupes pour femmes : les attentes créées de toutes pièces par les contes de fées qu'elles ont lus pendant leur enfance. Ces derniers ne semblent pas avoir autant marqué les hommes. Peut-être parce que le prince charmant de ces *love story* à la noix doit traverser systématiquement des épreuves insurmontables pour arriver à ses fins ! Et que l'homme tient toujours le rôle du héros amené à prendre des risques considérables pour voler au secours d'une belle demoiselle éplorée qu'il faut protéger de toutes sortes de périls. L'image de la femme véhiculée par les contes de fées n'est pas très flatteuse, même si le scénario est assez séduisant. Mais au fait, qui, à un moment ou un autre de sa vie, n'a pas rêvé d'être protégé ? Au sein d'un groupe, les femmes vont pouvoir réécrire leur « conte de fées » de façon plus équilibrée, en métamorphosant la belle princesse en une personne qui sait se prendre en charge, se montre plus indépendante et finalement plus respectueuse des hommes.

Prenons l'exemple de cette pauvre Cendrillon. Dans l'histoire originale, la donzelle flanquée de sa marâtre et ses demi-sœurs forment la famille la plus névrosée et la plus hystérique du monde. Pour corser un peu les choses, Cendrillon représente l'archétype de la « victime ». Elle refuse totalement de prendre ses responsabilités et fredonne bêtement du soir au matin : « Un jour, mon prince viendra »…

Introduisez un monstre manipulateur en la personne de la bonne fée marraine, qui va mettre sur pied un plan retors pour faire de l'esbroufe devant le prince. Cendrillon, dont le quotient intellectuel n'est pas celui d'une polytechnicienne, accepte tout les yeux fermés. Elle se précipite au bal, déguisée en prétendue princesse. Notre jeune prince, pas beaucoup mieux doté intellectuellement, est foudroyé sur place, en oubliant de regarder au-delà des apparences. Cendrillon, mal à l'aise (et pour cause !), disparaît au douzième coup de minuit, terrorisée à l'idée que le type ne découvre sa véritable identité.

Mais, pas de panique ! Fine mouche, la bonne marraine connaît bien les hommes : elle sait qu'ils sont plus volontiers attirés par les femmes sachant se faire désirer ! Le prince finit par la retrouver grâce à la fameuse pantoufle de verre, s'apercevant par la même occasion que Cendrillon n'est pas ce qu'elle prétendait être. Mais peu importe, il l'enlève sous un soleil radieux, comprenant très bien qu'elle fera une excellente épouse, parfaitement soumise. Là encore, aucun doute n'est permis ! Et si l'on prolonge cette sinistre histoire, on retrouve Cendrillon assise tristement dans une chambre de son palais, se rongeant les sangs à l'idée qu'une rivale au pied plus petit que le sien pourrait bien lui piquer son protecteur. Ça casse un peu le rêve, non ?

Essayons d'adapter cette histoire de manière plus acceptable avec un scénario qui serait le suivant. Cendrillon joue le jeu jusqu'à son arrivée au bal. Puis, elle réalise soudain qu'elle porte atteinte à son intégrité et décide que la mascarade a assez duré. Déterminée à se montrer honnête avec elle-même, elle se sauve. Le prince, frappé par sa beauté, lui court après, mais elle lui rétorque qu'elle n'est pas prête pour le mariage. En outre, ils se connaissent à peine. Ensuite, elle rentre chez elle et fait son balluchon, faisant fi des remontrances de sa marâtre et de ses demi-sœurs. Elle fait à chacune une grosse bise sur la joue, leur assurant qu'elles se débrouilleront très bien sans elle. Et notre conte de fées se termine sur un plan à contre-jour, sous un soleil radieux, avec Cendrillon marchant vers de nouvelles et passionnantes aventures.

D'aucuns préféreront la version de ma sœur. Après le départ de la marâtre et des demi-sœurs pour le bal, Cendrillon décide que la coupe est pleine, et qu'il est temps de prendre le taureau par les cornes. Quand sa marraine fait irruption avec son plan tordu, ses souris et tout le bataclan, Cendrillon proteste : « Oublie le prince et va plutôt me chercher un serrurier ! » En effet, elle a en réalité hérité de la maison à la mort de son père, et elle a décidé de faire valoir sur-le-champ ses droits de propriétaire exclusif : elle fait donc changer toutes les serrures. Puis, elle se rend au bal vêtue de haillons pour signifier à sa belle-mère et à ses filles qu'il est inutile d'espérer remettre les pieds chez elle. Stoïque devant leurs cris de protestation, elle fait demi-tour et s'en va. Le prince, frappé par sa pétulance et sa force de caractère, lui court après. Mais Cendrillon connaît la réputation d'enfant gâté de ce sinistre individu. Elle l'envoie promener : « Et pourquoi diable vous obstinez-vous à porter ces culottes ridicules ? » Puis elle décampe, décidée à commencer une nouvelle vie, se demandant encore ce que les autres peuvent bien lui trouver, à ce prince. De retour à la maison, elle prend les dispositions nécessaires auprès de la municipalité pour se débarrasser de toutes les souris qui sont dans la maison, et elle entreprend de renouveler la décoration. Elle rencontre ensuite une foule d'amis, qui ne tarissent pas d'éloges sur ses talents de décoratrice et l'encouragent à monter une entreprise. Ce qu'elle fait avec brio. Pour finir, elle trouve l'âme sœur en la personne d'un jeune homme brillant et dynamique. Ils tombent dans les bras l'un de l'autre et vivent heureux…, mais elle conserve 51 % du capital de sa boîte.

Oui, un groupe pour femmes peut vous aider à jeter au panier vos vieilles chimères autodestructrices et vous montrer comment avancer dans la vie d'une manière plus saine et surtout plus excitante !

Dans un tel groupe, on peut aussi soulever le problème de l'apparence, qui constitue l'une des plus grandes préoccupations des femmes. Bien sûr, les hommes se soucient aussi de leur physique, mais jetez simplement un coup d'œil sur les magazines féminins... Écoutez aussi les conversations dans les salons de coiffure et vous comprendrez l'ampleur du fléau ! Là encore, ne croyez pas l'idée reçue selon laquelle les hommes exigeraient des femmes toujours plus belles, toujours plus parfaites. Mon expérience, tant professionnelle que personnelle, démontre exactement le contraire : ces messieurs sont moitié moins préoccupés par l'apparence féminine que nous ne le sommes nous-mêmes, et certains s'en moquent même complètement. Grâce à un groupe pour femmes en accord avec le conditionnement du *chacun*, il devient possible de comprendre que le souci permanent de l'apparence exerce des effets destructeurs. Et que la beauté ne contribue pas à transformer les rêves en réalité.

Un groupe pour femmes peut aussi vous aider à vous défaire de l'éventuelle habitude d'accuser les hommes de tous les maux de la terre. Le conditionnement du *chacun* vous apprend que vous n'avez pas d'ennemis. En fait, les hommes ont simplement été aussi malmenés que vous par la société et par le conditionnement du *quelqu'un* : le plus souvent, ils n'en sont pas conscients. Dans tous les cas, les femmes ont besoin de s'encourager à prendre leur vie en main, et à ne pas se laisser exploiter ou abuser par qui que ce soit. Quand vous réaliserez qu'il est possible de contrôler vos actes, les plaintes et les critiques seront inutiles et ridicules : vous serez enfin capable d'aimer les autres.

Il existe encore un autre problème fréquent chez les femmes, très profond, parfois refoulé, mais toujours douloureux à vivre : leur complexe d'infériorité. Nombreuses sont les femmes qui le dissimulent par un comportement arrogant, rétrograde, critique et irascible. En se parlant d'égale à égale, elles gagneront confiance et dignité. Elles finiront par rétablir l'équilibre. S'il est vrai que les hommes ressentent parfois aussi un sentiment d'infériorité, la société actuelle fait qu'il est plus difficile pour les femmes de se sentir fières de leur condition de femme.

Elles seules peuvent s'entraider dans cette quête de respect de soi.

Un mot sur les groupes mixtes

Les groupes mixtes présentent aussi leurs avantages. Dans la vie, le fait d'avoir des amis du sexe opposé ouvre l'esprit. Cela fonctionne de la même manière dans un groupe mixte, et peut-être même mieux. Dans le cadre d'un tel groupe, vous allez en découvrir bien plus sur l'autre sexe que dans le contexte d'un tête-à-tête avec un ou une amie. Dans une relation amicale, on cherche souvent à préserver une image, ce qui empêche d'être vraiment authentique et simple.

Créer son propre groupe d'épanouissement personnel

Si vous ne parvenez pas à trouver dans votre région un groupe adapté, rien ne vous empêche de créer le vôtre. Voici quelques indications pour mener la chose à bien.

Il faut tout d'abord dresser la liste des participants. D'ordinaire, la simple consultation de votre carnet d'adresses, suivie de quelques coups de fil, suffit à enclencher le processus. Les amis font ensuite passer le message qui fait boule de neige : le seul point commun de chacun est de s'intéresser à l'épanouissement personnel et aux relations humaines. Vous devrez également décider si vous voulez que le groupe soit mixte ou non : ils ont tous leurs avantages, comme vous l'avez vu. Il vous faudra enfin trouver un local pour organiser vos réunions hebdomadaires.

Une fois que vous avez trouvé les personnes intéressées et mis les choses en place, il vous suffit par exemple de suivre les suggestions données ci-dessous pour le bon déroulement de vos entrevues. Il s'agit là de simples conseils parmi d'autres. Vous et les autres membres pouvez très bien trouver d'autres méthodes, peut-être même encore meilleures, pour créer l'environnement qui vous convient.

1. Chaque membre écrit son nom sur un bout de papier, qui sera ensuite placé dans un pot. La personne dont le nom est tiré au sort devient l'« animateur » du groupe pour la semaine.

2. Ce dernier commence par lire à haute voix une déclaration rédigée au préalable, destinée à remettre à tous en mémoire le but de ces réunions. Par exemple :

« Nous avons choisi de nous réunir ici, aujourd'hui, afin de nous rapprocher et de nous aider à nous épanouir, à rechercher le pouvoir et l'amour des autres. Nous nous engageons à agir avec sincérité et attention. Nous sommes tous conscients d'être des humains qui agissent au mieux. Nous savons que la compassion réciproque nous aidera à voir la lumière qui brille en chacun d'entre nous. »

Pendant l'énoncé de la déclaration, les participants peuvent former un cercle en se donnant la main et en fermant les yeux. Il est étonnant de voir à quel point ce cercle « rapproche » les membres du groupe.

3. Commence alors le « tour de table » au cours duquel chaque membre s'exprime pendant plusieurs minutes à propos d'un événement personnel survenu pendant la semaine, et de la manière dont il l'a vécu.

4. Ensuite, l'animateur demande si l'un des participants souhaite « travailler », c'est-à-dire discuter avec le groupe sur la manière dont évolue sa vie, que cela soit triste ou gai. Le maître mot est de **partager**. Dans les premiers temps des réunions de groupe, la plupart des conversations prennent la forme d'« histoires » : « Elle m'a dit ceci..., et je lui a répondu cela. » Mais quand le groupe commence à se sentir plus à l'aise, ce qui peut prendre du temps, les sentiments finissent par émerger derrière les récits. Soyez patient. Certaines personnes très réservées ont besoin d'une longue mise en confiance avant de s'ou-

vrir aux autres, alors que d'autres sont capables de parler d'elles beaucoup plus facilement.

5. L'exercice se déroule pendant les deux ou trois heures que dure la réunion. Certains soirs, tout le monde n'a pas la chance, ou l'envie, de « travailler ». Ce n'est pas grave ! On apprend alors simplement en écoutant les autres. Chacun comprend finalement que « je suis toi et tu es moi », c'est excellent pour établir une atmosphère de confiance.

Pour vous donner une base de départ, vous pouvez utiliser un cahier pratique d'épanouissement personnel dont je vous parlé au chapitre 7. Le travail du groupe consistera alors à partager les difficultés rencontrées par chacun dans la réalisation de ses exercices. Au sein de leur groupe d'épanouissement personnel, beaucoup de mes lecteurs utilisent avec succès ceux que je propose dans mes ouvrages. D'autres livres de développement personnel en contiennent également.

Dans un autre registre, il est tout à fait permis de choisir un thème hebdomadaire autour duquel les participants discuteront en rapportant leur propre expérience. Quelques sujets possibles : la solitude, la dépendance, la colère, l'amitié, l'amour ou la peur.

6. Quand les trois heures (ou le temps imparti au préalable) se sont écoulées, arrive alors le moment où tous les participants se lèvent et vont les uns vers les autres. Ils se remercient chaleureusement pour leur présence, de préférence en se serrant dans les bras.

7. Vous pouvez également décider d'instaurer un système qui désignera tour à tour un membre du groupe en tant que « partenaire de développement ». Celui-ci jouera le rôle de soutien ou d'oreille attentive pendant toute la semaine pour celui ou celle d'entre vous qui éprouverait le besoin de se confier ou de demander un conseil.

Il est important de fixer à l'avance une durée pour vos réunions et de vous y tenir. À défaut, la conversation a tendance à se diluer. Naturellement, il peut être nécessaire de « déborder » en cas de force majeure, par exemple si quelqu'un a un problème grave.

Appliquez avec le plus grand soin les conseils prodigués plus haut dans ce même chapitre au sujet du choix des groupes. Le principe essentiel est de ne pas tomber dans le piège de la lamentation collective... Ne perdez jamais l'objectif premier du groupe : permettre à chacun de prendre ses responsabilités, l'aider à changer ce qui ne convient pas.

Il y a d'autres schémas possibles. Je citerai par exemple ce groupe pour hommes ayant l'habitude de commencer chaque réunion par un dîner à la fortune du pot. Cette habitude les aide à briser la glace. Chacun apporte ce qu'il veut, sauf bien sûr de l'alcool. Parfois, c'est un véritable méli-mélo culinaire, mais ils s'en moquent : ils posent tout sur la table avec des assiettes en carton et des gobelets. Pendant une heure, ils mangent et font tomber la pression de la journée. Après cela, ils sont prêts à commencer. Voici encore d'autres recommandations :

Bannissez absolument toute violence physique

Les conflits ne sont pas rares au sein de ces réunions, je ne vous le cache pas. C'est une part naturelle et importante dans la progression de chacun. Mais la règle suivante doit être appliquée avec la plus grande rigueur : **si un membre tente le moindre acte de violence physique, quel qu'il soit, il doit être immédiatement exclu du groupe**. Au cas où le ton monterait un peu trop entre deux personnes, l'animateur doit intervenir en qualité de médiateur. Le groupe peut également s'interposer et demander à chacun des protagonistes d'expliquer « ce qui se cache derrière leur comportement ». Ce type de réaction collective aura pour effet de les ramener à une certaine lucidité.

Ne soyez pas déçu si certains abandonnent le groupe

Les groupes qui fonctionnent depuis longtemps sont souvent constitués d'une sorte de « noyau dur » d'habitués autour desquels gravitent d'autres personnes. Certaines participent jusqu'à ce qu'elles aient tiré tout le bénéfice escompté en termes d'épanouissement personnel. D'autres s'en vont après une ou deux réunions, concluant que le groupe n'est pas pour elles. Il y aussi des gens venant de façon sporadique. C'est leur droit, et il faut le respecter. Au fil du temps, vous verrez : les liens se tisseront plus facilement avec les fidèles qu'avec les « occasionnels ».

Un groupe n'est pas nécessairement éternel

Si un groupe se dissout après quelques mois d'existence, ce n'est pas grave. Même une expérience à court terme est profitable. Vous pouvez très bien en rejoindre un autre ou en recréer un.

S'impliquer pour un meilleur épanouissement

Le respect du contrat verbal et tacite est la clef pour tirer le meilleur parti du groupe. L'engagement consiste à venir régulièrement, à être ponctuel, et à être là quand on a besoin de vous. Si vous vous montrez aux réunions en cas de problème à partager, c'est bien. Cependant, la véritable connexion ne se fera que si vous pouvez être là aussi pour aider les autres. Sans cela, vous ne connaîtrez jamais le sentiment d'appartenance, et vous ne vous sentirez jamais important au sein de la grande famille humaine. Cela signifie également que vous pensez ne pas avoir de la valeur aux yeux des autres. Alors que c'est tout le contraire.

Ne jugez pas la façon dont les autres utilisent le groupe

Si vous êtes très impliqué dans le groupe, vous serez peut-être déçu ou contrarié de constater que d'autres le sont moins. N'en veuillez jamais aux autres d'arriver systématiquement en retard, de venir épisodiquement, ou que sais-je. Chacun gère son temps comme il peut, comprenez-le ! Vous êtes là pour prendre vos responsabilités, et non pour donner des leçons. Si cela vous semble difficile, admettez que vous faites preuve de rigidité, et essayez de vous améliorer sur ce point. Au cours des réunions, préoccupez-vous seulement des personnes présentes, et c'est tout. Laisser les gens faire ce que bon leur semble, n'est-ce pas là un excellent sujet de travail ?

Attendez-vous à une période de « rodage »

Dans un groupe récemment constitué, il faut s'attendre à quelques petites erreurs ou autres dérapages. Par exemple, endosser le rôle de l'animateur est souvent assez intimidant la première fois. La personne choisie peut ne pas se montrer suffisamment ferme et rigoureuse. Les membres du groupe doivent apprendre et s'aider mutuellement. Soyez pragmatique et patient.

Ayez le courage de vos opinions au sein du groupe

Si vous n'êtes pas d'accord sur un point, dites-le ! C'est parfois difficile au début, mais quand vous serez plus à l'aise, vous trouverez le courage nécessaire. Souvenez-vous que votre opinion est très utile à tous les autres participants. **Aussi, si le groupe met le doigt sur certaines vérités vous concernant et qu'elles vous semblent trop difficiles à assumer, allez immédiatement consulter un psychiatre ou un psychothérapeute (ce fut mon cas !).**

Les groupes d'épanouissement personnel ne constituent pas une thérapie

Si un membre du groupe paraît, à l'évidence, anéanti par un problème émotionnel, il est du devoir du groupe de le diriger vers une thérapie. Un homme témoigne :

> « En 1988, j'ai traversé une période très dure. Il semble que ma dépression apparaissait comme une évidence à chaque membre du groupe que je fréquentais. Je me

retranchais dans mon silence, et les autres ne cessaient de vouloir me faire parler. Je commençais à avoir honte d'être constamment dépressif. Finalement, l'un des types m'a dit un jour : "Nous ne pouvons te donner l'aide dont tu as besoin. Tu devrais suivre une thérapie." Ils m'ont aidé à comprendre que j'utilisais le groupe pour me voiler la face, et pour éviter une véritable confrontation avec ma souffrance. Seul un spécialiste pouvait m'aider. Ils m'ont poussé à aller consulter un psychothérapeute. J'ai fini par accepter, et il m'a tiré de ma dépression. »

Les groupes animés par des psychothérapeutes

De tels groupes sont-ils plus efficaces que les groupes d'épanouissement personnel ? D'une certaine façon, oui. Un thérapeute rompu aux méthodes de psychologie collective est capable d'amener les participants à s'ouvrir plus rapidement les uns aux autres. Il peut aussi éviter certains pièges dans lesquels tombent souvent les groupes novices. De plus, il est mieux formé que les membres d'un groupe pour les amener à des déductions plus perspicaces. Le plus important : un groupe mené par un psychothérapeute peut envisager une thérapie, ce qui est parfois indispensable et ce que ne permettent pas les groupes d'épanouissement personnel. Mais il y a le revers de la médaille : l'investissement financier qu'occasionne la fréquentation régulière (il est conseillé qu'elle le soit !) de ce genre de groupe. Les tarifs dépendent du thérapeute.

Si vous décidez d'intégrer un groupe conduit par un psychothérapeute, choisissez un professionnel appliquant les principes du conditionnement du *chacun* comme conseillé en début de chapitre. Il ne doit pas se considérer lui-même comme une sorte de modèle de perfection. Au contraire, il partagera vos doutes et vos points faibles.

Les deux types de groupes, dirigés ou non par un spécialiste, diffèrent à plusieurs égards, mais je suis persuadée qu'ils peuvent apporter chacun une aide précieuse. Pour ma part, j'ai fréquenté les deux. Je dois dire que l'un comme l'autre ont joué un rôle important dans la découverte de ma propre identité, de la plénitude et de la connexion.

Les stages intensifs

En plus, et non pas en substitution des groupes d'épanouissement personnel ou des groupes menés par des psychothérapeutes, je vous recommande les stages intensifs[2]. Ceux que j'ai suivis se déroulaient sur un week-end ou une semaine complète. Il en existe aussi de plus longs. En général, ils sont conçus pour permettre un résultat rapide au niveau de l'introspection émotionnelle. Si vous avez déjà assisté à ce genre de stage, vous avez pu constater que certaines personnes arrivent complètement engoncées dans leur carapace, mais qu'elles finissent très vite par tomber le masque.

Les stages intensifs ont la particularité de faire parcourir toute la gamme des émotions humaines. Au début, les affrontements verbaux ne sont pas rares. Mais tous ceux que j'ai pu suivre se sont toujours achevés dans une atmosphère chaleureuse comme on en rencontre rarement de nos jours. Je ne pourrais pas mieux décrire cette ambiance qu'avec le texte suivant, écrit par quelqu'un le dernier soir de son stage :

> « Le dimanche après-midi, quelque chose se produisit. J'ai du mal à le formuler : c'était un phénomène rare, presque miraculeux. Il m'a fait penser que l'existence est infiniment précieuse quand on la vit intensément. C'était comme la fusion de douze êtres humains déroutés en une seule force pleine, vivante, chaleureuse et

2. Si vous suivez une analyse, parlez à votre thérapeute de votre projet de suivre un stage intensif.

teintée de spiritualité. C'était l'avènement de l'âme dans sa forme la plus joyeuse, le passage de l'état d'hibernation à l'état d'éveil et l'accomplissement de la prière : "Sur la terre comme au Ciel !"... Je repense à ce dimanche soir où nous étions tous assis en cercle. Je peux vous dire que nous avions vraiment l'impression de baigner ensemble dans un grand bassin rempli d'amour, une sorte de matrice universelle. »

Oui, les stages intensifs, quand ils sont bien menés évidemment, sont capables de créer ce sentiment de paradis terrestre. Je parle d'expérience ! Même si ce sentiment de connexion suprême est furtif, quand on sait qu'il est accessible, on brûle d'impatience de suivre ce chemin qui nous mènera vers une meilleure connaissance de soi et des autres, vers l'ouverture et le partage. C'est une sensation tellement délicieuse !

Où trouver ces stages intensifs ? La presse locale fournit souvent des informations à ce sujet, ainsi que les panneaux d'affichage des librairies spécialisées en psychologie, des magasins de produits naturels ou des bibliothèques. La meilleure façon d'en dénicher un est de manifester votre désir d'y participer et d'en parler autour de vous. Vous pouvez aussi contacter les associations ou organismes renseignés dans les dernières pages de livres consacrés à l'épanouissement personnel.

À tous ceux que le concept de groupe effrayerait ou laisserait perplexes, je recommande de lire attentivement les témoignages qui vont suivre. Ils émanent du « noyau dur » d'un groupe pour hommes qui se réunit tous les jeudis soir depuis environ cinq ans et compte en moyenne dix à quinze personnes à chaque séance. Il possède vingt-sept membres au total, âgés d'une vingtaine à une soixantaine d'années, tous hétérosexuels. Certains sont mariés, d'autres divorcés ou célibataires. Leurs origines, leurs professions, leurs statuts sociaux et leurs personnalités diffèrent, mais ils sont là chaque jeudi soir pour partager leur expérience commune, affirmer et améliorer leur condition masculine au sein d'une société fonctionnant sur le principe du *quelqu'un.*

Je leur ai demandé d'évoquer leur conception du groupe. Voici quelques-unes de leurs réponses :

– « C'est grâce à mon expérience du groupe que j'ai réussi à communiquer avec plus de sincérité et de profondeur avec d'autres hommes. J'ai vraiment compris ici qu'au bout du compte, on est tous pareils. Si je rencontre dans la vie de tous les jours une personne qui me semble distante et fermée, je suis maintenant intimement persuadé qu'elle serait comme les autres si elle faisait partie du groupe. Ce constat m'a permis d'être plus à l'aise pour me confier à autrui. »

– « Le groupe m'a aidé à voir vraiment ce qui se passe dans la tête d'un homme, plutôt que de me fier seulement à sa façon d'agir. Prenez Jacques. La première fois que je l'ai vu, j'ai vraiment pensé que c'était la caricature du macho arrivé. Beau gosse, bronzage toute l'année, femme superbe, cabriolet haut de gamme, résidence secondaire magnifique… Quand j'ai appris à mieux le connaître, j'ai compris que ses manières étaient une façade, une sorte de second degré. Ses émotions prouvent que c'est un homme capable de souffrir, tout comme moi. Il peut lui arriver de pleurer. Il se sent seul parfois. Il n'est pas différent d'un autre type. Et si c'est vrai pour lui, c'est vrai pour nous tous. Cela s'applique à tous les "étrangers" autour de moi. Par conséquent, je ne me sens pas du tout inférieur à celui que la vie a plus gâté, ni supérieur à celui qui a eu moins de chance que moi. Vraiment, on est tous égaux. »

– « Le groupe me donne avant tout une certaine sécurité. Il m'aide à réagir de façon constructive quand je dérape. On forme une sorte d'alliance rassurante et solide. Auparavant, je faisais souvent un gros complexe d'infériorité en présence d'autres hommes. À présent, j'apprends tout doucement à me sentir plus fort. Je

commence à savoir communiquer à l'extérieur de la même façon qu'à l'intérieur du groupe. »
– « Avant de fréquenter le groupe, je me confiais surtout à des femmes. Désormais, je suis aussi capable d'établir une relation basée sur la confiance et sur la sincérité avec un homme. »
– « Quand j'étais jeune, j'avais toujours un ou deux bons copains. Après mon mariage, j'ai coupé les ponts, et c'est ma femme qui est devenue ma confidente. Et puis j'ai divorcé, et je me suis entouré d'une bande de copines. Un jour, j'ai réalisé que je n'avais plus aucun ami masculin. Je ne savais plus ce qu'était avoir "un vrai copain". J'ai compris qu'il me manquait une chose importante, que j'avais vraiment besoin de communiquer sérieusement et profondément avec d'autres hommes. »
– « Je n'avais jamais vraiment senti l'intérêt d'un rapprochement physique avec un homme auparavant. Mais ici, le fait de s'étreindre nous rapproche énormément. C'est une excellente manière d'extérioriser le lien qui nous unit, mais aussi d'exprimer l'attachement qui nous lie. »
– « Dans la vie de tous les jours, la plupart des hommes font tout pour préserver leur image. On ne peut pas se permettre de montrer sa vulnérabilité, un peu comme si on vivait encore au temps des cavernes, il y a des millions d'années. C'est seulement en intégrant un groupe qu'on peut se libérer de cela, et arriver à parler sincèrement de soi ou de ses émotions. »
– « C'est encore difficile de me dévoiler tout à fait, même dans le cadre du groupe. Si je ne me sens pas sûr de moi, je laisse tomber. Je ne suis pas encore assez à l'aise pour faire part de certains de mes sentiments que je ne juge pas très "masculins". Mais j'apprends ! »
– « Mes parents étaient très sévères et exigeants. Et je me demandais toujours : "Y a-t-il seulement une personne qui m'accepterait tel que je suis ?" Et puis il y a eu Roland, mon premier véritable ami. On passait

notre temps à grimper aux arbres, à faire des bonds, à creuser des trous, à jouer aux billes ou avec des capsules de bouteilles, à comploter contre les garçons de l'immeuble voisin, à rire ensemble, etc. J'adorais ce type. Roland m'a aidé à être en harmonie avec mon vrai moi. Il a été la première personne à me faire comprendre ce que les mots intégrité et amour-propre veulent dire. J'avais cinq ans à l'époque. Je ne l'ai plus revu depuis l'âge de neuf ans, et je n'ai plus jamais eu d'ami comme lui depuis. Le groupe m'a fait renouer avec les sentiments que j'éprouvais à cette époque de ma vie. »

– « Depuis que je fréquente ce groupe, ma conception de la "force" a complètement changé. J'étais toujours persuadé qu'être fort, c'était de jouer les machos, alors qu'en réalité, c'est avoir le courage de s'ouvrir et de se mettre à nu. J'ai le plus profond respect pour le type qui trouve le courage de dire : "Je suis malheureux et complètement perdu." Cela demande pas mal de cran. Au travers des témoignages et des confidences des membres du groupe, j'ai pu constater qu'on avait tous les mêmes problèmes. On est tous gênés et vaguement honteux. J'ai appris qu'on peut éprouver ces sentiments et, malgré tout, se sentir fort. »

– « J'avais des amis très proches quand je faisais mes études, mais c'était devenu le néant pendant une quinzaine d'années. Grâce au groupe, j'ai compris qu'il était possible d'entretenir des liens profonds avec d'autres personnes à l'âge adulte. Dès lors, mes relations à l'extérieur se sont approfondies. Je suis devenu assez exigeant avec mes copains. Je n'ai plus envie de passer du temps avec des gens avec lesquels je n'atteins pas un sentiment profond de connexion. Je mesure la qualité de l'échange relationnel au sein du groupe, et je veux atteindre le même niveau ailleurs, que ce soit avec un homme, une femme, mon banquier ou mon médecin. »

Je leur ai ensuite demandé de décrire leurs rapports avec les autres hommes à l'intérieur du groupe. Ils ont été unanimes :

« Des amitiés naissent à l'intérieur du groupe, c'est vrai, mais ce n'est pas le but. On se respecte tous beaucoup. On s'apprécie et, parfois, on se lie d'amitié. Pourtant, la plupart de nous ne seront jamais vraiment amis au sens courant du terme. On ne fait pas de sorties ou de choses ensemble, en dehors des activités planifiées du groupe. Je crois que la connexion est tout à fait différente ici de celle qui s'installe avec des amis "extérieurs". C'est plutôt un "lien" qu'une amitié au sens traditionnel. Pourtant, je suis persuadé que, si j'avais besoin d'aide, il me suffirait de téléphoner à trois ou quatre membres du groupe pour obtenir le soutien dont j'ai besoin. Et puis, il y a autre chose qui m'intéresse : ce type de relation gomme plus facilement les différences sociales. »

J'ai ensuite demandé à chacun d'évoquer un événement particulièrement marquant au sein du groupe.

– « On était parti passer cinq jours dans la maison de campagne de Frédéric. Un après-midi, l'un de nous a proposé de jouer au football. Au lycée, j'étais toujours le dernier à être choisi quand il s'agissait de former les équipes. J'étais au mieux à l'arrière, au pire remplaçant, et toujours mort de honte parce que personne ne voulait de moi. Après la terminale, je remerciai le Ciel de m'avoir délivré du ballon rond, et du sport en général. Et voilà que mes copains du groupe beuglaient tous en cœur : "Génial, un match de foot !" J'étais désespéré. J'ai confié mon désarroi à ceux qui se tenaient près de moi. L'un d'eux s'est porté volontaire pour être capitaine. Quand il choisit son avant-centre, c'est mon nom qu'il a prononcé ! J'avoue avoir trouvé la chose on ne peut plus valorisante. Je ne me souviens plus combien de fois j'ai pu toucher la balle, mais cela n'a aucune importance. Personne n'était là pour me juger. Depuis, j'ai fait valoir cette expérience dans d'autres domaines de ma vie. Si jamais je me sens embarrassé ou honteux, je me dis : "Tu es quelqu'un de bien." Et je

suis capable d'assumer la situation. Cette journée, je dois le dire, a eu un impact formidable dans ma vie. »
– « Ce que je retiens surtout, ce sont ces moments où l'on se laisse aller à faire des âneries. Je trouve que les gens se prennent trop souvent au sérieux et oublient de se "lâcher" un petit peu. Ou bien ils ont honte. Par exemple, dans la maison de Frédéric, on s'est baignés dans l'étang, et le fond était rempli de vase. Je me souviens que Marc a commencé à lancer de la boue sur tout le monde et qu'on a tous fini par faire de même. Cela s'est terminé par douze types couverts de boue des pieds à la tête. Et on était tous morts de rire. Cela nous a fait un bien fou… »
– « Le meilleur souvenir de ces réunions est le soir où je me suis hasardé à demander à chaque personne présente : "De quoi avez-vous le plus peur ?" Et nous avons, l'un après l'autre, parlé de nos angoisses. C'est une chose que l'on enfouit au plus profond de soi-même. Je dois dire que je transpirais à grosses gouttes quand ce fut à mon tour de parler… Beaucoup d'hommes partagent les mêmes peurs. Pourtant, ils ont l'air très différents les uns des autres. Vraiment, cette soirée fut pour moi un moment très fort. »
– « Pour ma part, la soirée la plus marquante fut celle où nous avons parlé d'homosexualité. Quelqu'un avait commencé à critiquer les gays, et un autre s'était mis à les défendre. Ça commençait à chauffer sérieusement. L'un de nous est intervenu en disant : "Bon, on va faire un tour de table, et chacun va dire s'il a eu une tentation ou une relation homosexuelle." Alors, on s'est mis à parler de nos fantasmes et de notre éventuelle expérience de l'homosexualité, pendant l'enfance et l'adolescence. Ce fut pour moi très révélateur de l'ouverture d'esprit du groupe : avouer ce genre de chose sans craindre d'être jugé. Je ne peux pas imaginer une telle conversation entre hommes dans d'autres circonstances, du moins avec autant d'humour, de sincérité, de

compréhension et sans la moindre retenue ou fausse pudeur. »

– « Un soir, on a parlé de notre expérience sexuelle la plus mal vécue. On a réalisé qu'on vivait tous la même hantise : "la peur de ne pas être à la hauteur". Et cela, ce fut un immense soulagement. »

– « Pendant les premiers temps d'existence du groupe, on parlait de beaucoup de choses, mais assez peu de sentiments. Pour ma part, je me souviens surtout d'un fameux soir où j'ai réussi à exprimer ouvertement les souffrances que je vivais alors. Ce fut un moment essentiel pour moi. Cela n'a pas été évident de m'ouvrir devant toutes les personnes présentes. Pour y arriver, il a fallu que j'aie vraiment confiance en moi et dans les autres. Mais c'était la première fois que je réussissais à parler clairement de ce qui me torturait intérieurement. Je me sens éternellement redevable au groupe pour m'avoir permis de formuler ce qui n'allait pas. »

– « J'ai vécu ici un moment très fort, tellement intense même que j'ai encore du mal à en saisir l'importance. J'ai rejoint le groupe trois jours après que ma femme m'eut quitté. Depuis qu'elle était partie, je n'avais ni mangé, ni dormi. Le groupe avait commencé à bavarder de choses et d'autres. Puis je me suis dit qu'il fallait parler, sinon j'allais exploser. J'ai donc pris la parole : "Je dois vous confier ce qui m'arrive." Et là, je me suis complètement effondré. Je ne sais pas si le groupe avait déjà consacré une réunion entière à un cas individuel auparavant, mais c'est ce qui s'est produit ce soir-là. Chacun était là pour m'aider à m'en sortir. C'est l'expérience la plus incroyable de ma vie. Sept mois se sont écoulés depuis ma séparation d'avec ma femme. Je n'avais alors plus aucune raison de vivre. Le groupe m'a aidé à me relever, à comprendre que la vie est formidable. Ce que ses membres ont fait pour moi – ils me connaissaient à peine à l'époque – est absolument inestimable. Ce soir-là, ils ont compris que j'étais en train de perdre pied, et ils ont tous tendu la main pour me repêcher. Si quelqu'un d'ici vous assure qu'il est certain de trouver des gens pour l'aider en cas de pépin, croyez-moi, c'est vrai ! »

L'ensemble des témoignages évoqués au long de ce chapitre montre que ces hommes et ces femmes ont déjà appris une grande leçon de la vie : leur existence a un sens. En partageant un peu d'eux-mêmes, ils aident les autres à mieux vivre.

Chapitre 9
Le cœur au travail

Du premier au dernier échelon de la hiérarchie, il règne partout dans le monde du travail une ambiance d'insécurité. Tout simplement parce que là aussi, on transpose toutes les angoisses du conditionnement du *quelqu'un* :

- Ai-je les capacités pour m'en sortir ?
- Mon assistant cherche-t-il à prendre ma place ?
- Et si j'étais licencié ?
- Ai-je la cote avec le patron ?
- Le salaire de mon collègue est-il plus élevé que le mien ?
- Quelqu'un va-t-il passer avant moi lors de la prochaine promotion ?

Même si vous n'appartenez pas à la catégorie des actifs, ne sautez pas ce chapitre. Les concepts et les exercices évoqués ici ne s'appliquent pas seulement à la vie professionnelle, mais aussi à tous les domaines de l'existence.

Universelle adversité…

Quand il y a insécurité, il y a compétition. Il y a déjà longtemps que papa et maman ont préparé le terrain en nous criant tous les soirs : « On va voir qui sera prêt le premier à aller au lit ! » Déjà, ils créaient sans le savoir une situation où l'un des enfants savourait fièrement sa victoire, tandis que l'autre se sentait blessé dans son amour-propre. On se demande pourquoi il y a tant de conflits familiaux ! Et la suite est à l'avenant : à l'école primaire, au collège, au lycée, à l'université et, pour finir, au travail. Toute notre vie, on ne cesse de s'entendre répéter, sous des formes diverses, le message suivant : « Sois le meilleur ! » Mais vous êtes peut-être en train de vous dire : « Allons, une petite compétition saine, cela ne fait pas de mal ! » Nous voilà au cœur du problème. Dans les faits, cette petite rivalité « hygiénique » existe-t-elle seulement ?

Le cloisonnement créé par la compétition est présent dans chacun des aspects de notre existence, mais il est particulièrement évident dans notre vie professionnelle. Ce phénomène s'explique à mon sens très simplement : partout où règnent le pouvoir et l'argent, l'autre devient un « adversaire » plutôt qu'un « coéquipier ».

- Si vous êtes directeur, les personnes placées sous vos ordres deviennent des **adversaires** parce qu'elles peuvent vous prendre votre place.
- Si vous avez un patron, il est votre **adversaire** parce qu'il a le pouvoir de vous licencier.
- Vos collègues sont des **adversaires** parce qu'ils peuvent vous « doubler ».
- Les autres sociétés sont des **adversaires** parce qu'elles peuvent vous prendre des clients et vous faire ainsi perdre de l'argent.
- Vos amis sont des **adversaires** parce qu'ils sont susceptibles d'évoluer professionnellement plus vite que vous.
- Des personnes du sexe opposé, d'une couleur de peau différente, ou plus jeunes deviennent des **adversaires** parce qu'elles peuvent obtenir l'emploi que vous espériez.
- Même votre famille devient un **adversaire**, parce qu'elle ne comprend pas pourquoi vous gagnez si peu, pourquoi vous travaillez si tard le soir, pourquoi vous ne passez pas plus de temps avec elle, etc.

Dans un tel contexte, il ne faut pas s'étonner d'éprouver un sentiment de solitude ! La question à se poser est la suivante : est-il possible de se défaire du conditionnement du *quelqu'un*, à l'origine de l'impression d'isolement sur son lieu de travail, au bénéfice du conditionnement du *chacun*, générateur de connexion ?

Ma réponse ne vous étonnera pas : elle est évidemment affirmative. Quand je regarde autour de moi, je remarque d'ailleurs que les choses sont en train de changer en ce sens, comme une vague qui commencerait à faire des rouleaux vers le rivage. Rien ne pourra l'arrêter. Comme au sortir d'un long et profond sommeil, les gens semblent se réveiller. Ils entrevoient que notre mode de fonctionnement traditionnel axé sur la compétition n'est plus du tout d'actualité. Le sentiment de satisfaction est rare dans le monde du travail, et les gens avides de grimper les échelons le payent dans le domaine personnel. Il est devenu impossible de se voiler la face devant les conséquences désastreuses de l'ambition. De nombreuses personnes commencent à tirer les leçons qui s'imposent, et une nouvelle éthique du travail se profile à l'horizon. Le grand paramètre unificateur, c'est bien sûr la **connexion**. Elle va bientôt se substituer, j'en suis certaine, à la vieille règle du « chacun pour soi ».

Je voudrais vous suggérer plusieurs méthodes efficaces pour que chacun d'entre vous puisse contribuer à transformer l'univers du travail en un monde de connexion. Le sentiment d'impuissance est naturel devant l'immensité de la tâche que constitue la réforme d'un système sclérosé et archaïque. Pourtant, il est possible d'agir en ce sens, individuellement, pour changer les choses. Peu importe que l'on soit facteur, gérant d'une grande société, professeur, ouvrier du bâtiment, avocat, secrétaire ou même travailleur à domicile ou de profession libérale.

Je ne peux pas m'empêcher de vous raconter cette histoire qui m'a été rapportée à l'occasion d'un séminaire. Une petite fille sort de chez elle après une tempête pour aller rejeter dans l'eau toutes les étoiles de mer échouées sur la plage. Sa maman lui dit que c'est inutile, parce qu'il y en a trop. La petite fille prend l'une d'elles, la remet dans son élément, et répond : « C'est déjà utile pour celle-là, non ? » C'est pareil pour vous.

Sur votre lieu de travail, déterminez les domaines à l'intérieur desquels vous pouvez agir en transformant un comportement aliénant en connexion saine. Vous serez étonné par votre créativité quand la connexion (notion de fluidité) se substitue à la compétition (notion de peur). Votre environnement paraîtra plus agréable quand vous y aurez favorisé une atmosphère de sérénité, en vous basant sur l'idée selon laquelle « il y a de la place pour tout le monde » ! Voici des conseils pour vous guider :

Élargissez votre objectif professionnel

L'« objectif à atteindre » est un concept incontournable dans le monde des affaires et du commerce. Il signifie que la fin justifie *tous* les moyens. Si vous interrogez les gens au sujet de leur objectif premier, ils vous répondront probablement :

Évoluer

Ce que je traduirais par :

Évoluer plus vite que les autres, en termes de profit, de statut et/ou de pouvoir

Autant dire que c'est mal parti pour une connexion authentique… Mais faisons mentalement un petit tour de magie pour élargir cet objectif. Voici le résultat :

Évoluer + Se préoccuper de ses collègues

Si l'on envisage son but professionnel premier à travers le prisme du Soi Supérieur, l'horizon s'élargit considérablement. On commence à combler les fossés qui nous séparent de nos collègues. Désormais, on les considère comme étant des gens *comme nous*, comme des individus heureux de l'attention et de la considération qu'on leur porte.

Vous allez me rétorquer : « Évoluer et se préoccuper de ses collègues, n'est-ce pas antinomique ? » Pas nécessairement : on peut avoir une promotion sans être obligé de devenir hautain et suffisant, en gardant tout simplement le sens des relations humaines. J'y vois même un gage de succès.

Les faits et gestes dictés par la vision étriquée de l'unique objectif d'**évoluer** sont très différents de ceux qu'entraîne la double préoccupation de progresser professionnellement tout en se souciant des autres. Dans le premier cas, vous renforcez votre isolement. Dans le second, vous améliorez les liens de la connexion. **Toi ou moi** est remplacé par **toi et moi**. Élargissez un peu votre champ d'investigation, et interrogez-vous de la manière suivante :

- Est-ce que j'apporte une énergie positive au bureau (ou à l'usine, à l'école, à la maison, etc.) ?
- Est-ce que j'aide les gens autour de moi à se sentir mieux en les stimulant, ou est-ce que je cherche à les déstabiliser en les critiquant ?
- Est-ce que j'offre mon aide à ceux qui peuvent en avoir besoin, ou est-ce que je me garde bien de leur donner un coup de main, de peur qu'ils ne me « doublent » ?
- Suis-je un **profiteur**, ou suis-je **généreux** avec les personnes qui m'entourent ?
- Est-ce que je me soucie vraiment de la vie personnelle de mes collègues, ou est-ce le cadet de mes soucis ?

En répondant sincèrement à ces questions, vous pourrez apporter les changements nécessaires pour prendre la direction de la connexion. Vous commencerez à agir avec humanité et à être attentif aux gens qui vous entourent. Vous tenterez de soigner ainsi leurs blessures morales provoquées par le stress et par l'angoisse de la compétition. Comprenez-vous, à présent, combien l'élargissement de votre objectif professionnel peut rendre votre travail bien plus intéressant et enrichissant ?

Dans l'un des stages que j'anime, je demande à tous les participants d'améliorer ainsi leur environnement professionnel et de se donner à fond dans leur travail pendant une semaine. Je leur conseille de faire « comme si » leurs actes avaient un effet réel sur leur entourage. Tous les jours, ils doivent se poser la question suivante : « Si j'avais un rôle de décideur ici, qu'est-ce que je ferais ? » Ensuite, ils concrétisent leurs idées sur-le-champ.

Marion s'est tout de suite montrée très hostile à cet exercice. Elle se lamentait. Elle disait qu'elle détestait son travail dans une société de relations publiques, qu'elle ne restait là que le temps de trouver autre chose. Chaque jour était un calvaire pour elle. Elle passait son temps à regarder l'horloge et vivait le dimanche soir avec l'angoisse de devoir reprendre le travail le lendemain. Finalement, à contrecœur, elle accepta de se prêter à l'exercice proposé, mais seulement pour une semaine. Elle élargit son objectif, s'impliqua à fond, en faisant « comme si » elle exerçait un emploi à responsabilités.

La semaine suivante, j'observai Marion lorsqu'elle entra dans la salle. Je n'en revenais pas… Elle débordait d'énergie ! Avec enthousiasme, elle se mit à raconter les événements de la semaine :

> « Mon premier geste a été de donner un peu de gaieté à ce sinistre bureau en apportant une plante verte et des affiches. Ensuite, j'ai commencé à me montrer attentive à mes collègues. Si l'un d'eux semblait contrarié, je lui demandais s'il avait un problème quelconque et si je pouvais lui être utile en quelque chose. Quand j'allais à la machine à café, je demandais aux autres s'ils voulaient une boisson. Je faisais des compliments. J'ai même invité deux personnes à déjeuner. Et j'ai vanté les mérites de l'une de mes collègues à mon patron. D'habitude pourtant, c'est moi que j'essaye de faire mousser…
>
> Je me suis aussi interrogée sur ce que je pourrais faire pour améliorer l'organisation du travail. Et puis, j'ai arrêté de me plaindre à tout bout de champ, réalisant

que j'étais une véritable enquiquineuse ! Je me suis montrée motivée, dynamique, et j'ai eu des idées constructives que j'ai tout de suite mises en pratique. Chaque jour, je faisais la liste des choses à faire dans la journée, et je me mettais au travail. J'étais surprise de voir à quel point on peut être efficace en restant concentré sur ce que l'on fait ! J'ai aussi remarqué combien la journée passe alors plus vite… J'ai collé un Post-it sur mon bureau avec cette interrogation : "Si j'avais un statut important ici, qu'est-ce que je ferais ?" Chaque fois que mes vieux démons refaisaient surface, quand je me surprenais à me plaindre ou à m'ennuyer, le petit bout de papier me rappelait à l'ordre. Il m'a été très utile. »

Voyez-vous combien le simple élargissement de son objectif peut transformer la vie professionnelle, cela en une seule semaine ? Pour ma part, je ne suis pas surprise outre mesure : en prenant les choses en main, Marion est parvenue à établir la connexion avec ses collègues et avec sa structure de travail.

Un tel engagement ne signifie pas que Marion va éternellement rester au même poste. Tant qu'elle sera là, l'ambiance sera seulement meilleure, en particulier grâce à elle. N'est-ce pas préférable ? Qui a envie de passer ses journées dans un endroit ennuyeux et négatif ? Je conclurai en ajoutant encore une chose : en faisant preuve d'une telle énergie positive, Marion a de grandes chances d'être remarquée ou d'obtenir de solides références pour trouver un nouvel emploi plus stimulant.

Élargissez au niveau planétaire !

Maintenant, essayez d'élargir un peu plus votre objectif en incluant une nouvelle dimension du Soi Supérieur :

Évoluer + Se préoccuper de ses collègues
+ Se préoccuper du bien de l'Humanité

Vos faits et gestes auront à présent des répercussions bien plus importantes et enthousiasmantes. Votre rôle affectera non seulement votre environnement de travail, mais aussi le monde autour de vous. Posez-vous les questions suivantes et essayez d'y répondre, en votre âme et conscience :

- Suis-je négligent et irréfléchi dans la réalisation de mon travail, causant peut-être ainsi du tort ou des nuisances à d'autres personnes ?
- Est-ce que la société pour laquelle je travaille aide ou nuit à d'autres ?
- Si son activité est négative, que puis-je faire pour changer les choses ?

Ces interrogations vous feront comprendre que la **qualité** de votre travail se répercute jusqu'au dernier maillon de la chaîne, et qu'elle n'est pas sans incidences sur autrui. En étant vraiment connecté au monde extérieur, vous allez ainsi tenir compte du **but** de votre travail, et de la façon dont il affecte la planète.

Poursuivre en même temps l'objectif d'**évoluer** et celui de **se préoccuper du bien de l'Humanité** risque d'être conflictuel et donc d'imposer certains changements. Par exemple, vous allez devoir quitter une entreprise fabriquant des mines antipersonnelles, une société qui finance une dictature africaine, une société faisant travailler des enfants dans le Sud-Est asiatique, etc. J'ai connu personnellement quelqu'un qui a dû faire un tel choix. Un beau jour, ce brillant vice-président d'une importante agence de publicité examina d'un peu plus près ce qu'il vendait : il en a eu l'estomac noué ! Il réalisa à cet instant que ses plus gros clients étaient des cigarettiers et des producteurs de pétrole, autant de secteurs où la protection du genre humain et de l'environnement n'est pas vraiment considérée comme essentielle… Il estima que son travail nuisait globalement à tous. Il m'a avoué avoir éprouvé une véritable libération en donnant sa démission : « C'était vraiment grisant de me délivrer du poids intolérable de devoir vanter les mérites de ces produits ! »

Bien sûr, il n'est pas forcément nécessaire de changer de profession ou de claquer la porte de son entreprise. Il est également permis de rester, et de voir si un changement est possible de l'intérieur. Cependant, quel que soit votre choix :

> Quand vous élargirez votre objectif pour y inclure vos collègues et le bien de l'Humanité, vous atténuerez considérablement votre impression d'isolement, tout simplement parce que vous prendrez conscience d'appartenir à une vaste collectivité.

De quelques avantages d'appartenir à la collectivité

En élargissant ainsi votre objectif, vous pouvez vous attendre à profiter des avantages suivants :

- Vous aurez plus de valeur que vous ne pensiez.
- Vous deviendrez plus intègre et plus humain, ce qui renforcera votre estime de vous-même.
- L'argent, le statut social et le pouvoir perdront de leur force d'attraction et de leur importance. En réalisant que vous faites bien plus qu'essayer de gagner une course, votre stress s'évanouira et vous vous sentirez plus responsable des autres.
- Votre façon de voir les choses s'élargira à un point tel qu'il vous deviendra possible de réaliser comment tous les êtres humains sont connectés les uns aux autres.
- Vous serez moins aliéné par votre fonction. Vous comprendrez que **VOUS ÊTES BIEN PLUS** qu'un patron, un cadre ou un employé. Vous êtes un être humain en relation avec d'autres vies humaines.

Quand vous aurez pris un peu de distance avec votre emploi, vous vous apercevrez que vous ne courez pas un gros risque. Vous n'attacherez plus tant d'importance à votre statut ou à celui des autres, car **C'EST VOUS QUI ÊTES**

IMPORTANT. Vous n'avez rien à prouver à quiconque, car **VOUS AVEZ DÉJÀ DE LA VALEUR**. Si on vous licencie pour une raison ou une autre, vous n'aurez pas tout perdu. N'êtes-vous pas plus qu'un simple rouage au sein d'une hiérarchie ? Il n'y a donc pas de quoi sombrer dans la dépression, ni de quoi paniquer ou entrer dans une rage folle. Ou alors juste un petit moment, histoire de vous soulager, mais pas plus ! Bien vite, vous allez reprendre le collier et repartir en quête de nouvelles aventures !

Vous poursuivrez, et même vous redoublerez d'efforts pour faire au mieux votre travail, mais vous deviendrez moins obsédé par les résultats. De nouvelles priorités, plus stimulantes, remplaceront celles qui vous minaient la vie. Bien sûr, vous avez besoin d'argent. Mais :

> En élargissant votre objectif, votre identité ne dépendra plus de votre place dans l'organigramme de la société, mais de vos qualités humaines et relationnelles.

Sous cet éclairage, le terme **évoluer** ressemble plus à une formidable connexion qu'à un besoin avide d'ascension sociale. À présent, voici l'équation vraiment gagnante :

Évoluer + Se préoccuper de ses collègues
+ Se préoccuper du bien de l'Humanité
=
Un sentiment de connexion
dans le domaine professionnel

Naturellement, vous pouvez encore étendre votre objectif en intégrant d'autres paramètres, comme le fait d'**équilibrer votre rythme de travail, d'apprécier votre activité professionnelle**, etc. En termes de connexion cependant, la formule gagnante ci-dessus sera déjà très efficace pour limiter les problèmes engendrés par l'isolement.

En guise d'exercice, je vous suggère de vous asseoir muni d'un papier et d'un crayon, puis de répondre à chacune des questions suivantes en déterminant trois « remèdes » pour chacune d'entre elles :

- Que puis-je faire pour montrer à mes collègues que je me soucie d'eux ?
- Que puis-je faire pour m'assurer que je me préoccupe vraiment du bien de l'Humanité ?
- Comment puis-je associer ces deux objectifs à celui d'évoluer moi-même, de sorte que chacun y gagne ?

Réfléchissez longuement à toutes ces questions. Quand vous penserez avoir trouvé des solutions qui tiennent la route, creusez-vous encore un peu les méninges : vous n'avez fait qu'effleurer le sujet... Et lorsque vous vous direz que cette fois « Eurêka, j'ai trouvé ! », continuez encore à chercher ! Le but ? Vous donner les moyens de mesurer vos ressources et votre créativité quand vous vous en donnez un tant soit peu la peine !

À vous de voir si c'est possible, mais rien ne vous empêche d'impliquer plusieurs de vos collègues dans cet exercice. Réunissez-les quelque part pour leur parler de votre projet. Voyez ensuite si une coopération est envisageable.

Un dernier conseil sur l'élargissement de votre objectif : quand vous commencerez à aller en ce sens, vous allez peut-être éprouver une angoisse insidieuse. Votre voix intérieure va probablement intervenir une bonne centaine de fois : elle vous soufflera que le monde du travail est une jungle, que se battre est l'unique chance de survie, etc. Répondez-lui seulement qu'il n'y a aucune raison de s'inquiéter, que vous êtes sur la bonne voie. La confusion et l'hésitation finiront bien par disparaître quand vous remplacerez vos réflexes de défense par un comportement motivé par la compassion et par la volonté de mieux-être.

De la sagesse contenue dans l'aïkido

Il vous paraît peut-être étrange d'assimiler un art martial à un moyen de connexion, mais la connaissance de l'aïkido me paraît extrêmement intéressante dans la voie de l'épanouissement personnel. Il vous apprendra à être fort sans faire le moindre mal à autrui, même dans une relation conflictuelle. On a parlé de l'aïkido comme d'une « manière de faire fusionner les énergies » ou d'une « harmonie entre le corps et l'esprit ». N'est-ce pas là une excellente façon d'envisager votre nouvelle vision du travail ?

Dans l'aïkido, il y a trois principes que je trouve très intéressants. Ils illustrent parfaitement l'utilisation du Soi Supérieur dans le monde du travail. Les voici :

1. Laissez circuler les énergies !

Il s'agit de ne pas se battre, ni de s'enfuir, car il existe une alternative entre les stratégies de l'affrontement et de la fuite : il suffit de devenir une sorte de canal d'où s'écouleraient les énergies positives. Pour mettre facilement cette idée en pratique, imaginez un flux d'énergie rempli d'amour, d'attention, de compassion et de connexion, qui se déverserait, surtout dans les situations difficiles, au-dehors de vous. La **fluidité**, et non pas la **force**, est seule à même de résoudre le conflit.

Quand je me heurte à un problème quelconque, et que je ne parviens pas à trouver de solution, je m'identifie à une mer ondoyante. Ensuite, je me relaxe physiquement et mentalement en essayant de faire corps avec la situation. Tout en me décontractant, je m'applique à répéter silencieusement l'une de mes affirmations favorites :

Je laisse aller les choses, je suis certaine que tout se passera très bien.

En un rien de temps, je finis par me sentir comme un « courant », et non comme un « barrage ». Pour parler familièrement, laissez couler et vous verrez, c'est une façon très efficace de se sentir exister.

2. Soignez votre **ki** *!*

Les scientifiques ont découvert qu'un être humain se prolonge bien au-delà de ses frontières corporelles. En clair, on posséderait tous un champ énergétique qui dépasserait les limites de notre corps. Et cette « force vitale » exercerait une influence sur les objets et les personnes qui nous entourent. Le Russe Semyon Kirlean et sa femme sont parvenus à la capter sur une pellicule photographique, en 1939 : elle prend la forme d'un halo de lumière entourant le corps de tout individu. L'état physique, mental et spirituel détermine la vitalité de ce corps lumineux. Selon la positivité de chacun, celui-ci est presque invisible ou au contraire très intense.

On appelle ce champ énergétique *ki* au Japon et *chi* en Chine. La plupart d'entre nous ont du mal à mesurer le pouvoir potentiel de ce champ énergétique. Pourtant, il est puissant ! Par exemple, quand on va de l'avant, le corps émet des signaux transmis par l'intermédiaire de ce champ énergétique. En retour, on reçoit une réponse bien plus stimulante que si son champ énergétique était négatif et de faible intensité. En fait, c'est le bon vieux principe que vous avez appris jadis en chimie : l'énergie appelle l'énergie.

Si vous relisez les principes de base de la connexion énoncés au chapitre 5, vous remarquerez que chacun favorise l'épanouissement de votre *ki*. Leur but est d'inclure, et non d'exclure, les « étrangers ». Je dirais la même chose du nouveau comportement de Marion, évoqué tout à l'heure. En développant votre capacité à vous connecter, vous découvrirez le pouvoir de lutter contre l'aliénation dans le monde du travail, mais aussi dans d'autres domaines de la vie. Sans passer par là, vous resterez toujours une victime qui se bat ou s'esquive, mais qui ne communique jamais.

3. Centrez-vous !

Ceux qui ont lu des ouvrages sur l'épanouissement personnel savent sans doute ce que signifie « se centrer ». Mais les autres ? Dans *Tremblez, mais osez*, paru aux Éditions Marabout, j'explique comment effectuer cette délicate opération en faisant interagir le Soi Supérieur, le conscient et le subconscient. Dans l'aïkido, le centrage est défini de façon similaire, comme l'accomplissement d'un équilibre entre le corps, l'esprit et l'âme. Si l'une de ces composantes vient à manquer, les énergies manquent de « fluidité ». La philosophie et la pratique de l'aïkido impliquent plusieurs exercices de centrage, que je vous invite à explorer. Quoi qu'il en soit, il est important de comprendre la chose suivante :

> Comme vous avez subi le conditionnement du *quelqu'un*, par définition, vous êtes donc privé d'équilibre et de centrage.

Pour être plus précise, on reste toujours préoccupé de l'opinion des autres au lieu d'écouter sa propre voix intérieure (la bonne, celle du Soi Supérieur !). Logiquement, on devient ainsi plus vulnérable, et on est facilement mis KO, au propre comme au figuré… Pour aggraver les choses, on a la fâcheuse tendance à falsifier constamment sa véritable identité de manière à correspondre à une personne qui ne nous ressemble décidément pas. En apprenant à entrer en contact avec sa véritable essence, il devient possible d'atteindre cet état d'harmonie et de fluidité entre le corps, l'esprit et l'âme. Parvenu à ce stade de plénitude, rien ne peut plus, dès lors, vous arriver : vous devenez quasiment invincible. Vous vous sentez entier et en paix. Votre regard est lucide et clair, puisque vous voyez les choses à votre manière et non d'une façon qu'on vous a imposée.

Je n'arrive pas à résister, encore une fois, à l'envie de vous faire part de l'une de mes expériences personnelles. Elle réunit les trois concepts évoqués, la fluidité, l'extension du *ki* et le centrage, pour pallier l'une des plus grandes angoisses d'aujourd'hui, celle de devoir parler en public. Dans une étude, ce type de stress figure à la première place, alors que la peur de la mort vient seulement en septième position… Il semblerait qu'on préfère mille fois mourir plutôt que de paraître ridicule !

1. Avant de prendre la parole, n'importe où, je me ménage un peu de temps à moi pour regarder les visages des gens auxquels je vais parler.

2. Tout en dévisageant chacun de ces « étrangers », je développe mon *ki*. Je me répète en moi-même : « Je vous aime, je vous aime, je vous aime, je vous aime. » Je sais, cela paraît un peu enfantin… Mais croyez-moi, ma nervosité diminue, et je commence à me sentir chaleureusement connectée à mon assistance.
3. Après les présentations et autres préambules d'usage, j'arpente le bas de l'amphithéâtre pendant mon cours en essayant de bien me « centrer ». Je cherche à sentir le contact du sol, comme si mes pieds s'enracinaient dans le plancher. Dans le même temps, je fais appel à mon Soi Supérieur en gardant à l'esprit que mon unique désir est de donner chaleur et amour à l'assistance.
4. Ensuite, j'imagine un rayon de lumière venant du ciel. Il emplit tout mon être, se répand dans l'espace, et enveloppe toutes les personnes présentes autour de moi. Cette étape et la précédente donnent l'impression de réclamer beaucoup de temps : concrètement, elles exigent une poignée de secondes.
5. Si certaines personnes expriment leur désaccord, j'assimile simplement le dialogue à une sorte de « jeu d'échanges » entre des individus qui apprennent et progressent ensemble : j'y vois une sorte de « fusion énergétique ». Une attitude de défense rigide ne ferait, de toute façon, qu'alimenter la tension.

Quand je me connecte à une assistance dans un tel esprit d'amour et de partage, j'éprouve un sentiment d'élévation qu'il m'est impossible de retranscrire avec des mots. Quand je pense aux moments où je me retrouvais chancelante, le cœur battant à tout rompre, obsédée à l'idée que je n'arriverais pas à faire face… Mais je comprends tout maintenant : à l'époque, je me souciais seulement de ce que je pouvais **obtenir**, c'est-à-dire des compliments, des applaudissements, ou je ne sais quel « plus » dans mon évolution professionnelle. Maintenant, quand j'élargis mon *ki* en direction de l'assistance, j'ai seulement envie de **donner**. Quand on se soucie d'offrir plutôt que de recevoir, le stress est éliminé : on se soucie seulement de son potentiel de partage avec d'autres.

Cette méthode simple peut s'appliquer lors d'un entretien, d'une réunion au bureau ou ailleurs. Même s'il vous faut affronter un bataillon d'hommes d'affaires rigides et sans scrupules, vous développerez une énergie apaisante en projetant mentalement autour de vous, tout bêtement, des messages tels que « **Je vous aime** » ou « **J'accueille la lumière en vous** ». Si vous maintenez constant cet espace de chaleur, la réunion sera à coup sûr satisfaisante. Sans comparaison en tout cas avec une attitude diamétralement différente, où votre champ énergétique émettrait des signaux du type : « Je suis terrifié, je suis perdu et j'ai désespérément envie que vous m'aimiez et que vous m'acceptiez ! » Si vous abordez les situations dans un tel état d'esprit « centré », en élargissant votre champ d'énergie et de lumière, vous apparaîtrez toujours fort et chaleureux, en aucun cas faible et vulnérable.

C'est là un simple aperçu des vertus de l'aïkido et des principes du *ki*, histoire de vous mettre en appétit ! J'espère vous avoir donné l'envie de pousser vos investigations plus avant dans ce domaine…

De compétiteur, devenez collaborateur !

Dans la plupart des secteurs professionnels, l'idée de compétition est au centre de tout. Et la mondialisation nous fait penser qu'il ne peut plus en être autrement. Si l'on se fie aux seules apparences, réussir implique nécessairement de devoir se mesurer aux autres. Toutefois, de nombreuses personnes ont un peu approfondi la question : elles sont arrivées à des conclusions diamétralement différentes.

En effet, des études laisseraient penser que, paradoxalement, moins on est compétitif, plus on a de chances de réussir ! La rivalité alimente l'anxiété, laquelle contrarie à son tour la créativité et les performances de chacun.

Des spécialistes se sont également penchés sur la question. Leurs conclusions sont unanimes : la compétition n'est en rien stimulante. Au contraire, il semblerait qu'elle soit démotivante : elle nuirait non seulement à l'individu, mais aussi à sa productivité. En réalité, la compétition :

- empoisonne les relations humaines.
- rend suspicieux, hostile, envieux à l'égard de ceux qui gagnent, et méprisant à l'égard de ceux qui échouent.
- détruit l'estime de soi.
- engendre du stress et un besoin maladif d'approbation.
- est dépourvue d'efficacité.
- gâche l'envie d'apprendre, d'approfondir, et bride la curiosité par l'obsession du profit immédiat.

Les psychologues s'accordent à considérer la compétition comme un « processus d'inversion ». Quand on leur demande si elle est une forme d'agressivité, ils répondent d'une seule voix : **« La compétition EST une agression ! »** Et tous sont d'accord pour penser qu'un esprit de coopération ouvre bien plus grand les portes du savoir que ne le font la compétition ou l'éloge de l'individualisme. Pourtant, des bancs de l'école à la vie active, on ne cesse de nous vanter les vertus inhérentes au fait de s'opposer et de se mesurer à l'aune d'autrui…

Ainsi, en dépit de l'opinion couramment répandue, la compétition n'est pas la panacée. Elle n'est pas le meilleur angle d'attaque du monde du travail. Ces constatations remettent ainsi en question le mythe de « l'instinct du tueur », supposé indispensable pour réussir dans le secteur des affaires. C'est une bonne nouvelle, surtout pour ces gens aux dents longues qui avaient bien du mal à se faire des amis ! La compétition exclut les autres. Elle en fait des objets à conquérir plutôt que des gens à aimer.

Mais alors, quelle est la solution ? Je vous suggère de substituer au modèle DOMINATEUR, qui a prévalu jusqu'à une date récente, le modèle PARTENAIRE. Vous êtes peut-être en train de songer : « Être partenaire, c'est bien beau, mais comment y parvenir dans un monde aussi conflictuel ? » Bien sûr, il y a des rivalités et des antagonismes, c'est indéniable : ils ont toujours existé et existeront toujours. Mais un conflit n'est pas nécessairement négatif. Il est possible d'en faire une source d'enrichissement et d'épanouissement. Jusqu'à aujourd'hui, le conditionnement du *quelqu'un* a toujours laissé entendre qu'il y avait d'un côté des gagnants, de l'autre des perdants. En vérité, dans un système basé sur l'idée de compétition, tout le monde sort vaincu d'une lutte, parce qu'en cherchant à dominer les autres :

1. Vous élevez des murs autour de vous au lieu de créer une connexion.
2. Vous perdez l'occasion d'apprendre et d'envisager d'autres points de vue qui pourraient enrichir votre réflexion.
3. Vous adoptez une vision étriquée qui exclut toute nouvelle perspective.
4. Vous flattez votre obsession de vouloir toujours prouver que vous êtes meilleur que les autres.
5. Vous créez de toutes pièces votre impression de solitude.
6. Vous devenez insensible et imperméable aux sentiments d'autrui.

Certains d'entre vous vont me répondre : « Il n'y a rien de mal à essayer de gagner. La vie serait bien terne s'il n'y avait pas le stimulant de la compétition. » C'est là l'un des grands mythes du conditionnement du *quelqu'un*... Les personnes obnubilées par l'idée de compétition sont légion. La plupart de ces bourreaux de travail sont motivés par l'obsession d'être le meilleur, de gagner, de se surpasser, de faire leurs preuves... Si tant de gens s'enlisent dans des emplois qu'ils n'aiment pas, alors qu'ils n'ont aucun problème financier, c'est justement parce qu'ils sont obsédés par l'envie de gagner.

Quand on est en mesure de se défaire de cette manie, il

devient possible d'atteindre son Soi Supérieur et de résoudre le conflit selon le conditionnement du *chacun*, ce qui, vous me l'accorderez, est bien plus séduisant. À ce stade, il est possible d'envisager n'importe quel antagonisme comme une leçon et une découverte. Les causes des rivalités résident dans les besoins, les attentes, les idées et l'expérience des personnes en présence. Mettez tous ces différends dans un récipient, mélangez le tout, et vous pourrez trouver des solutions étonnamment constructives. Ainsi, vous aplanirez les difficultés que représentent toutes ces controverses dans une atmosphère de « **co-création** », c'est-à-dire au sein d'une ambiance où les gens travailleraient conjointement pour trouver de nouvelles idées. La « co-création » est bien plus performante que la compétition. C'est une méthode de travail où chacun trouve son compte, dans une atmosphère de connexion, d'expansion et de découverte. Son grand intérêt, c'est que vous n'êtes plus tout seul à vous débattre contre les autres : c'est **toi et moi** au lieu de **toi ou moi**. Quel soulagement !

Voici une fable merveilleuse qui illustre parfaitement ces idées :

> « Et Dieu dit à un religieux : “Viens, je vais te montrer l'Enfer.” Ils entrent dans une salle où se tient un groupe de personnes assises autour d'une énorme marmite contenant un ragoût délicieux. Chacun semble affamé et au comble du désespoir. En effet, tous peuvent puiser dans le récipient grâce à leur cuillère en bois, mais le manche de celle-ci est si long qu'il leur est impossible de porter la nourriture à leur bouche. Le supplice de Tantale est atroce…
> “Viens, maintenant je vais te montrer le Paradis”, dit Dieu au bout d'un moment. Ils entrent dans une autre salle, identique à la précédente, avec également un groupe de personnes assises autour d'un chaudron rempli de ragoût avec les mêmes cuillers à la main. Ici pourtant, chacun paraît heureux et avoir mangé à sa faim.

« Je ne comprends pas, dit le religieux. Pourquoi sont-ils joyeux ici, alors qu'ils sont désespérés là-bas ?" À ces mots, Dieu sourit : "C'est très simple, dit-Il, ici, ils ont appris à se nourrir les uns les autres." »

Dans son effort pour transformer le conflit en enseignement, en découverte et en coopération, il faut aussi avouer que nous avons tous, en tant qu'êtres humains, une vision assez étriquée des choses. On ne peut regarder le monde qu'avec ses propres yeux, et non avec ceux des autres, ce qui limite forcément le champ visuel ! C'est d'ailleurs à mon sens l'une des bonnes définitions du conflit : un désaccord avec des gens qui voient les choses différemment. Si vous réussissez à mettre entre parenthèses votre besoin d'avoir raison, il vous deviendra possible d'associer la vision de l'autre à la vôtre. C'est un peu comme si vous changiez l'objectif de votre appareil photographique, passant du téléobjectif à un grand angle :

Limitée	**Limitée**	**PANORAMIQUE !**
Ma vision	Sa vision	NOTRE VISION !

Je suis bien consciente du côté simpliste de ce schéma. Son but est de vous aider à comprendre que vous vous fixez des limites en cherchant absolument à avoir raison : vous faites alors la sourde oreille aux idées d'autrui.

Vous n'êtes pas obligé d'être d'accord. Mais il me paraît cependant essentiel d'essayer de voir à quoi ressemble le monde en associant différents points de vue. **Écouter et apprendre** est la clé pour transformer le conflit en découverte. Plus vous serez attentif aux autres et aux choses qui vous entourent, plus vous deviendrez riche et créatif. Vous éprouverez également de l'empathie pour des points de vue différents, ce qui vous mènera tout droit vers la connexion.

On parle aussi souvent de communication : elle est effectivement essentielle pour réussir au travail et ailleurs. Pour l'améliorer dans le domaine professionnel, voici quelques conseils :

1. Ne pas rester figé dans ses convictions

Une conviction exprime un seul et unique point de vue. Celles des autres sont tout juste recevables. Quand vous défendez une certitude bec et ongles, vous êtes dominé par elle. Rappelez-vous que les convictions les plus fortes élèvent les murs les plus hauts.

2. Considérer les autres points de vue

Connaissez-vous la parabole des aveugles décrivant un éléphant ? Nous sommes tous des non-voyants ayant l'opportunité d'enrichir notre expérience et de comprendre le monde à condition de s'écouter attentivement les uns les autres. En écoutant l'avis ou l'enseignement d'autrui, vous accéderez à un état de plus grande sagesse.

3. Accepter le désaccord

Un différend ne trouve pas toujours une solution. Faites de cette affirmation votre devise : « C'est ce que je crois vrai, c'est ce que tu crois vrai, respectons la vérité de chacun. » Cela vous permettra d'envisager le problème sans vous fâcher, ni vous braquer. La question qui se posera ensuite sera la suivante : « Tu as ta conviction, et j'ai la mienne. Comment faire pour harmoniser nos deux approches afin d'aboutir à une solution positive ? »

4. Envisager le conflit comme une découverte

Pour les tempéraments perfectionnistes, la notion de découverte substituée à celle du résultat apparaîtra comme une planche de salut ! Si vous vous intéressez uniquement à ce que le conflit vous permet de découvrir, vous n'aurez plus besoin d'avoir raison. Cette attitude ouverte est d'ailleurs parfois un excellent moyen de reconnaître ses torts : elle constituera une nouvelle méthode d'apprentissage.

5. Ne plus être sur la défensive

Peu importe le contexte : si la personne avec qui vous êtes en conflit adopte une attitude offensive, essayez de déplacer le débat sur un autre terrain, en désamorçant ses attaques par des propos tels que :

– Je vois très bien ce que vous voulez dire. Voyons comment nous pouvons harmoniser nos points de vue.
– Je suis très intéressé par la façon dont vous êtes parvenu à vos conclusions.
– C'est intéressant, je n'y avais jamais pensé auparavant.

Ou tout autre chose montrant que vous avez bien cerné le point de vue de l'autre et fait l'effort de le comprendre. Entendre ne signifie pas consentir : c'est simplement accorder une valeur aux idées d'autrui, même si elles sont différentes des vôtres. Une telle attitude dénote la volonté d'être attentif et une ouverture d'esprit.

6. Plusieurs voies possibles

En vous servant d'un conflit comme d'une voie vers une possible découverte, vous n'avez plus besoin de prétendre tout savoir ou connaître. Sans les juger, vous laissez aux autres le loisir de faire les choses à leur manière, en sachant bien qu'il existe plusieurs façons d'arriver à un même résultat.

7. Jouer les candides

Si vous parvenez à abandonner vos idées préconçues, ne serait-ce qu'un instant, et que vous feignez l'ignorance, vous deviendrez infiniment plus réceptif aux idées des autres.

Des conflits avec le sexe opposé

Aujourd'hui, les relations professionnelles entre hommes et femmes sont souvent remplies de confusion, d'agressivité et d'esprit de compétition. Rien de vraiment surprenant à cela ! Les rôles tenus par les uns et les autres sont en plein bouleversement. Et dans un monde conditionné par le concept du *quelqu'un*, le conflit s'avère donc inévitable. J'ai parfois entendu des gens se plaindre que les changements étaient très lents dans ce domaine. Je ne suis pas d'accord. Je trouve qu'ils sont au contraire très sensibles, mais qu'ils vont leur petit bonhomme de chemin. Si les choses allaient plus vite, les conflits seraient encore plus nombreux et plus difficiles à résoudre.

Laissez-moi vous rafraîchir un peu la mémoire, et je sais de quoi je parle… Rappelez-vous, il y a quelques années à peine, on regardait de travers les femmes qui préféraient travailler au lieu de rester à la maison. Aujourd'hui, la situation s'est inversée : beaucoup de femmes au foyer se plaignent d'être mal vues et de passer pour des bonnes à tout faire. Comprenez-vous combien ce renversement de situation peut jeter le trouble dans notre perception des rôles ?

Puisque le conflit est la conséquence naturelle d'un changement, même positif, vous devez le considérer comme une chance de participation et d'évolution, et non comme un prétexte pour vous opposer aux hommes. Il est évident qu'on doit tous s'attacher à corriger les inégalités et les comportements blessants à l'égard des femmes. Cependant, il faut bien comprendre que les hommes ne sont pas les ennemis des femmes, ni l'inverse. Il n'y a pas d'adversaires : il y a seulement des bouleversements. Pendant cette période de stress et de rivalités que vivent les deux sexes, il est indispensable de faire tout ce qui est en votre pouvoir pour ne pas oublier les valeurs du Soi Supérieur.

Vous devez absolument vous convaincre de la chose suivante : *vous avez beaucoup à apprendre d'autrui.* Alors, baissez les armes et ensuite, avec respect de l'autre et chaleur, n'hésitez pas à lui demander : « Apprends-moi ceci ! », ou « Apprends-moi cela ! ». De cette façon, vous allez recréer une sorte d'équilibre dynamique qui fait si cruellement défaut dans le monde du travail.

Déjà, je vois qu'on enterre la hache de guerre et je sens les cœurs prêts à s'ouvrir ! C'est seulement une question de temps. Dans la dignité et le respect de soi, les femmes auront « leur moitié du gâteau » dans la vie professionnelle. Dans le même ordre d'idées, les hommes, grâce à la réduction du temps de travail, auront aussi « leur moitié du gâteau » dans l'éducation des enfants. Ces derniers seront alors plus heureux, et l'harmonie entre les sexes sera enfin rétablie dans un monde malmené par le conditionnement du *quelqu'un.* Finalement, cette désastreuse définition des rôles sera enfin abolie.

Mettez-vous à l'œuvre immédiatement, hommes et femmes ensemble, pour créer un espace de connexion plus humain dans notre vie professionnelle !

La féminité, nouvelle venue dans le monde du travail

Depuis que les femmes ont eu le courage de quitter la maison pour entrer dans la vie active, certaines d'entre elles ont développé un fâcheux travers, celui de donner dans le modèle DOMINATEUR et d'agir comme les hommes… Elles sont convaincues que c'est la seule façon de se frayer un chemin vers le succès dans un monde dominé par les hommes. C'était effectivement le cas à une époque, mais les temps changent. Les besoins humains et structurels évoluent plus vite qu'on ne le pense, et dans des directions qu'on ne soupçonne pas.

Comme je l'ai déjà évoqué plus haut, la compétition, caractéristique du modèle DOMINATEUR, entre désormais en concurrence avec d'autres principes de connexion bien plus enrichissants. Ce changement de cap a des conséquences remarquables. Alors que les hommes étaient considérés comme les champions incontestés de la compétition, **qui est en train de révolutionner le monde du travail en appliquant les principes de la connexion ?** Vous l'avez deviné : il s'agit des **FEMMES** !

Pour comprendre en quoi les femmes répondent aux nouvelles exigences du monde du travail, il convient d'abord d'analyser les comportements que la société leur imposait traditionnellement. En général :

- Pendant l'enfance, leurs jeux étaient fondés sur l'idée d'entraide et de partage.
- Parvenues à l'âge adulte, elles détenaient les clés de l'affectif et de la maison ; l'esprit de compétition était relativement absent de leurs préoccupations quotidiennes.
- Elles avaient le devoir de créer un environnement familial sain et d'apprendre à leurs enfants les principes de partage, la politesse et l'esprit d'entraide.
- Elles jouaient le rôle de médiatrices entre les frères, les sœurs et les autres membres de la famille afin de trouver des solutions harmonieuses.
- Elles étaient au centre de l'activité domestique, contrairement aux maris qui travaillaient à l'extérieur.
- Contraintes de s'adapter aux exigences de leur rôle de mère et aux impondérables du quotidien, elles apprenaient à réagir avec souplesse ; elles ne pouvaient pas se permettre d'être obsédées par un objectif à atteindre à tout prix.
- Pour les mêmes raisons, elles devaient se montrer polyvalentes, de manière à assumer toutes les tâches incombant à une mère de famille ; elles n'avaient pas à devenir expertes dans un domaine précis.
- Elles agissaient souvent de façon intuitive, suivant leur propre instinct plutôt qu'un raisonnement logique.
- Elles étaient en contact non seulement avec ce qui se passait dans un foyer, mais aussi avec le monde extérieur.
- Elles s'intéressaient à la vie en général.

Jusqu'à une date récente, toutes ces qualités étaient plutôt considérées comme autant de handicaps dans la vie professionnelle.

Essayez maintenant de comprendre pourquoi ces traits de caractère « inappropriés » sont subitement devenus des atouts dans le monde du travail.

- D'abord, de nombreuses sociétés se sont ramifiées, de sorte que le schéma patriarcal traditionnel, pyramidal, avec le patron seul au sommet de la hiérarchie, est devenu obsolète. L'Intranet, qui permet une meilleure circulation au sein de l'organigramme, a déjà très largement amélioré la communication verticale entre les membres d'une même entreprise, et par là même la connexion entre les individus.
- En raison de l'explosion de l'information, la coopération et le partage sont devenus essentiels pour prévenir les risques de faillite ou de chute boursière dans un monde où tout va très vite.
- L'idée de souplesse s'est substituée à la rigidité. Du jour au lendemain, dans un monde où les changements n'ont jamais été aussi rapides, il est impératif de trouver très vite des solutions aux problèmes qui se posent.
- Au lieu de se cantonner dans une seule fonction et de poursuivre un but unique, les gens sont désormais obligés, à tous les niveaux, de se montrer polyvalents, de faire preuve de capacité d'adaptation et d'élargir leurs objectifs.
- La société commence enfin à se préoccuper de l'environnement, ce qui exige la prise en compte de nouvelles valeurs, et donc d'adopter une vision plus large.

À tous les niveaux de la hiérarchie, et quels que soient les secteurs d'activité, les attentes des gens changent également à une vitesse vertigineuse. Hommes et femmes revendiquent de meilleures conditions de travail. Ils réalisent maintenant que leur vie professionnelle est un domaine parmi d'autres dans leur existence. Certaines études récentes démontrent que la traditionnelle triade obsessionnelle (l'argent, le statut hiérarchique et l'évolution individuelle) n'est plus d'actualité pour beaucoup de jeunes entrant sur le marché du travail. Une nouvelle valeur l'a supplantée : la qualité de la vie, c'est-à-dire un meilleur équilibre entre le travail, la famille, les amis et sa contribution au sein de la société. Par suite :

Les sociétés prônant le modèle DOMINATEUR, celui où le travail passe avant tout, finissent par perdre leurs meilleurs éléments, qui partent vers de nouvelles entreprises adeptes de « valeurs féminines ».

Une journaliste a interrogé quatre brillantes directrices de société. Elle a confronté leurs méthodes de travail avec celles de dirigeants masculins classiques. Dans leur approche du monde du travail, les premières présentent de nombreuses similitudes avec les caractéristiques féminines décrites ci-dessus. Anita Roddick par exemple, fondatrice de Body Shop, explique qu'elle dirige sa société en vertu de principes féminins. Les voici :

> « Être à l'écoute de ses collaborateurs, suivre son intuition, ne pas s'accrocher au poids de la hiérarchie, ou à toutes ces notions ennuyeuses et dépassées qu'on vous inculque dans les écoles de commerce. Considérer son travail comme faisant partie de sa vie, et non le mettre à part. Faire ce que l'on aime, gérer ses profits en restant responsable et respectueux de l'environnement, admettre que les objectifs doivent passer au second plan. »

Dans un même élan d'engagement et d'ouverture d'esprit, Anita Roddick demande à tous ses employés de faire du bénévolat **sur leur temps de travail dans la société**. Elle envisage avant tout le monde du travail comme un moyen d'apporter sa pierre au progrès de l'humanité, pas seulement comme un moyen d'enrichissement égoïste.

Et dans le cas d'une multinationale, me demanderez-vous ? Nancy Badore, directrice administrative du centre de formation des cadres chez Ford, est responsable de la formation de deux cents dirigeants de la firme dans le monde entier. L'accent est mis sur la qualité des produits et la satisfaction de la clientèle, valeurs qui ont joué un rôle prépondérant dans le sursaut de la marque au début des années 1980. Sous la direction de Nancy Badore, la structure de la compagnie a été entièrement repensée. L'organigramme rigide, fondé sur la compétition, a laissé la place à un esprit d'équipe axé sur la notion d'excellence.

Toujours sceptique ? Réfléchissez bien ! Même si une société n'est pas une association philanthropique, elle améliorera son image si ses objectifs ne sont pas exclusivement liés au profit, mais qu'elle se montre également soucieuse de l'environnement et des risques technologiques. Par exemple, une société américaine a réussi un beau coup publicitaire en étant l'une des premières à boycotter les compagnies maritimes qui, en pêchant le thon, causaient la mort de nombreux dauphins. En revanche, ce fut l'inverse pour Exxon, qui se montra désinvolte dans sa gestion de la grande marée noire de 1989. Peu à peu, dans le monde entier, les mentalités changent et les gens disent : « Non, je ne suis pas d'accord ! » Les appels de plus en plus nombreux au boycott, liés à la montée du sens de l'éthique, affectent les ventes et le cours de la Bourse. Et les entreprises pointées du doigt sont contraintes de faire marche arrière !

Attention, n'interprétez pas le fait d'introduire des valeurs « féminines » dans le monde du travail comme une déclaration de guerre entre les sexes ! Je tente seulement de vous montrer que chacun peut tirer des avantages d'une approche « sensible » restée trop longtemps l'apanage des femmes. J'en suis persuadée : les hommes accueilleront bientôt, avec autant d'enthousiasme que les femmes, cette nouvelle « conception féminine du travail ».

C'est d'ailleurs déjà le cas si l'on en croit la teneur d'une conférence réunissant une centaine de chefs d'entreprise, hommes et femmes, autour du thème suivant : accorder une place à la spiritualité dans le monde du travail. Un ancien professeur de marketing dans une prestigieuse école de commerce attirait l'attention des participants sur la croissance des interconnexions économiques dans le secteur du commerce. Il concluait donc qu'il était devenu nécessaire d'améliorer les interconnexions individuelles. À ce sujet, il évoquait ses conversations avec des chefs d'entreprise, à l'issue desquelles certains se mettaient à pleurer, craquant sous le poids insupportable de la solitude du dirigeant. Ils avouaient également souffrir de passer si peu de temps avec leur famille. Pour toutes ces raisons, certains d'entre eux envisageaient d'abandonner un poste pourtant prestigieux.

La loi de la jungle est en net déclin. La mutation ne sera pas chose aisée dans ce monde où la compétition reste encore un réflexe. Il faudra de constantes remises en question pour rappeler à chacun l'existence d'une autre voie. Pour vous aider à passer ce cap plus facilement, j'ai mis au point, selon le concept du *chacun*, un « vocabulaire de l'action » :

Apprécier	Valider	Compatir
Faire des éloges	Être attentif	Partager
Communiquer	Inclure	Relier
Complimenter	Encourager	Dévoiler
Jouer	Se décontracter	Équilibrer
Explorer	S'impliquer	Coopérer
Écouter	Apprendre	Évoluer
Brasser	Se dérider	Prendre plaisir

Gardez cette petite liste de verbes toujours bien en vue pendant votre journée de travail. Elle vous rappellera de quelle façon vous devez vous comporter. Et posez-vous toujours la question suivante :

Est-ce que cette action relève du vocabulaire du conditionnement du « chacun » ou du conditionnement du « quelqu'un » ?

Si le mot résumant votre action ne peut se rattacher au vocabulaire du conditionnement du *chacun*, adoptez un nouveau comportement en conséquence. Par exemple, si vous réalisez que vous agissez dans un esprit de rivalité, essayez de transformer l'antagonisme en alliance.

À ceux qui travaillent dans une ambiance délétère où tout le monde se marche sur les pieds, mes conseils paraîtront certainement un peu naïfs. C'est vrai, il reste encore beaucoup à faire dans le monde du travail… Certaines informations émanant des médias semblent même prouver que les choses évolueraient parfois dans le mauvais sens… Cependant, n'oubliez pas que les journalistes évoquent seulement, dans l'écrasante majorité de leurs papiers, les mauvaises nouvelles et les catastrophes… Vous n'êtes pas informé des formidables transformations observées un peu partout. Je vous demande simplement de croire que le changement est possible. Mieux encore, d'estimer que *vous* pouvez agir positivement en ce sens. Souvenez-vous :

> Chaque geste d'ouverture contribue à renforcer cette vague nouvelle d'humanité. En vous y associant, vous transformerez la course à la compétition en un voyage vers la découverte et l'harmonie.

— Partie IV —

L'âme de la connexion

Chapitre 10
Prendre le monde dans ses bras

La connexion est dans la nature de l'homme. Depuis le plus profond de notre être jusqu'à notre famille, nos amis, notre travail, notre entourage et pour finir jusqu'à l'humanité tout entière, quelque chose nous pousse à tendre et à toucher tout ce qui nous entoure. Bien qu'on ait été baigné dans l'esprit de compétition, notre âme tend au contraire à embrasser. La seule chose qui nous arrête dans cet élan vient de ce conditionnement inculqué par une société qui s'est trompée de route et qui s'est perdue en chemin.

Apportez du spirituel !

Dans l'introduction, je vous ai dit que mon livre contenait un élément absent de la plupart des ouvrages de ce type. C'est la même chose qui fait défaut dans notre société, c'est pourquoi elle fait fausse route. Comme vous l'avez sans doute déjà deviné, je veux parler de la **spiritualité**.

Un monde dépourvu de spiritualité est incapable d'offrir la moindre solution efficace et durable au problème de l'aliénation qui l'étouffe. Ma réflexion vous paraît foncièrement pessimiste ? Elle l'est ! Du moins, tant qu'on ne se pose pas la question suivante :

« Qui est à l'origine de la société ? »

La réponse, c'est bien sûr :

« Nous, vous et moi. »

Une telle prise de conscience ouvre les portes de l'espérance. Vous et moi pouvons saisir les rênes et entraîner la société sur une autre voie. Combattons ensemble notre aliénation pour atteindre un espace dans lequel chacun se sentira beaucoup mieux.

Cette tâche vous semble certainement d'une difficulté insurmontable. Détrompez-vous ! Il suffit seulement de commencer votre voyage intérieur jusqu'à votre Soi Supérieur, c'est-à-dire d'aller vers le meilleur de vous-même. Même à titre individuel, vous deviendrez un acteur essentiel pour transformer globalement la société. En projetant des pensées pleines de compassion, en vous comportant au quotidien de façon chaleureuse et ouverte, vous parviendrez au bout du compte, secondé par celles et ceux qui ont aussi entamé leur propre voyage spirituel, à faire pencher la balance du côté de l'amour et de la lumière.

Mais peut-être doutez-vous de l'existence de ces personnes portées vers leur Soi Supérieur, et de la force impressionnante qu'elles représentent… Soit. Vous ne pouvez nier cependant que les mentalités sont en train de changer autour de vous. Par exemple, le seul fait d'évoquer la spiritualité était, jusqu'à une date récente, formellement déconseillé dans les ouvrages de développement personnel comme celui-ci. On supposait que personne n'avait envie d'en entendre parler. Ce n'est plus le cas maintenant. Aujourd'hui, des livres portant des messages spirituels figurent parmi les *best-sellers.* C'est là un signe encourageant :

> Vous et moi, comme des millions d'autres individus, avons fini par écouter notre cœur. Nous revendiquons un monde d'amour et non de haine.

Les enseignements spirituels ne concernaient autrefois qu'une minorité. Aujourd'hui, ils sensibilisent un nombre toujours croissant de personnes. L'écrivain et dramaturge irlandais George Bernard Shaw a dit un jour : « Rien n'est plus fort qu'une idée touchant enfin son heure de gloire. » À mon avis, s'ouvre une nouvelle ère de spiritualité, une ère de connexion pour l'humanité. Rien ni personne ne pourra l'empêcher !

S'il est impossible de se voiler la face devant les catastrophes qui affectent régulièrement notre planète, on ne peut ignorer non plus les signes tangibles et innombrables de guérison spirituelle. On les observe dans tous les domaines : la médecine, le travail, la religion, la psychologie, l'éducation, la politique et le monde des spectacles. Par exemple, il y a encore peu de temps, les groupes de rock n'évoquaient que le sexe, la violence ou la drogue. Le ton a changé aujourd'hui. Un spectacle des années 1980 m'a frappée particulièrement : *Live Aid*, suivi par des millions de téléspectateurs dans le monde. Dois-je vous rappeler le titre emblématique de la chanson de cette grande manifestation : *We Are the World* (Nous sommes l'univers) ? La même chose se produit dans le domaine médical : des hôpitaux commencent à s'intéresser à la notion de fusion entre le corps, l'esprit et l'âme, et des thérapies alternatives se généralisent, notamment la méditation. En psychologie, une nouvelle discipline a vu le jour, la psychologie transpersonnelle : elle fait appel à des exercices spirituels pour soigner la dépression.

Partout, la spiritualité est dans l'air du temps. Cela devrait faire naître l'espoir. Une société guidée par le conditionnement du *chacun*, avec ses principes de connexion et d'amour, est à portée de main. Un monde soumis au conditionnement du *quelqu'un*, guidé par les notions d'aliénation, de compétition, et par le stress, n'est plus une fatalité ! Le fil qui nous relie au spirituel est encore ténu : il faut l'entretenir. En tant qu'individu, vous avez un formidable défi à relever : trouver individuellement un moyen d'établir une connexion là où sévit l'aliénation. Voici plusieurs suggestions :

1. Parlez le langage du paradis !

Dans vos activités quotidiennes et au contact des gens qui vous entourent, posez les questions suivantes à votre Soi Supérieur :

- Comment m'attendrir et devenir plus aimable ?
- Comment établir le contact avec les gens autour de moi ?
- Comment remonter le moral aux autres, et leur montrer qu'ils sont fantastiques ?
- Comment élargir mes horizons et donner une finalité à tout ce que j'entreprends ?
- Comment illuminer un monde qui paraît parfois si sombre ?
- Comment ouvrir mon cœur et m'investir davantage dans la défense des grandes causes humanitaires ?

La liste est infinie, mais sans vous poser ce type de questions, vous ne ferez que continuer le train-train quotidien. En reproduisant les comportements souffreteux et solitaires que vous impose la société actuelle, vous n'apporterez pas le moindre remède à quiconque ni à quoi que ce soit. En revanche, si vous posez ces questions constructives à votre Soi Supérieur, vous trouverez des réponses qui vous enrichiront et vous montreront la voie à suivre.

Si vous voulez vraiment atteindre la sagesse de votre Soi Supérieur, vous devrez neutraliser votre Soi Inférieur, cette incessante petite voix intérieure qui cherche à vous nuire. Les exercices spirituels quotidiens évoqués dans l'ensemble de ce livre vous aideront en ce sens. Comme je vous l'ai souvent dit, il faut déployer tout l'éventail des « outils » spirituels pour maximiser leur efficacité : affirmations, méditation, visualisations, lecture d'ouvrages de développement personnel à connotation spirituelle, stages, utilisation des principes de l'aïkido, etc. En utilisant l'ensemble de cette panoplie, vous apprendrez à mettre un peu d'âme dans tout ce que vous faites. *Le spirituel n'est pas un monde vaporeux et hors de portée. Il peut et doit être utilisé dans votre quotidien.* Le processus à mettre en œuvre pour « spiritualiser » votre vie quotidienne est très simple à résumer :

> *Demandez à votre Soi Supérieur quelle est la façon la plus humaine d'agir en toute circonstance, et suivez ses instructions. N'accordez aucun crédit aux protestations de votre Soi Inférieur !*

En vous plaçant systématiquement sous le signe de votre Soi Supérieur, vous apprendrez peu à peu à savourer le sentiment de bien-être que vous éprouvez à la suite d'une action bienveillante. Plus important encore, vous contribuerez à créer autour de vous un monde nouveau inspiré par le conditionnement du *chacun*, auréolé d'amour et d'altruisme.

En pratiquant quotidiennement ces exercices, vous resterez conscient de la nature de l'énergie que vous dégagez autour de vous. Rester lucide est essentiel. À défaut, on devient comme des zombies aveuglément soumis au conditionnement du *quelqu'un* : on est dans une logique de cloisonnement et de séparation. Une certaine clairvoyance permet de remplacer des actions négatives en attitudes ou agissements positifs, tendus vers la connexion. En devenant spirituellement plus fort, on est irradié d'une énergie providentielle qui guérit les blessures du monde.

Vos exercices spirituels quotidiens vous permettront également de changer votre façon de penser. J'ai entendu un jour cette phrase que je trouve très pertinente et que je vous donne à méditer : « Chacune de nos pensées nous conduit soit droit au Paradis, soit directement en Enfer. » Quand on pense en fonction du conditionnement du *quelqu'un*, comme on nous a toujours appris à le faire, c'est-à-dire en termes de compétition, de jalousie et de rivalité, on se crée un véritable enfer. Lorsque nos pensées sont issues du conditionnement du *chacun*, c'est-à-dire remplies de compassion, de chaleur humaine et de désir de partager, on se bâtit un paradis. Considérez votre comportement dans la vie, et vous verrez que c'est là une évidence ! Mais changer des mécanismes de pensée, une fois encore, exige une pratique quotidienne et un effort constant. Remplacer le « langage de l'enfer » de sa petite voix intérieure par le « langage du paradis » de son Soi Supérieur ne se fait pas en un jour…

Votre spiritualité, c'est votre Soi Supérieur, la part de divin que possède un être humain. C'est l'expansion et l'épanouissement de l'être dans un esprit d'amour, de lumière et de compassion. Atteindre une dimension spirituelle est le but ultime de tout individu, la seule chose qui puisse lui apporter la sérénité et donner un sens à son existence. On touche du doigt le monde magique du spirituel quand on éprouve la délicieuse sensation de ne faire qu'un avec ceux qui nous entourent. Inversement, on s'éloigne de lui et des autres quand les affres de la solitude, de la haine et de la colère nous étreignent. Il y a une chose dont je suis intimement persuadée : le pèlerinage vers votre monde intérieur de spiritualité est le plus important voyage que vous ferez jamais !

2. Illuminez le monde !

La métaphore de la lumière est une excellente façon d'irradier votre énergie positive vers les autres. Des scientifiques ont découvert que les gens étaient plus souvent sujets aux dépressions dans les pays de faible luminosité. Cela ne m'étonne pas : la lumière du soleil a toujours été un symbole de chaleur, d'expansion et de caresse. Quand vous côtoierez des gens, chaque jour que Dieu fait, essayez de visualiser la lumière qui se déverse par tous les pores de votre peau !

On m'a raconté une anecdote qui illustre à merveille de quelle façon, à la fois simple et merveilleuse, on peut utiliser cette lumière apaisante. Un psychologue posa un jour la question suivante à son assistance : « Voulez-vous guérir de tous vos maux ? » Naturellement, tout le monde répondit par l'affirmative d'une seule voix. Il invita alors chaque personne à « envoyer » amour et lumière à Alexandre, un petit garçon atteint d'un cancer qui se tenait à côté de lui. En quelques minutes, on put presque sentir cette lumière bienveillante envahir l'amphithéâtre. Chacun oublia ses propres maux alors que la lumière de son âme s'élevait pour toucher et réchauffer le petit Alexandre. Les raisons de ce petit miracle ? La voici : les lois de la conscience sont telles que l'esprit retient une seule pensée à la fois.

> En projetant de sa lumière intérieure sur autrui, on touche *immédiatement* l'essence même de la connexion.

3. Connectez-vous à une Puissance Supérieure !

Il peut s'agir de Dieu, de la force vitale, des lois universelles, de la nature, d'un certain sens cosmique ou de l'absolu. Même ceux qui se déclarent athées ont ressenti au cours de leur existence, j'en suis certaine, au moins un moment sublime de connexion avec une forme de Puissance Supérieure. Peut-être ne l'ont-ils pas identifiée comme telle à cet instant, mais ils ont communié alors avec une force qui les transcendait. Nous avons tous touché, au moins une fois dans notre vie, la « grâce ».

Quand on parvient à connecter son énergie propre à celle d'une Puissance Supérieure, le sentiment d'être seul au monde s'évanouit aussitôt. Là encore, le fait de rester conscient de la présence d'une Puissance Supérieure requiert une pratique quotidienne, même aux plus fervents croyants. Au sein de mes ateliers de travail sur le thème de la peur, j'ai souvent posé la question suivante à mon assistance : « Combien d'entre vous croient-ils en Dieu ? » Une quantité innombrable de mains se levait à chaque fois. Puis je demandais : « Alors, pourquoi avez-vous peur ? » Une expression d'effroi passait sur leurs visages : ils réalisaient que leur foi en Dieu était seulement une croyance. Ils n'avaient jamais embrassé Dieu au plus profond de leur être, là où se cache la confiance. Grâce à cette révélation, leur voyage intérieur pouvait désormais commencer.

Voici l'une de mes méditations favorites. Elle me donne vraiment le sentiment d'entrer en contact avec une Puissance Supérieure. Bien qu'elle soit très simple, ses effets sont spectaculaires :

a. Je ferme les yeux et j'inspire à fond.
b. J'expire en imaginant que mon souffle *s'échappe par une large ouverture au-dessus de ma tête* vers un ciel immense rempli d'une apaisante lumière blanche.
c. J'inspire en visualisant mon souffle chargé de cette apaisante lumière blanche venue d'en haut qui *pénètre par l'ouverture au-dessus de ma tête* et envahit mon corps tout entier.
d. Enfin, j'expire en imaginant mon souffle irradié de cette Lumière Universelle s'écouler par tous les pores de ma peau et toucher tout ce qu'il rencontre, aussi loin que puisse voir mon esprit.

En répétant cet exercice encore et encore, j'éprouve un merveilleux sentiment de connexion cyclique entre une Puissance Supérieure, mon être tout entier et le reste du monde. En très peu de temps, cette méditation très simple vous apportera, à vous aussi, un intense sentiment de paix et de force.

4. Soyez altruiste !

C'est encore une façon de projeter sa lumière intérieure. L'altruisme peut être considéré comme une illumination de l'âme.

Je l'ai vue s'élever et toucher d'autres âmes en maintes occasions et à des moments inattendus. Un jour par exemple, alors que je marchais dans la rue, je vis un jeune et grand gaillard qui portait un T-shirt orné de têtes de mort. Il déambulait avec arrogance en long et en large au milieu de la foule. J'imaginai que ce devait être le genre de personne qui n'aurait même pas daigné répondre si on lui avait demandé ne serait-ce que l'heure... À un moment, il fixa un vieil homme aveugle muni d'une canne blanche qui titubait tout près du caniveau. Sans hésiter une seconde, il courut vers lui et l'arrêta de peur qu'il ne se fasse mal. Puis il partit. Après avoir fait quelques pas, il se retourna pour vérifier si le non-voyant marchait bien au milieu du trottoir. Non, il déviait de nouveau vers le bord… Le jeune homme rebroussa chemin et lui dit qu'il marchait trop près du caniveau. Sans résultat : le vieillard continuait toujours à dévier de sa route. Finalement, en secouant la tête d'un air résigné, il prit notre vieil aveugle par le bras, et ce couple pour le moins mal assorti poursuivit impérialement sa route, bras dessus, bras dessous ! Un instant de grâce, vous dis-je ! Un moment de connexion ! Quelque chose de divin ! Et pour moi, en prime, une bonne leçon sur le fait d'avoir jugé quelqu'un d'après son apparence ! Comme il est facile de projeter la lumière de son âme !

> Un simple geste d'attention envers autrui, et le monde entier se transforme sous vos yeux.

Chacun est alors ému, touché et réconforté. Chacun de nous éprouve une connexion d'amour. Alors, pourquoi les preuves d'altruisme ne sont-elles pas plus fréquentes dans notre société ? Il y a plusieurs réponses possibles à cette douloureuse question.

a. L'**altruisme** exige d'ouvrir son cœur en permanence. Ce faisant, on « perçoit » l'obscurité autour de l'aveugle, la faim de l'enfant privé de nourriture, la souffrance du malade… Mais pour bon nombre de gens, de tels sentiments sont insupportables : ils préfèrent fermer les yeux et ne plus y prêter attention.
C'est en restant à l'écoute du malheur des autres qu'on révèle son âme. Leur souffrance devient alors sa propre souffrance. Cela libère la compassion, et le monde devient vraiment dépourvu d'« étrangers ».
On finit ainsi par apprendre que la souffrance ne risque pas de nous affaiblir : elle va au contraire nous renforcer. Elle nous permet d'avancer de façon positive, sachant que nous pouvons tirer des leçons de n'importe quelle expérience de la vie…, comme le font aussi les autres, malgré les épreuves qu'ils affrontent.

b. L'**altruisme** exige de prendre des responsabilités. Obsédés par le concept de réussite inculqué par le conditionnement du *quelqu'un*, trop de gens refusent de le faire. Ils pensent seulement à gagner leur vie, dans une fuite en avant à la recherche d'un bien-être factice. Ils n'ont pas le temps ni l'envie de se soucier des autres. Et là, ils « ratent le coche », si vous me passez l'expression. Heureusement, le train de la vie repasse régulièrement pour donner une nouvelle chance de rejoindre la grande famille humaine et de comprendre enfin le sens profond du mot bonheur.

c. L'**altruisme** suppose que l'autre puisse avoir besoin de nous, et c'est là un sentiment qui, souvent, dérange. On refuse de « grandir ». On n'a pas encore découvert qu'il est terriblement ennuyeux de vouloir toujours rester un enfant. En décidant de couper le cordon ombilical pour devenir enfin adulte, on découvre la joie incomparable de contribuer soi-même au bonheur des autres.

On hésite à cet instant devant l'ampleur de la tâche : il y a tant et tant à faire dans ce monde pour aider les gens ! Comment être à la hauteur ? Commencez par vous dire que *vous ne devez pas tout porter sur les épaules.* Procédez étape après étape, en intervenant seulement dans les situations qui vous sensibilisent le plus. Laissez le reste du travail à d'autres, qui agiront en complémentarité avec vous.

d. L'**altruisme** implique de faire don de soi-même, et beaucoup de gens croient à tort qu'ils n'ont rien à offrir. Combien d'opportunités de connexion laisse-t-on échapper en raisonnant de la sorte ? Vous avez toujours quelque chose à offrir, en toute circonstance.

J'ai connu une femme qui était obligée de rester alitée. Que pouvait-elle donner aux autres ? Elle posa cette question à son Soi Supérieur et arriva à une merveilleuse conclusion : elle avait le téléphone et elle parlait distinctement. Par le biais d'une association, elle a obtenu la liste de personnes se trouvant dans la même situation qu'elle. Elle a passé son temps à leur téléphoner, juste pour qu'ils sachent qu'on pensait à eux. Nombre d'entre eux sont devenus ses amis, même si elle ne les verra jamais.

C'est un tout petit rien, juste une attention pour l'autre, une occasion de lui dire : « Bonjour, je suis là. Comment puis-je t'aider dans ton voyage sur cette drôle de planète ? »

L'altruisme est une façon de ne faire qu'un avec une autre âme.

Chacun d'entre nous devrait apporter une note d'altruisme dans toute relation humaine. D'ailleurs, on a tous une soif d'éprouver les sentiments de générosité liés à un geste désintéressé. On se sent utile, spirituellement comblé et connecté. L'attention que l'on porte aux autres rend la vie plus douce et plus vivable. Quand l'existence paraît vide, l'altruisme est capable de conduire à la plénitude.

5. Votre famille : les autres

Ne considérez plus les autres comme des « étrangers », mais comme des membres de la grande famille humaine à laquelle vous appartenez ! Le conditionnement du *quelqu'un* nous a vanté les vertus du matérialisme, de la réussite et de la compétition. On a ainsi perdu le sens de la fraternité, et oublié la chaleur qu'elle apporte.

Pour favoriser le sentiment fraternel autour de vous, il faut cesser d'entretenir la mentalité du *nous contre eux* qui caractérise notre société. Ouvrez bien vos oreilles quand les politiciens, les médias, vos amis ou votre famille parlent d'aide internationale. Restez lucide quand vous entendrez des propos tels que : « Pourquoi faudrait-il nourrir les gens d'autres pays, alors qu'il y en a ici qui meurent de faim ? »

Dans un monde sans « étrangers », il n'y a pas non plus de frontières. Il n'y a qu'une seule et même famille : l'humanité !

Un député travailliste anglais a exprimé à merveille cette philosophie. Quand les dépouilles de jeunes soldats partis pour les îles Falkland furent rapatriés dans des cercueils drapés du drapeau britannique, il déclara : « Rien ne sert de se lamenter : mourir pour un drapeau, ce n'est plus tolérable ! » Notre quête est d'aboutir à la plénitude spirituelle et à la survie de la planète. Rien n'est plus préjudiciable au sens profond de la connexion qu'un message de haine et de vengeance. Vous devez rester vigilant pour permettre l'avènement d'une nouvelle mentalité universelle, génératrice d'amour et de connexion. Et quand vous ferez votre examen de conscience, vous vous rendrez compte que vos plus fervents désirs vous poussent précisément dans cette direction.

6. S'impliquer

En vous impliquant dans un domaine qui vous tient particulièrement à cœur, comme l'environnement, l'alphabétisation, la lutte contre la faim ou pour la paix dans le monde, vous vous sentirez appartenir à la grande famille humaine et vous aurez conscience d'avoir beaucoup à lui apporter. Si vous ne le croyez pas, « faites comme si ». Posez-vous la question suivante :

« Si j'étais vraiment un membre important de cette famille, que ferais-je ? »

Avancez ensuite pas à pas. Vous serez étonné de voir combien votre « lumière bienveillante » parcourt progressivement une distance toujours plus grande.

7. S'engager

Votre épanouissement spirituel doit être un engagement à long terme. Oui, cela peut prendre toute une vie ! Je ne connais personne qui ait atteint le stade ultime de ce monde de lumière de manière permanente. Même les plus grands maîtres spirituels avouent en riant se laisser parfois dominer par leur *ego* ou leur Soi Inférieur. Ils doivent eux aussi contrôler leurs pensées, leurs paroles et leurs actes, *jour après jour.*

Durant votre voyage spirituel, il vous faudra faire preuve de la plus grande patience. Le monde ne change pas en une nuit. Vous non plus ! C'est un processus continu d'apprentissage et d'épanouissement, une méthode qui utilise toutes les expériences de la vie pour savoir quelle route suivre. **À chaque nouvelle étape franchie, vous vous rapprocherez toujours davantage de votre spiritualité la plus profonde**.

Le chemin vers la connexion est lumineux. Il commence en vous-même. Il prend la direction de tout ce qui vous entoure comme un faisceau de lumière s'élargissant sans cesse. Les premières étapes de ce voyage paraîtront peut-être plus faciles si vous comprenez vraiment que la création de ce sentiment de connexion, d'abord avec vous-même, puis avec les autres, est la principale finalité de votre existence.

Un rabbin observait deux enfants en train de construire un château de sable. Quand ils eurent achevé les derniers détails, une vague déferla sur la plage, réduisant leur chef-d'œuvre à néant. Le religieux s'attendait à les voir pleurer ou à se mettre en colère. Au lieu de cela, ils restaient assis à rire en se tenant par la main, puis ils entreprirent de bâtir un autre château. Le rabbin dit :

> « Ces enfants m'ont donné une grande leçon. Tous les biens de ce monde, tout ce que nous faisons en dépensant notre temps et notre énergie sans compter, ne sont que du sable. Seules perdurent nos relations avec les autres. Tôt ou tard, une vague balaiera ce que nous avons mis tant d'acharnement à construire. À cet instant, seul rira celui qui tiendra la main d'un autre. »

Méditez bien cette parabole. Elle évoque de manière très juste une vie placée sous le signe de l'amour.

Pour conclure

Vous voilà arrivé au terme de ce petit livre. À mes lecteurs d'aujourd'hui, je redirai la phrase qu'avait prononcée le maître de conférence lors d'un stage : « Je ne connais pas votre nom, mais je sais qui vous êtes. » J'ajouterai aussi :

> Vous avez le pouvoir intérieur de créer votre propre paradis sur terre et d'en ouvrir la porte à tous ceux qui entreront dans votre vie.

S'il vous arrive parfois d'oublier cette grande vérité, j'aimerais que vous écriviez la phrase suivante sur un bristol que vous garderez toujours sur vous et lirez au moins dix fois par jour. Commencez dès maintenant :

> *« J'ai en moi le pouvoir de créer mon propre paradis ici-bas et j'ouvre la porte de ce paradis à tous ceux qui entreront dans ma vie. »*

Maintenant, répétez cette phrase à voix haute. Répétez-la encore et encore. Laissez-vous envahir par le bonheur immense que vous prodigue un message aussi puissant. Ne l'oubliez jamais ! Répétez-la sans cesse, pendant autant de jours, de mois et d'années qu'il faudra pour la ressentir, l'entendre, la respirer et la voir partout où vous irez. Il vous faudra sans doute du temps avant de comprendre toutes ses implications et de la « vivre » au sens fort du terme. Un jour, j'en suis sûre, vous sentirez s'ouvrir en vous une source inépuisable de joie, de lumière et d'amour. Elle vous enrichira et vous soutiendra chaque jour de votre vie.

ANNEXE
POUR VOUS CONNECTER EN TOUTE CONFIANCE

La visualisation guidée est un moyen efficace d'explorer certains espaces de votre moi habituellement occultés. Elle vous aidera à entrer en contact avec la partie de votre être qui sait qu'*il n'y a rien à craindre*, votre Soi Supérieur, cet espace d'amour, de création, d'intuition, de joie, de générosité et d'abondance.

À vos micros !

Une visualisation guidée donne les meilleurs résultats en utilisant la parole. C'est pourquoi je vous suggère de lire à haute voix le texte qui va suivre, en vous enregistrant sur cassette. Il est important de parler doucement, sur un ton enjoué, et surtout très lentement. Si le fait d'entendre votre propre voix vous déconcentre, demandez à un ami de faire cet enregistrement pour vous. J'ai indiqué les silences à respecter par des pointillés, afin de vous laisser le temps de suivre les instructions. L'idéal est peut-être de parler le plus lentement possible et de ménager encore plus de temps pour ces pauses.

Avant toute chose, vous devrez planter le décor. Choisissez un moment pendant lequel vous ne risquez pas d'être dérangé, et décrochez le téléphone si nécessaire. Allongez-vous sur votre canapé ou asseyez-vous dans un fauteuil à haut dossier, les deux pieds posés sur le sol. L'essentiel est de vous sentir parfaitement installé, bien à l'aise.

Quand vous écouterez les instructions, *n'essayez pas de contrôler les pensées et les images qui vous viennent à l'esprit*, même si elles vous semblent stupides. Si vous ne voyez rien du tout, ne vous inquiétez pas : la visualisation ne fonctionne pas chez tout le monde. Utilisez alors d'autres moyens d'atteindre votre Soi Supérieur, comme les affirmations ou la méditation. Si vous visualisez une image négative, restez calme et ne soyez en aucun cas contrarié. Dites-vous qu'elle est aussi significative qu'une image positive. Déchiffrez le message qu'elle contient et prenez-la comme une expérience enrichissante. Il est possible enfin que vous vous endormiez. Là encore, rien de grave. Recommencez simplement un autre jour.

La visualisation guidée proposée ici est destinée à faciliter la connexion avec votre moi intime et avec les gens qui vous entourent. Elle est conçue pour accroître votre sentiment de pouvoir et d'amour, pour vous permettre d'être à l'aise dans n'importe quelle relation. Voici le texte que vous devez enregistrer en fermant les yeux :

Respirez à fond… et laissez-vous aller…
Respirez à fond de nouveau, et ressentez l'énergie parcourir votre corps tout entier… Laissez-vous aller…
Respirez encore à fond, et imaginez que vous inspirez la lumière bienveillante de l'Univers… Expirez cette lumière bienveillante dans l'Univers tout en vous laissant aller… Savourez l'instant paisible… sans rien faire d'autre qu'écouter ces mots. Ignorez les bruits qui vous entourent et les pensées parasites qui traversent votre esprit… Laissez surgir ce qui doit surgir en vous.
Commencez à détendre votre corps… depuis le sommet de votre tête jusqu'au bout de vos orteils… relâchez vos sourcils… vos joues… votre mâchoire… votre cou… vos épaules… vos bras… Détendez-vous…

Respirez à fond, et sentez votre corps parfaitement détendu… votre ventre… votre dos… votre estomac… vos cuisses… vos mollets… vos chevilles… vos pieds… Laissez-vous aller complètement…
Respirez à fond. Si vous sentez encore la moindre tension dans une partie de votre corps, continuez à vous relâcher…
Maintenant… Imaginez que vous vous préparez à un quelconque événement à caractère social… Cela peut être une soirée, une réunion, un cours, tout ce qui vous viendra à l'esprit…
Regardez-vous en train de vous habiller pour l'occasion…
En contemplant votre image dans le miroir, voyez une personne belle et sûre d'elle, celle que vous avez toujours rêvé d'être. Souriez comme si vous aviez conscience, non de votre beauté physique, mais de la richesse et de la chaleur que vous irradiez…
En regardant votre reflet dans ce miroir, vous sentez monter en vous un sentiment merveilleux de confiance. Vous sentez votre propre pouvoir, votre potentiel d'amour. Vous savez que vous avez quelque chose à offrir à tous ceux que vous allez rencontrer… Pénétrez-vous de ces sentiments de confiance, de pouvoir et d'amour…
Debout devant ce miroir, vous prononcez intérieurement cette affirmation :

> *Je suis une personne forte et sympathique. J'ai beaucoup à donner. J'illumine mon entourage, où que j'aille.*

Appréciez la puissance de ces mots…
Restez droit… Regardez-vous dans les yeux et cherchez seulement le beau en vous… cette partie de votre être remplie d'amour, de générosité et d'esprit de partage. Respirez ces sentiments, et donnez-leur une réalité dans l'espace…
Prenez le temps de jouir de la belle image que le miroir vous renvoie…
Déplacez-vous mentalement jusqu'à la porte qui va s'ouvrir sur l'événement particulier et regardez à l'intérieur…

Voyez toutes les personnes réunies... Sur le pas de la porte, ressentez à nouveau votre beauté radieuse...
Répétez cette affirmation :

> *Je suis une personne remarquable. Mon but aujourd'hui est de faire en sorte que les autres se sentent bien. Je suis d'une compagnie agréable.*

Concentrez-vous sur votre confiance, votre assurance, votre ouverture d'esprit. Vous avez quelque chose de personnel à apporter aux personnes présentes ici... Appréciez ce sentiment de pouvoir et d'amour que procure la connaissance de soi...
Restez droit et confiant. Entrez dans la pièce en pensant que vous êtes l'un des membres valeureux de ce groupe de gens... Approchez-vous d'eux...
Appréciez cette sensation délicieuse qui vous fait ignorer la peur d'être rejeté ou la gêne. Elle vous projette vers autrui...
Fort d'une telle assurance, que feriez-vous ? Regardez-vous en train de mettre les autres à l'aise, sachant qu'ils sont peut-être nerveux et troublés... Imaginez-vous intéressé, chaleureux et sensible au malaise d'autrui... Que feriez-vous ? Observez-vous bien...
Sentez l'amour dans votre cœur... Tout le monde, dans cette pièce, veut se connecter. Chacun veut se sentir aimé et accepté... Tout comme vous. Il n'y a vraiment pas d'étrangers...
Savoir que vous avez beaucoup à donner fait s'évanouir la peur... Vous vous sentez à l'aise... fluide... Regardez-vous échanger... donner... poser des questions... sourire... écouter... vous intéresser aux autres...
Maintenant, observez autour de vous... Comment réagissent les autres quand vous êtes ainsi sûr de vous et aimable ?... Que font-ils ?... Regardez-les parler avec vous... Comment cela se passe-t-il ?... Qu'allez-vous faire à présent, dans cet esprit de partage et d'intérêt des autres ?... Observez-vous... Observez la réaction des autres à votre égard.

Représentez-vous comme vous aimeriez être... Comprenez que vous pouvez rendre cette image réelle... Lentement mais sûrement, vous bâtissez votre confiance... Vous formez votre esprit à distinguer votre vraie nature..., la personne remarquable que vous êtes...
Savourez pendant quelques secondes encore le plaisir d'être dans la pièce... Regardez l'amour autour de vous... Ressentez l'amour au fond de votre cœur... Prenez conscience que toutes les personnes ici souhaitent se connecter... Ils veulent se sentir comblés... Ils ont soif d'affection, comme vous... Vous avez le pouvoir de leur apporter cela...
Pénétrez-vous de ce sentiment d'appartenance pendant quelques instants...
Quand vous vous sentez prêt, dirigez-vous lentement vers la sortie... Reprenez conscience de votre corps...
Commencez à bouger et étirez-vous...
Respirez à fond, en pensant que vous pouvez retourner dans ce lieu chaque fois que vous le désirez... Quand vous serez prêt, rouvrez les yeux.

De retour de « voyage » dans un monde de paix et de plénitude, vous pouvez bien sûr noter vos impressions : à l'avenir, elles pourront vous aider dans une situation réelle. Si vous estimez que cette visualisation vous permet de mieux vous connaître, recommencez-la fréquemment. Faites-la avant chaque rencontre, chaque événement vous conduisant à côtoyer des gens. Elle renforcera considérablement votre confiance en vous. Elle vous rappellera tout l'amour que vous avez envie de donner aux autres.

REMERCIEMENTS

Je remercie tout particulièrement :

• **Mandi Robbins**, mon assistant et ami, grâce auquel j'ai pu écrire ce livre en toute sérénité. Sa loyauté et sa gentillesse ont été une bénédiction. Merci, Mandi.

• **Les femmes et les hommes** qui se sont généreusement livrés sur l'amour, l'amitié et la vie professionnelle. Leurs idées compteront dans votre vie comme elles ont compté dans la mienne. Merci à toutes et à tous.

• **Les femmes et les hommes** qui m'ont témoigné leur reconnaissance pour l'aide que mon travail a pu apporter à leur existence. Leurs témoignages m'ont profondément touchée. Merci à toutes et à tous.

• **Mes merveilleux amis**, qui soutiennent le meilleur de moi-même. Avec de tels fidèles, la vie est une fête. Merci, mes très chers amis.

• **Guy et Alice Shelmerdine**, mon beau-fils et ma belle-fille, dont l'affection m'a ouvert l'esprit. Je les respecte et je les admire. Merci, Guy et Alice.

• **Joyce Shelmerdine**, ma belle-mère, qui m'a accueillie à bras ouverts. Sa curiosité et son enthousiasme ont été contagieux. Merci, Joyce.

• **Marcia Fleshel**, ma sœur, avec qui j'entretiens une relation solide et stimulante, plus forte jour après jour. Merci, Marcia.

• **Jack Fleshel**, mon beau-frère, dont le sourire et le soutien illuminent mon existence.

Et

• **Jeanne Gildenberg**, ma mère, qui est toujours présente dans ma vie bien qu'elle ne soit plus de ce monde. Merci, Maman. Tu me manques.

TABLE DES MATIÈRES

PRÉFACE 11

INTRODUCTION 13

PARTIE I. AU CŒUR DE LA CONNEXION 19

CHAPITRE 1. Il n'y a pas d'étrangers ! 21
Je sais qui vous êtes ! 21
Devenir *quelqu'un* 22
On nous programme ! 23
Le conditionnement familial 25
À l'école 26
Se déconditionner 28
Le Soi Supérieur 28
Le *chacun* 29
Aider les autres à se sentir mieux 30
Donner ! 32
Le carnet de bord 33

PARTIE II. EXPLORER LA CONNEXION 35

CHAPITRE 2. Connais-toi toi-même ! 37
La véritable connexion 37
L'isolement mental 39
Qui êtes-vous ? 41

Se trouver soi-même 41
Cheminer vers la guérison 43

Chapitre 3. Je veux qu'on m'aime ! 45
Être aimé et s'aimer 45
S'« auto-reconditionner » 47
Les exercices du conditionnement du *chacun*
pour l'estime de soi 48
Arrêter de vouloir être « parfait » 48
Visualisation et affirmations 50
Identifier son « rôle » et l'abandonner 53
S'associer à des Co-Dépendants Anonymes . . . 57
Faire revivre l'enfant en soi 59
Semer les graines du respect de soi 59

Chapitre 4. Guérir le cœur solitaire 63
Accepter la solitude 63
L'isolement physique 64
L'isolement émotionnel 65
L'isolement spirituel 67
Quelques exercices pour comber le vide intérieur . 67
Comprendre les bénéfices de la solitude 67
Se livrer à un passe-temps solitaire chez soi 70
La guérison par la décoration ! 72
Appréhendez seul le monde 73
Les bienfaits de la méditation 77
Faire le premier pas 78
Rejoindre un groupe d'intérêt commun 80
Transcendez-vous ! 81

Partie III. Établir la connexion 83

Chapitre 5. Le premier contact : principes de base 85
Méfiez-vous des mauvaises méthodes… 86
… et adoptez la bonne ! 89

Chapitre 6. Une soirée enchantée 109
Au diable les apparences ! 109
Soyez le genre de personne avec qui
vous aimeriez sortir 113
Changez de « genre » ! 115
Le premier pas : et pourquoi pas les femmes ? . . . 118
N'en faites pas un drame 122
Ne vous fiez pas au langage du corps 125
Brisez votre boule de cristal 126
L'échec, une opportunité pour évoluer 128
Bougez-vous, les rencontres viendront
d'elles-mêmes ! 129
Déposez les armes ! 131

Chapitre 7. L'amitié, garde-fou du cœur 133
La consolation de l'amitié 133
L'amitié spirituelle 134
Respecter l'autre et s'entraider 138
Comme dans une relation amoureuse... 140
Petits malheurs entre amis 142
Donnez-vous du temps ! 143
Transformer l'amitié 144

Chapitre 8. Partagez ! 157
Les groupes d'épanouissement personnel 158
Choisissez le groupe du *chacun* 161
De quelques avantages des groupes 163
De quelques réticences masculines 164
De quelques réticences féminines 167
Un mot sur les groupes mixtes 171
Créer son propre groupe
d'épanouissement personnel 171
Les groupes animés par des psychothérapeutes . . . 177
Les stages intensifs 178

Chapitre 9. Le cœur au travail 187
Universelle adversité... 187
Élargissez votre objectif professionnel 190

De quelques avantages d'appartenir à la collectivité 195
De la sagesse contenue dans l'Aïkido 197
De compétiteur, devenez collaborateur 202
Des conflits avec le sexe opposé 208
La féminité, nouvelle venue dans le monde du travail 210

PARTIE IV. L'ÂME DE LA CONNEXION 217

CHAPITRE 10. Prendre le monde dans ses bras . . 219
Apportez du spirituel 219

ANNEXE : Pour vous connecter en toute confiance . 233

Au catalogue Marabout

(Livre de Poche)

Psychologie

- *150 tests d'intelligence*, J. E. Klausnitzer, n° 3529
- *Amour sans condition (L')*, L. L. Hay, n° 3662
- *Analyse transactionnelle (L')*, R. de Lassus, n° 3516
- *Apprivoiser le deuil*, M. Ireland, n° 3677
- *Art de la simplicité (L')*, D. Loreau, n° 3720
- *Au secours ! Je vis avec un(e) narcissique*, S. Carter et J. Sokol, n° 3721
- *Boostez votre cerveau*, G. Azzopardi, n° 3710
- *Ce que veulent les hommes*, B. Gerstman, C. Pizzo et R. Seldes, n° 3672
- *Ces amours qui nous font mal*, P. Delahaie, n° 3706
- *Ces gens qui vous empoisonnent l'existence*, L. Glas, n° 3597
- *Cette famille qui vit en nous*, C. Rialland, n° 3636
- *Changez de vie en 7 jours*, P. McKenna, n° 3719
- *Cinq Entretiens avec le Dalaï-Lama*, Sa Sainteté le Dalaï-Lama, n° 3650
- *Comment être boss… sans être garce*, C. Friedman et K. Yorio, n° 1959
- *Communication efficace par la PNL (La)*, R. de Lassus, n° 3510
- *Convaincre en moins de 2 minutes*, N. Boothman, n° 1958
- *Dictionnaire des rêves*, L. Uyttenhove, n° 3542
- *Efficace et épanoui par la PNL*, R. de Lassus, n° 3563
- *Ennéagramme (L')*, R. de Lassus, n° 3568
- *Force est en vous (La)*, L. L. Hay, n° 3647

- *Gestalt, l'art du contact (La)*, S. Ginger, n° 3554
- *Hommes, les femmes, etc. (Les)*, E. Willer, n° 3679
- *Intelligence du cœur (L')*, I. Filliozat, n° 3580
- *Interprétation des rêves (L')*, P. Daco, n° 3501
- *Je t'en veux, je t'aime*, I. Filliozat, n° 3699
- *Langage des gestes (Le)*, D. Morris, n° 3590
- *Méditer au quotidien*, H. Gunaratana, n° 3644
- *Mesurez votre Q.I.*, G. Azzopardi, n° 3527
- *Méthode Coué (La)*, E. Coué, n° 3514
- *Notre capital chance*, Dr R. Wiseman, n° 3691
- *On gère sa vie, on ne la subit pas*, P. McGraw, n° 3704
- *Oser être soi-même*, R. de Lassus, n° 3603
- *Osez briser la glace*, S. Jeffers, n° 3673
- *Osez le grand amour*, S. Jeffers, n° 3716
- *Parents toxiques*, Dr S. Forward, n° 3678
- *Pères d'aujourd'hui, filles de demain*, V. Colin-Simard, n° 3693
- *Petit Livre de sagesse du Dalaï-Lama (Le)*, B. Baudouin, n° 3702
- *Plénitude de l'instant (La)*, T. Nhat Hanh, n° 3655
- *Pourquoi les femmes se prennent la tête ?*, S. Nolen-Hoeksema, n° 3722
- *Pouvoir de la bonté (Le)*, Sa Sainteté le Dalaï-Lama, n° 3703
- *Prodigieuses Victoires de la psychologie (Les)*, P. Daco, n° 3504
- *Psy de poche (Le)*, S. Mc Mahon, n° 3551
- *Puissance de la pensée positive (La)*, N. V. Peale, n° 3607

- *Quand les enfants partent*, A. Schapiro-Niel, n° 3707
- *Que se passe-t-il en moi ?*, I. Filliozat, n° 3671
- *Réussir le nouveaux tests de Q.I.*, G. Azzopardi, n° 3714
- *Rupture : petit guide de survie*, D. Hirsh, n° 3689
- *Sexe des larmes (Le)*, Dr P. Lemoine, n° 3688
- *Thérapie du bonheur (La)*, Dr É. Jalenques, n° 3682
- *Tout ce que les hommes ignorent et que les femmes n'avoueront jamais*, D. McKinlay, n° 3708
- *Tout se joue en moins de 2 minutes*, N. Boothman, n° 3675
- *Transformez votre vie*, L. L. Hay, n° 3633
- *Tremblez mais osez !*, S. Jeffers, n° 3669
- *Triomphes de la psychanalyse (Les)*, P. Daco, n° 3505
- *Vie à bras-le-corps (La)*, S. Jeffers, n° 3690

Santé – Forme – Sexualité

- *40 ans pour longtemps*, M. Bulher et J. Rousselet-Blanc, n° 2883
- *130 desserts pour diabétiques*, C. Fouquet et C. Pinson, n° 2910
- *130 recettes anti-cholestérol*, L. Cariel, D. Chauvois, C. Gouesmel, n° 2890
- *130 recettes bien-être*, L. Cariel, D. Chauvois, n° 2891
- *130 recettes minceur*, T. Ellul-Ferrari, n° 2841
- *130 recettes pour diabétiques*, C. Fouquet et C. Pinson, n° 2871
- *130 recettes sans sel*, C. Gouesmel, C. Pinson, n° 2914
- *177 façons d'emmener une femme au septième ciel*, M. Saint-Loup, n° 2783
- *203 façons de rendre fou un homme au lit*, J. Saint-Ange, n° 2771
- *208 nouvelles façons de rendre un homme fou de désir*, M. Saint-Loup, n° 2834
- *302 techniques avancées pour rendre fou un homme*, J. Saint-Ange, n° 2898
- *365 jours de sexe*, L. L. Paget, n° 2911
- *Alimentation anti-oxydante (L')*, Dr S. Rafal, n° 2840
- *Alternative aux antibiotiques (L')*, Dr G. Pacaud, n° 2905
- *Art de faire l'amour à un homme (L')*, L. L. Paget, n° 2874
- *Art de faire l'amour à une femme (L')*, L. L. Paget, n° 2875
- *Best Sex*, T. Cox, n° 2880
- *Bien nourrir sa peau*, Dr N. Pomarède, n° 2897
- *Cerveau en pleine forme (Un)*, A. Dufour, n° 2878
- *Comment faire l'amour à un homme*, A. Penney, n° 2737
- *Comment faire l'amour à une femme*, M. Morgenstern, n° 2738

- *Comment gérer son stress*, V. Pieffer, n° 2808
- *Découvrir le Feng Shui*, S. Brown, n° 2802
- *Décrochez !*, Dr S. Angel, n° 2893
- *Détox anti-âge*, Dr D. Lamboley, n° 2909
- *Et si c'était la thyroïde ?*, Dr P. Nys, n° 2903
- *Feng Shui santé (Le)*, R. Saint-Arnauld, n° 2856
- *Fini les rhumatismes !*, Dr J.-L. Dervaux, n° 2900
- *Guide des fleurs du Dr Bach (Le)*, P. Ferris, n° 2835
- *Guide des pierres de soins (Le)*, R. Boschiero, n° 2831
- *Guide du Feng Shui (Le)*, R. Saint-Arnauld, n° 2817
- *Guide pratique antidouleur*, Dr S. Rafal, n° 2917
- *Hanches et fesses parfaites en 10 minutes par jour*, L. Raisin, n° 2768
- *Je soigne mon enfant par l'homéopathie*, Dr G. Pacaud, n° 2861
- *Livre de bord de la future maman*, Dr M.-C. Delahaye, n° 2717
- *Maigrir avec les hautes calories*, M. Leconte, n° 2700
- *Maigrir selon son profil hormonal*, Dr P. Nys, n° 2865
- *Mémoire du corps (La)*, P. Hammond, n° 2901
- *Ménopause au naturel (La)*, Dr S. Rafal, n° 2868
- *Mes petites magies*, M. Laforêt, n° 2864
- *Mes secrets de pharmacienne*, D. Festy, n° 2862
- *Migraines et maux de tête*, Dr J.-L. Dervaux, n° 2882
- *Mince… je fonds et ça dure !*, Drs D. Arsac, M. Gourmelon et C. Paturel, n° 2915
- *Nouveaux Remèdes naturels (Les)*, J.-M. Pelt, n° 2869
- *Orgasme sans tabou (L')*, L. L. Paget, n° 2885
- *Pour en finir avec le tabac*, Dr J.-L. Dervaux, n° 2847

- *Pratique du massage chinois*, Dr Y.-W. Chen, n° 2907
- *Régime anti-âge (Le)*, Dr R. C. Atkins, n° 2884
- *Régime brûle-graisses (Le)*, C. Pinson, n° 2867
- *Régime soupe (Le)*, C. Pinson, n° 2829
- *Régime zen (Le)*, C. Pinson, n° 2908
- *Remèdes de santé d'Hildegarde de Bingen (Les)*, P. Ferris, n° 2859
- *Se soigner par l'homéopathie*, Dr G. Pacaud, n° 2727
- *Secrets du régime crétois (Les)*, Dr J.-P. Willem, n° 2827
- *Sex toys, faites-vous plaisir*, C. Foch et A. Helary, n° 2916
- *Sophrologie facile (La)*, Dr Y. Davrou, n° 2794
- *Soyez sûr de votre haleine*, Drs M. Cymes et M. Davarpanah, n° 2902
- *Toujours jeune grâce aux compléments alimentaires*, A. Dufour, n° 2866
- *Trucs et astuces de beauté*, S. Lacoste, n° 2839
- *Trucs et astuces de santé*, S. Lacoste, n° 2838
- *Ventre plat en 10 minutes par jour (Un)*, L. Raisin, n° 2767
- *Yoga anti-stress*, I. Townsend, n° 2766
- *Yoga de Davina (Le)*, D. Delor, n° 2918

Vie quotidenne – Vie professionnelle

- *50 modèles de lettres pour trouver un emploi*, F. Le Bras, n° 1911
- *100 idées pour animer un mariage*, P. Lecarme, n° 1563
- *200 modèles de lettres*, P. Maury, n° 1510
- *350 pistes pour trouver un emploi*, F. Le Bras, n° 1953
- *Animer un anniversaire*, P. Lecarme, n° 1569
- *Bon anniversaire de 1 à 100 ans*, B. Beyern, n° 1575
- *Comment rester sain d'esprit lorsque le travail vous rend fou*, P. Hellman, n° 1956
- *Commerce équitable (Le)*, K. Pouliquen, n° 1568
- *Comptabilité facile (La)*, L. Batsch, n° 1918
- *Correspondance (La)*, G. d'Assailly, n° 1501
- *Courrier facile (Le)*, C. Ovtcharenko, n° 1505
- *Entretien d'embauche (L')*, F. Le Bras, n° 1940
- *Être bénévole aujourd'hui*, P. Dreyer et M. Perenne, n° 1578
- *Généalogie facile (La)*, J.-L. Beaucarnot, n° 1512
- *Guide de l'organisation du mariage (Le)*, N. Terrail, n° 1513
- *Je veux retravailler*, F. Le Bras, n° 1955
- *Lettre de motivation (La)*, F. Le Bras, n° 1938
- *Mieux se connaître pour réussir*, G. Azzopardi, n° 1954
- *Nouveaux Tests de recrutement (Les)*, G. Azzopardi, n° 1957
- *Pas une minute à perdre, je suis à la retraite*, I. Morel d'Arleux, n° 1579
- *Recettes de bonne femme (Les)*, J. et V. Rousselet-Blanc, n° 1576
- *Sauvez cette planète ! Mode d'emploi*, D. Glocheux, n° 1577
- *Se marier autrement*, F. Servan-Schreiber, n° 1572

- *Se remettre à l'anglais en 10 minutes par jour*, A. et G. Mukerjee, n° 1565
- *Trois jours avec les mômes*, P. Lecarme, n° 1573
- *Trucs de Papytruc (Les)*, J. Bujardet, n° 1570

IMPRIMÉ EN ESPAGNE PAR LIBERDÚPLEX

pour le compte des
Nouvelles Éditions Marabout
D.L. nº 81630 - janvier 2007
ISBN : 978-2-501-05101-9
40.8956.1/01